KERSTMIS, HEKSEN EN EEN MOORD

EEN 'HEKSEN VAN WESTWICK' COZY MYSTERY

COLLEEN CROSS

Translated by
PETRA DE LANGEN

Kerstmis, Heksen en een Moord

is een eboekuitgave van

Slice Publishing

OOK VAN COLLEEN CROSS

De Heksen van Westwick
Jong Gehekst is oud Gedaan
Een goede spreuk is het halve werk
Niet Getoverd is Altijd Mis
Kerstmis, heksen en een moord

Katerina Carter juridische thrillers
Nooduitgang
Met gelijke munt
Engel des doods
Groene schijn
In het rood
Blauwe Maandag

Wil je op de hoogte gehouden worden van Colleens nieuwste boeken,
schrijf je dan in voor haar nieuwsbrief!

www.colleencross.com

EEN BETOVERENDE KERST MET DE WESTWICK HEKSEN!

In de pasgevallen sneeuw op Kerstavond,
Dansen de heksen in het rond,
Voor het diner arriveren wat vreemde figuren,
Eentje wil zelfs wat romantische pijlen afvuren.

De heksen zijn klaar voor nieuwe streken,
Zoekend hoe zij de regels kunnen breken,
Totdat iets hen danig van streek maakt,
En nare toestanden veroorzaakt.

De heksen genieten van veel drinken en eten,
Al spoedig horen wij hun luide kreten,
Het loopt uit de hand met alle magie, dit spektakel,
Zo eindigen ze nog op de Noordpool door dit debacle.

Ondanks alle vreugde van het Kerstfeest,
Moet een van hun gasten wel zijn bevreesd.
Buiten barst een sneeuwstorm los,
Bereid je voor op een hekserige kerstchaos!

KERSTMIS, HEKSEN EN EEN MOORD

Een hapje, een drankje, wat gif...

Cendrine West kijkt enorm uit naar een gezellig etentje op Kerstavond, wanneer er plotseling een sneeuwstorm losbarst. Allerlei onverwachte gasten duiken op. Maar de combinatie van lichtelijk aangeschoten heksen en kwaadaardige toverspreuken zorgt voor moeilijkheden; zeker als een van de gasten zelfs komt te overlijden. Door het speurwerk van Cen komen problemen naar voren die de Kerstman zelf niet had kunnen verzinnen. Ineens is iedereen verdacht, zelfs haar superknappe vriend, de sheriff zelf.

Is het dodelijk ongeluk veroorzaakt door een dronken heks... of zit er iets achter wat nog onheilspellender is? Misschien is er wel sprake van moord! Alleen met hulp van wat magie kan de waarheid boven tafel komen in dit knotsgekke heksenspektakel in kerstsfeer!

Westwick Corners is niet zo maar een klein dorp, zelfs geen normaal spookstadje. Het is een plek waar mensen niet willen opvallen en waar heksen hun toverkunsten uitoefenen zonder veel aandacht te trekken. Daardoor is het juist de plek voor interessante en grappige mysteries waar de heksen altijd het middelpunt van zijn!

Ruby met haar kookkunsten, Cendrine met haar speur- en detectivewerk, en tante Pearl met haar toverschool zijn altijd op zoek naar dat ene geheime ingrediënt dat de heksen roem en rijkdom zal brengen en waardoor het kleine dorpje Westwick Corners weer op de kaart zal worden gezet. De heksen benutten elke mogelijkheid om een nieuwe onderneming te beginnen, zoals de Westwick Corners Inn, de Witching Post Bar & Grill en natuurlijk ook Pearl's Charm School, waar heksen raadsels oplossen, toverspreuken verzinnen en hun eigen heksenmagie creëren. Maar ze worden constant afgeleid door de vele vreemde gebeurtenissen in Westwick Corners, die variëren van diefstal tot zelfs moord.

De familie West woonde altijd al in Westwick Corners en zal dat blijven doen. Ze stammen af van een lange reeks heksen, die al sinds hun bestaan in Westwick Corners wonen.

Heksen die mysteries en misdaden oplossen en mensen in nood helpen. Ze zijn van alle markten thuis en iedereen draagt zijn steentje bij, net zoals in ieder dorp, waar iedereen elkaar helpt. Zelfs de geest van Oma Vi helpt bij de onderzoeken en speurt mee. Alleen, het is niet altijd zo dat de neuzen dezelfde kant op staan! Als je houdt van puzzelen, humor en een fijne serie over heksen, dan zul je je zeker vermaken met deze cozy mysterie-boeken! Ze zijn zowel als ebook als paperback verkrijgbaar.

Een grappig, paranormaal heksenmysterie!

HOOFDSTUK 1

Kerstmis is mijn favoriete tijd van het jaar. Dit jaar was extra bijzonder, omdat het de eerste feestdagen waren samen met Tyler. Alleen al de gedachte aan mijn lange, knappe vriend zorgde voor een glimlach op mijn gezicht. Ik kon niet wachten om hem weer te zien. Hij was nog aan het werk en was bovendien aan de late kant, vanwege de enorme sneeuwstorm die boven Westwick Corners was losgebarsten en ons had afgesneden van de rest van de wereld.

Omdat ik nu langer op hem moest wachten, verlangde ik alleen maar meer naar hem. Ik stelde me voor dat ik hem kuste, zijn sterke armen om me heen geslagen, en mijn hartslag ging omhoog. Onze eerste Kerstavond samen zou hopelijk een feestdag worden die we ons allebei nog lang zouden herinneren en nog heel, heel lang konden koesteren.

Als sheriff van Westwick Corners en ook de enige handhaver van de wet, had Tyler Gates het altijd druk. Voornamelijk ook met tante Pearl, die herhaaldelijk de wet overtrad en het Tyler altijd moeilijk maakte. Het was voor haar prioriteit nummer één om hem het dorp uit te jagen, zoals het haar ook gelukt was met alle sheriffs vóór hem.

Ik had wel verwacht dat deze avond anders zou verlopen, ook omdat tante Pearl hem vanwege de sneeuwstorm geen problemen bezorgde. In plaats daarvan was ze de hele dag thuisgebleven met de rest van mijn familie, wat heel bijzonder was voor mijn niet zo sociale tante. Maar het vreemdste was nog dat tante Pearl zelf Tyler had uitgenodigd voor ons traditionele diner op Kerstavond.

Wekenlang was ik bezig geweest om onze plannen voor de feestdagen tot in het kleinste detail voor te bereiden. De Kerstdagen waren de enige dagen in het jaar waarin ons familiebedrijf dicht ging en we even afstand namen van ons hectische leven.

Als heks ontvang je nu eenmaal geen salaris, dus hebben we allemaal een baan nodig om de eindjes aan elkaar te kunnen knopen. We hebben ons familiehuis omgebouwd tot de Westwick Corners Inn, een knus boutique hotel. Verder bevinden zich op ons terrein nog een kleine wijnmakerij en de Witching Post Bar & Grill, een café waar vooral dorpsgenoten komen.

Deze veranderingen waren eigenlijk uit nood geboren, omdat er nauwelijks banen te vinden waren in ons bijna-spookdorp. Maar tijdens de kerstperiode werd alles voor een kleine week even net als vroeger; dan gingen we dicht en deed het hotel weer dienst als dé plek waar we als familie samenkomen.

Naast mijn werk in het hotel breng ik ook nog een krant uit: de *Westwick Corners Weekly*. Ik had net de kersteditie uitgegeven en was ook al klaar met mijn artikelen voor volgende week. Er gebeurt nooit veel schokkends in het kleine Westwick Corners, dus ik kon het me wel veroorloven om de werkzaamheden voor mijn one woman-krantenbusiness de komende feestdagen even opzij te zetten.

Al wekenlang keek ik uit naar het diner op Kerstavond en hoopte zo ontzettend dat die dag de eerste van heel veel feestdagen samen met Tyler zou worden.

Toch ging het helemaal niet naar mijn zin.

De witte Kerst waar ik van droomde was er dan wel, maar dat winter wonderland was inmiddels veranderd in een sneeuwgevangenis. Er lag al een dikke laag sneeuw en ieder uur kwamen er meer centimeters bij. Als Tyler en ik in elkaar verstrengeld bij een knapperend haarvuur hadden gelegen terwijl de sneeuwvlokjes buiten een sneeuwtapijt vormden, dan zou het perfect zijn geweest.

Maar in plaats daarvan was Tyler op de snelweg bezig om gestrande automobilisten te helpen. Ik deed mijn ogen dicht en zuchtte. Jammer dat die storm niet even een dagje had gewacht. Ik rilde bij de gedachte dat Tyler misschien ook zelf was vast komen te zitten. De wegen waren verraderlijk glad. Het was ook al donker buiten en ik had de hele dag nog niets van hem gehoord. Ik was bang dat hij niet op tijd hier zou kunnen zijn voor het Kerstdiner.

Normaal gesproken vind ik die stilte buiten als er een dik pak sneeuw ligt heerlijk, maar vanavond niet. De sneeuwstorm was vanmorgen vrij onverwachts ontstaan en door de harde wind waren complete auto's onder de sneeuw begraven. Bovendien ging het steeds harder sneeuwen. Ik sloot even mijn ogen en verbeeldde me dat Tyler en ik eindelijk samen waren en onder de maretak stonden. Maar mijn enthousiasme werd nu wel een beetje getemperd door ongerustheid.

Ik pakte mijn mobiele telefoon en belde hem. Het duurde een eeuwigheid voordat hij eindelijk opnam.

"Cen... Ik had je nog willen bellen." Tylers zware stem klonk ver weg en statisch. "Ik ben net klaar met een vastgelopen bestelbus. De weg is nauwelijks nog begaanbaar, maar ik ben onderweg. Ik ben er bijna. Ik mis je."

"Ik mis jou ook." Ik glimlachte bij de gedachte aan Tylers lieve bruine ogen. We zagen elkaar dagelijks. Eigenlijk was het moeilijk om elkaar te ontwijken in ons piepkleine bijna-spookdorp. Maar de laatste tijd hadden we allebei lange dagen gemaakt, zodat we nu onge- stoord wat vrije tijd samen konden doorbrengen. "Ik zal tegen Mam zeggen dat ze even moet wachten met het eten; kom maar zo snel mogelijk."

Ik zuchtte terwijl ik de verbinding verbrak. Toen herinnerde ik me de andere kink in de kabel van mijn plannen.

Merlinda.

Tante Pearls briljante studente was namelijk niet zoals gepland naar Vanuatu gegaan, waar ze vandaan kwam. De terugvlucht naar haar tropische paradijs in de Zuid-Pacific was vanwege de sneeuw- storm geannuleerd en daarom bleef ze met Kerstmis bij ons.

Merlinda was een zeer indrukwekkende heks in opleiding. Niets leek haar ook maar enige moeite te kosten. Het kwam er eigenlijk op neer dat zij alles was, wat ik niet was. Het was niet eens zo dat ik haar niet mocht. Eigenlijk kende ik haar nauwelijks. Ze was altijd verdiept in een of ander spreukenboek en was erg op zichzelf. Ik kwam haar alleen af en toe tegen, omdat ze in het hotel overnachtte wanneer ze lessen had op *Pearl's Charm School*.

Op dit moment maakte Merlinda dus deel uit van onze bijzondere familie en dat beviel me helemaal niet. Met haar erbij voelde ik me bijna een vreemdeling in mijn eigen huis. Tante Pearl was dol op haar lievelingsstudente en negeerde verder iedereen. Zelfs Mam en tante Amber leken volledig in de ban van Merlinda. Naast haar voelde ik me als heks compleet mislukt. En onzichtbaar.

Merlinda voerde toverspreuken net zo goed uit als de allerbesten in onze bedrijfstak en ze was nog niet eens klaar met haar studie. Ze was bovendien heel mooi. Op de spaarzame momenten dat ze het dorp in ging, trok ze door haar donkere, exotische uiterlijk veel bewonderende blikken. Ze deed geen moeite om gezellig te doen, maar daardoor vond zo ongeveer iedere man in Westwick Corners haar des te aantrekkelijker en mysterieuzer. Ze waren allemaal gefascineerd door haar schoonheid en haar charmante accent.

Eigenlijk moest ik Mam en tante Amber in de keuken helpen met het kerstdiner, maar ik liet me niet zien, want anders hadden ze zeker iets gemerkt van mijn pesthumeur. In plaats daarvan hing ik een beetje rond in de woonkamer, in de hoop dat de kerstversiering mijn humeur wat zou opkrikken.

Voor heksen waren we best wel traditioneel als het om Kerstmis ging. De woonkamer was uitbundig versierd met lichtjes, decoraties en kerstslingers. Een twee meter hoge kerstboom stond aan de ene kant van de open haard en aan de schouw hingen Mams zelfgemaakte kerstsokken. Voor ieder van ons was er een met kraaltjes versierde vilten sok: voor Mam, tante Amber, tante Pearl en mijzelf. En eentje extra voor Merlinda die Mam vanmorgen nog had gemaakt, nadat Merlinda had gehoord dat haar vlucht naar huis niet doorging.

Dat Merlinda nu hier bleef, verpestte echt alles. Ik voelde me wel schuldig dat ik zo dacht, maar ik had het gevoel dat haar aanwezigheid veel slechts in tante Pearl zou losmaken. En, ik geef het toe, ik was eigenlijk best wel jaloers op Merlinda. Tovenarij leek haar zo makkelijk af te gaan, net als alles wat ze deed.

Als bij toverslag tuimelden Merlinda en tante Pearl door de voordeur. Lachend trokken ze in de hal hun met sneeuw bedekte laarzen uit.

Ook dat was iets waar ik me aan stoorde. Mijn humeurige, pyromane tante was altijd een eenling geweest en een onruststoker, altijd dol op het veroorzaken van problemen en het verjagen van sheriffs zoals Tyler. Maar in gezelschap van Merlinda was ze veranderd in een giechelend watje, dat zich alleen nog maar bezighield met het over de hele wereld verspreiden van witte magie. Samen met Merlinda natuurlijk, niet met mij.

Tante Pearl en Merlinda kwamen de woonkamer binnen. Ze leken mij totaal niet op te merken en lachten om een of andere ingewikkelde toverspreuk die ver buiten mijn bereik lag. Tss, ik begreep niet eens waar ze het over hadden. Al snel probeerden ze elkaar te overtreffen met allerlei toverspreuken over hologrammen van elfen en rendieren.

Tante Pearl had zelfs moeite gedaan om zich netjes te kleden voor het Kerstdiner. Ze droeg een groenfluwelen broekpak, waarschijnlijk gekozen om praktische redenen. Het zag er feestelijk en elegant uit en zo kon ze toch nog ongehinderd haar zogenaamd sportieve acties uitvoeren. Wat zij sportieve acties noemde, beschouwde ik als brandstichting, net als de inwoners van het dorp, die met goed weer altijd een buurtwacht hielden tegen brandstichting, of liever gezegd: tegen Pearl. Hopelijk zorgden het Kerstdiner en de storm buiten nu voor genoeg afleiding om haar ten minste één nacht uit de problemen te houden.

Als Westwick Corners' enige handhaver van de wet had Tyler het vandaag al druk genoeg met alle door de sneeuw veroorzaakte problemen. Hopelijk hoefde hij niet ook nog eens de hele Kerstavond op tante Pearl te letten. Als het hem ten minste ooit nog lukte om hier te komen.

Mijn gedachten werden onderbroken door het gerinkel van de

bedelarmband om tante Pearls arm, die ze sierlijk omhoog zwaaide.

Merlinda lachte haar blinkend witte tanden bloot.

Dat ik een ietsje pietsje jaloers was, was ook helemaal aan mezelf te wijten. Merlinda kon er niks aan doen dat ze zo knap was. En het was mijn eigen schuld dat ik niet hard genoeg studeerde op mijn toverkunsten. Geen wonder dat tante Pearl in mij nogal teleurgesteld was.

Hekserij was waar de familie West haar geld mee verdiende, hoewel het niet zo veel geld opleverde. Eigenlijk leverde het helemaal niks op. Daarom werkten we ook allemaal nog in het hotel. Betalende gasten zorgden voor de broodnodige inkomsten. Het hebben van een hotel was dan wel niet zo glamoureus als hekserij, maar zo konden we in elk geval de rekeningen betalen.

"Jammer dat Earl er niet bij kan zijn." Oké, het was een beetje wraakzuchtig, maar ik kon er niks aan doen. Merlinda kon Earl niet uitstaan. Hij was of tante Pearls meest fanatieke bewonderaar, of haar geheime vriend, afhankelijk van met wie je praatte. Ook was hij concurrentie voor Merlinda.

Earl was een lieve, zachtaardige weduwnaar uit de buurt. Hij was ergens in de zeventig, had pas geleden zijn boerderij verkocht en was in het dorp komen wonen. Ik had geen idee wat zo'n relaxte man als Earl in tante Pearl zag, of waarom Merlinda zo'n hekel aan hem had. Ze vochten allebei constant om tante Pearls aandacht. Dat Merlinda zo jaloers was op Earl, was het enige barstje dat ik kon vinden in haar verder o zo volmaakte gedrag.

"Earl komt niet", snauwde tante Pearl. "Het sneeuwt te hard."

"Wat jammer." Het herinnerde me er weer aan dat Tyler ook nog steeds buiten overgeleverd was aan de elementen. Met het verslechteren van het weer, vervloog ook mijn hoop op een romantische intieme Kerst.

Tante Pearl riep boos: "Cen, let nou op! Dan leer je misschien eens iets. Je had ondertussen een veel betere heks kunnen zijn als je had opgelet, zoals Merlinda."

Merlinda fluisterde iets met een lage stem, terwijl ze haar lange zwarte haar naar achteren gooide.

Ineens werd de kamer fel verlicht, alsof de zon naar binnen scheen. Terwijl dat gebeurde, zwol het geluid van kabbelend water aan tot brekende golven. Een metershoge glazen bol zweefde een paar centimeter boven Merlinda's uitgestoken handen, pulserend van energie en licht. Binnen was een caleidoscopisch beeld te zien van een tropisch eiland, compleet met palmbomen, strandtentjes en een cocktailbar.

Iemand tokkelde zachtjes op een ukelele.

Een tropisch paradijs in glas, inclusief eigen muziek.

Hoe kon ik daar nu tegenop?

Merlinda was minstens net zo'n goede heks als tante Pearl, misschien zelfs nog wel beter. Ik had nooit gedacht dat dat mogelijk was, want tante Pearl was echt de machtigste heks die ik ooit had gezien.

Tot dit moment.

Het was overduidelijk dat mijn talenten bij lange na niet in de buurt kwamen bij die van Merlinda. Ik kon nog niet eens een glas water tevoorschijn toveren als mijn leven ervan af hing, laat staan dat ik een paradijselijk strand kon laten zien in mijn handpalm. Ik schonk haar een nepglimlach en hoopte dat ze niets zag van mijn inwendig brandende afkeer voor haar.

"Bravo!" In de deuropening van de eetkamer klapte tante Amber verbaasd in haar handen. "Zo'n goeie uitvoering van deze spreuk heb ik nog nooit gezien."

Geen wonder dat tante Pearl Merlinda zo geweldig vond.

Ze was de ideale studente en protegé. Ontzettend aardig, leergierig, en, voor zover ik het kon beoordelen, was ze echt overal goed in. Merlinda gaf niet toe aan de woede-uitbarstingen van tante Pearl en ze stelde ook geen vragen bij haar pyromanische grappen. In de ogen van tante Pearl was ze perfect.

Het was daarom ook geen wonder dat ze het lievelingetje was van de lerares. Dat kon ik tante Pearl ook niet kwalijk nemen. Ik was het andere uiterste, ik was van *Pearl's Charm School* af gegaan. Ik had mijn talent voor toverspreuken nooit zo boeiend gevonden, want ik zag tovenarij niet echt als de ideale baan.

Hoe dan ook was die richting ooit voor mij bepaald. Zelfs al zou ik me niet dagelijks bezighouden met hekserij zou het toch, omdat ik nu eenmaal een heks ben, een deel van mijn identiteit zijn. Volgens tante Pearl is het mijn lot, of ik het nu leuk vind of niet. Het is mijn taak om toverspreuken uit te spreken, om brouwsels te maken, en om andere hekserige werkzaamheden uit te voeren als dat nodig is. Juist dat laatste stukje van mijn taakomschrijving vind ik irritant. Waarom kan ik niet doen waar ik zelf zin in heb en een gewoon leven leiden?

Want hoe ik ook mijn best doe, volgens mij heb ik gewoon al die talenten niet die mijn familie wel heeft. Mam kan fantastische kruidenbrouwsels en magische amuletten maken. Tante Amber is heel goed in toverspreuken. En tante Pearl beheerst alle onderdelen van de hekserij vakkundig. Ze is vastbesloten om alleen expert-heksen te kweken op *Pearl's Charm School*. Alles minder dan dat is onacceptabel.

Daarentegen ben ik zelf overal heel slecht in. Gedeeltelijk omdat ik nogal risicomijdend ben (zeker *niet* ideaal voor een heks) en deels omdat bij mij de discipline ontbreekt. Ik ben veel beter in het doen van onderzoek, in logica, en in mijn werk als journaliste, wat tante Pearl altijd mijn mislukte back-up plan noemt. Ze blijft het me maar inwrijven.

"Zag je hoe ze dat deed, Cendrine?" Tante Pearl noemt me alleen maar bij mijn volledige naam als ze boos op me is of als ze zich aan me ergert. Ze sloeg haar handen ineen en knikte naar haar sterstudente. "Als je je best niet doet, kun je ook geen succes verwachten, nietwaar, Merlinda?"

Merlinda bloosde toen ze haar naam hoorde. Of misschien was ze in verlegenheid gebracht door tante Pearls kritiek op mij.

"Daar bij dat koraalrif staat mijn huis." Merlinda wees naar een vorstelijk landhuis op een klif die uitstak boven een turquoise zee. "Ik ben dol op Westwick Corners, maar tijdens de feestdagen was ik toch echt liever thuis geweest. Nou ja, nu ik door het glas heen naar Vanuatu kan kijken, is dat nog het beste alternatief behalve er echt zijn, denk ik."

Alsof ze het hiermee eens waren, sloegen de golven tegen het glas van de tropische schudbol.

"Wauw, kijk naar al die details. Je bol is echt prachtig." Tante Amber boog zich met een glas eierpunch in haar hand dicht naar Merlinda's schudbol toe om het beter te kunnen zien. "Hé, is dat jouw eiland?"

Merlinda knikte. "Ja. Het is Vanuatu in real-time."

"Dat is fantastisch!" Tante Amber trok een vies gezicht na het doorslikken van een flinke slok eierpunch. "Er is iets niet helemaal goed met deze eierpunch. Volgens mij heb ik er te veel nootmuskaat in gedaan."

We staarden allemaal naar de bol, gebiologeerd door de mini-mensjes die rondliepen bij het grote landhuis aan het strand. Piep-kleine autootjes reden over een nabijgelegen weg. Een bejaard echtpaar zat hand in hand op het grote terras, terwijl enkele tuin-mannen bezig waren in de strak aangelegde tuinen rondom het land-huis. Het geheel deed me denken aan een diorama in een museum, behalve dan dat hier iedereen bewoog. Het was net een realityshow waarbij de sterren geen idee hadden dat ze bekeken werden.

Best eng als je erover nadacht.

"Ik kan het tropische briesje bijna voelen. Dit is zo veel beter dan Google Earth." Tante Amber schoof een rode haarlok achter haar oren terwijl ze in de glazen bol staarde. "Je hebt echt veel talent, Merlinda."

Merlinda haalde haar schouders op. "Ik had deze keer gewoon veel geluk met de spreuk."

"Waarom is het in die bol nog licht? De zon is toch al onder?" Stiekem was ik blij dat ik haar op een fout kon wijzen.

"Dat is omdat het daar al de volgende dag is", zei Merlinda. "Vanuatu ligt ongeveer 1600 kilometer ten oosten van Australië."

"Oh." Had ik mijn mond maar gehouden. Wat stom dat ik geen rekening had gehouden met een andere tijdzone.

"Daardoor is jouw Vanuatu-bol alleen maar nóg specialer. Het komt echt door jouw bovennatuurlijke krachten en niet omdat je geluk had." Tante Pearl keek naar Merlinda. Vervolgens draaide ze zich naar mij om, een kwaadaardige glinstering in haar ogen. "Cendrine, waarom probeer jij het niet een keer?"

Tante Pearl wist heel goed dat ik niks voor elkaar kon krijgen wat ook maar een beetje hierop leek. Ze probeerde me alleen maar voor schut te zetten, dus ik veranderde snel van onderwerp. "Wie zijn die mensen eigenlijk?"

"Die mensen op het terras zijn mijn ouders", zei Merlinda. "De anderen horen bij het personeel."

"Probeer het zelf eens, Cendrine", zei tante Pearl met een vals lachje. "Beschouw het als een oefening voor de wedstrijd."

De hekserijwedstrijd op Kerstavond was een oude traditie van de familie West, maar ik deed meestal alleen mee als toeschouwer. Ik had weleens zelf wat toverspreuken gedaan, maar alleen in bijzijn van mijn familie. Ik was echt niet van plan om te toveren waar Merlinda bij was. Behalve dat de druk om het goed te doen enorm hoog was, vermoedde ik ook dat tante Pearl met dit verzoek wat bijbedoelingen had.

"Liever niet", protesteerde ik. "Kunnen we kerstavond niet op een normale manier vieren? Zonder hekserij?"

"Maar we toveren toch altijd?" klaagde tante Amber. "Kerstavond zonder tovenarij is hetzelfde als chocoladetaart zonder glazuur. Wat zouden we anders moeten doen!"

"Andere families hebben ook een prima avond zonder." Ik keek de kamer rond in de hoop dat Mam me hieruit zou redden, maar ze was nog steeds druk bezig in de keuken.

"Tja, we zijn nu eenmaal niet bepaald een doorsneefamilie, toch?" Tante Amber sloeg de rest van haar eierpunch achterover en zette haar lege glas op de salontafel. "Kom op, Cen, doe eens een poging."

Ik schudde mijn hoofd. "Jullie hebben allebei beloofd dat we vanavond normaal zouden doen."

"Normaal?" vroeg tante Pearl. "Je bedoelt als bij een niet-heksenfamilie? Echt, Cendrine, je bent zo ondankbaar. Je vindt je tovertalent niet eens bijzonder. Je beseft gewoon niet hoeveel geluk je hebt."

Zachtjes schudde ze haar hoofd. "Vanavond ís ook een gewone Kerstavond bij de familie West. En Merlinda is praktisch familie. Zij heeft ons toch ook heel ruimhartig een inkijkje van Kerst in Vanuatu gegeven? Waarom kan jij dan niet ook iets voor ons doen?"

Nu zette ze me echt voor het blok. Het was duidelijk dat tante

Pearl iets van plan was, maar wat? "Wat Merlinda net deed was toch geweldig? Wat kan ik daar dan nog aan toevoegen?"

Tante Pearl krabde even aan haar kin. "Je zou aan Merlinda kunnen laten zien hoe we echt Kerst vieren in Westwick Corners."

Ik haalde mijn schouders op. "Dat is toch precies wat we nu doen."

"Je weet wel wat ik bedoel," zei tante Pearl. "Met alles erop en eraan."

Ik had geen idee, maar ik vermoedde dat ze me het snel zou laten zien. Ik keek naar Merlinda, die vol bewondering naar tante Pearl bleef staren.

Hun wederzijdse aanbidding was echt superirritant.

"Wauw, Vanuatu is echt prachtig! Misschien kunnen we er met de hele familie naartoe op vakantie," zei tante Amber. "Wat zal jij teleurgesteld zijn dat je vlucht naar huis niet doorging."

Merlinda staarde weemoedig naar buiten waar grote sneeuwvlokken als binnenvallende parachutisten neerkwamen. "Het geeft niet. Nu maak ik tenminste een witte kerst mee. In Vanuatu sneeuwt het nooit, dus het voelt ook nooit echt als Kerstmis."

Met een snelle polsbeweging liet ze de bol richting de kerstboom zweven. Hij bleef even in de lucht hangen voordat hij zich halverwege de boom tussen de takken nestelde.

Mijn blik gleed door de woonkamer. De vierkante ramen werden omzoomd door kleine witte sneeuwbergjes, die het sprookjesachtige winterlandschap buiten omkaderden. Onze enorme kerstboom hing vol met versiersels en bovenop prijkte een fonkelende ster.

En nu werd hij ook nog eens verfraaid door Merlinda's magische glazen bol. Het was haar gelukt om Kerstmis helemaal over te nemen.

Het hele plaatje zag eruit als een kerstkaart. Maar bij de familie West sluimeren emoties altijd net onder het oppervlak, vooral tussen tante Pearl en tante Amber. Tijdens onze etentjes werd er altijd al gekibbeld nog voordat het dessert op tafel stond, maar nu Merlinda hier was zouden ze hun onderlinge rivaliteit misschien wel even opzij zetten. In ieder geval leken ze er nu wel hun best voor te doen.

Ik richtte mijn aandacht weer op Merlinda. Voor het eerst voelde ik wat medelijden voor haar, omdat ze in deze tijd van het jaar zo ver bij haar familie vandaan was. "Ik weet dat het niet is wat je gewend bent, maar met Kerst is het ook best fijn in Westwick Corners, zelfs in een sneeuwstorm."

"We kunnen het zelfs nog fijner maken," zei tante Pearl. "We zullen Kerstmis uit Cens kindertijd naspelen, zodat je het zelf kunt meemaken!"

"Wat een geweldig idee!" riep tante Amber. "De complete beleving. Laat maar komen!"

Ik deed mijn mond open om iets te zeggen, maar er kwam niets uit. In plaats daarvan drong er plotseling ijskoude lucht mijn longen binnen, waardoor ik nauwelijks nog kon ademen. Ik hoestte zo hard dat ik achterover viel. Met veel moeite kwam ik overeind en ontdekte dat ik niet meer in de woonkamer was. Datgene waarvan ik had gedacht dat het de grote met kussens gevulde leunstoel was, bleek een berg sneeuw te zijn. Erger nog, ik zat er tot aan mijn nek in. Op de een of andere manier bevond ik me buiten in de vrieskou, half begraven onder de sneeuw.

In mijn eentje.

Ik rilde en wreef over mijn armen die al gevoelloos waren geworden.

Als het erom ging dat Merlinda mijn Kerst zou beleven, dan was het vreemd dat zij hier niet was. Net als alle anderen eigenlijk. Misschien was er iets niet goed gegaan met de toverspreuk. Misschien was iedereen druk met het herbeleven van de Kerst uit mijn kindertijd, behalve ikzelf.

Door de laaghangende wolken heerste er een benauwde en spookachtige sfeer. Er waren geen herkenbare gebouwen of andere oriëntatiepunten te zien. Slechts overal sneeuw.

Er was nog iets wat niet klopte. Het was nog licht. Dus het was nu of eerder op de dag vanwege een ingewikkelde tijdreistoverspreuk, of ik zat vast in een tijdvertragende winterse sneeuwbol. Ik vermoedde het laatste, want ik wist dat Mam zou ontploffen als tante Pearl me op Kerstavond terug in de tijd had gestuurd.

Maar als de anderen zich allemaal buiten de bol bevonden, kon ik hen niet zien of horen. Ik dacht even dat ik hun aanwezigheid voelde, maar misschien was dat alleen wishful thinking. Ik voelde me als een dier in de dierentuin, tentoongesteld achter glas, in een namaakshow. Behalve dan dat de sneeuw heel echt aanvoelde. Ze dwarrelde om me heen en de natte vlokken bedekten mijn blote armen. Ik rilde en vroeg me af of dit niet weer zo'n streek van tante Pearl was om Tyler en mij uit elkaar te houden.

Wat als hij thuiskwam en ik was er niet? Allerlei scenario's schoten door mijn hoofd. Wat als tante Pearl hem de sneeuwstorm in zou sturen om mij te gaan zoeken?

De moed zonk me in mijn schoenen toen ik me realiseerde dat het weer een van tante Pearls oude streken moest zijn, waarmee ze mijn kans op een knusse romantische kerstsfeer wilde dwarsbomen. Ze minachtte Tyler omdat hij haar altijd een bekeuring gaf wanneer ze de wet overtrad. Hij liet haar nooit ergens mee wegkomen. Nu richtte ze haar wrok op mij, in de hoop dat ik het uit zou maken met hem.

Nou, zo makkelijk gaf ik niet op.

Maar ja, nu zat ik toch vast op de een of andere manier. Uit mijn eigen wereld buitengesloten, dankzij de grillen van mijn gemene tante Pearl, die zich meer gedroeg als een klierig kind van twee dan de 72-jarige die ze echt was.

Ik sloeg mijn armen om me heen en beefde van de kou. Mijn mouwloze jurk was niet bepaald geschikt voor deze ijskoude temperatuur en de toenemende sneeuwval. Over een paar minuten zou ik onderkoeld raken. Maar, tante Pearl zou me ongetwijfeld redden voordat ik bevroor.

Maar ik had wel een plan B nodig voor als ze dat niet zou doen. Ik keek om me heen en zag ineens een ouderwetse arrenslee die me nog niet eerder was opgevallen. Ik liep naar de achterkant en zag dat de slee eruit zag als een paardenkoets, maar dan veel groter. De open koets stond volgestapeld met dozen met spullen. De dozen blokkeerden mijn uitzicht en er was geen ruimte meer over om ergens te zitten of te staan.

Ik stampte door de metershoge sneeuw om de slee heen en werd pardoes omver geblazen door een harde windvlaag. Voor wat beschutting dook ik onder de achterkant van de koets. Er drong wat sneeuw in mijn enkellaarsjes en mijn blote benen werden zo gevoelloos door de kou dat ik ze nauwelijks nog voelde.

De wind gierde en nam in kracht toe. De weinige beschutting die de slee bood, werd tenietgedaan door de sneeuw op mijn blote huid. Mijn kont voelde ik ook niet meer. Als ik hier zou blijven, zou ik doodvriezen. Ik kroop eronder vandaan en sjokte naar de voorkant van de slee.

Ik realiseerde me opeens dat ik niet alleen was en kreeg weer wat hoop, maar die vervloog snel toen ik de achterkant van een grote man zag, zittend op de bok.

Toen ik dichterbij kwam, werd het me duidelijk.

De kerstman.

En alsof dat nog niet genoeg was:

Rendieren...

Acht stuks!

Ik lachte hard bij het zien van de namaak-rendieren. De enorme tuinversieringen waren duidelijk van tante Pearl. Maar als dit haar magische kunsten waren, waarom was ik dan nu langzaam dood aan het vriezen? Ze kon soms echt heel ondoordacht zijn, maar wreed was ze niet.

Bovendien zou ze me anders al lang gered hebben, zeker met tante Amber in de buurt. Er moest iets vreselijk mis zijn gegaan. Waren ze nu allebei zo in de ban van Merlinda dat ze mij totaal vergeten waren?

Ik leunde tegen de slee en bedacht een plan. De slee bood in ieder geval wat beschutting tegen de wind. Ik dook er weer onder, maar van de ruimte onder de koets was door de dikker wordende laag sneeuw nog maar een paar centimeter overgebleven.

Dat lukte dus niet. Hulpeloos stond ik op en vroeg me af wat ik kon doen. Er viel nu zo veel sneeuw dat het niet lang zou duren of ik zou eronder begraven worden.

Ik moest echt snel weg uit deze ellende.

"Help!" De tranen sprongen in mijn ogen.

Er kwam geen antwoord. Ik voelde me verslagen en zuchtte. Het was Kerstavond en bijna etenstijd en in plaats van te ontspannen bij de open haard met een drankje, was ik aan het doodvriezen binnen in een tevoorschijn getoverde kerstsneeuwbol.

Ik moest in beweging blijven nu ik nog een beetje controle had over mijn halfbevroren benen. Ik bewoog slingerend naar voren alsof ik dronken was, ondanks dat ik geen druppel alcohol had gedronken. Omdat ik geen idee had waar ik was, wist ik ook niet welke kant ik uit moest, dus ik ging maar de richting op waar de slee naartoe gericht stond.

Ineens begon de grond onder mijn voeten te bewegen.

Achter me hoorde ik iets rinkelen en van schrik maakte ik een sprongetje. Ik draaide me om en stond stijf van angst.

De rendieren.

In een flits kwamen ze tot leven. Ze snoven en trappelden in de sneeuw, als renpaarden aan de start. Ze trokken aan de leidsels en de slee kwam in beweging. Nog even en ik zou worden overreden door acht onstuimige rendieren en er was niemand om me te helpen.

In een wanhopige poging om de onhandelbare kudde te ontwijken struikelde ik door de sneeuw. Maar steeds als ik van richting veranderde deden de rendieren dat ook.

De grond onder mijn voeten schudde nu hevig en terwijl ik mijn evenwicht probeerde te bewaren, stootte ik met mijn elleboog ergens tegenaan.

Glas.

Met alle kracht die ik in me had beukte ik ertegenaan. "Laat me eruit!"

HOOFDSTUK 2

"Zie je wel, Cen? Zó voer je een passende transportspreuk uit." Tante Pearl keek vol bewondering naar Merlinda, zich totaal niet bewust van mijn onderkoeling en, waarschijnlijk ook wel, bevriezing.

Merlinda straalde.

"Ik had wel dood kunnen vriezen." Ik kon me maar vaag herinneren hoe ik was ontsnapt uit de sneeuwbol. Het enige wat ik nog wel voor me kon halen waren de op hol geslagen rendieren en glas dat versplinterde. En mijn ledematen waren bijna bevroren.

Mijn vingers brandden bij het oppakken van mijn wijnglas. Voordat ik was gaan zitten in de grote leunstoel bij de open haard had ik voor mezelf een groot glas Merlot ingeschonken. Met grote slokken dronk ik het leeg, terwijl ik langzaam ontdooide bij het knetterende vuur. Ik had nog steeds geen idee hoe ik uit mijn sneeuwbolgevangenis was ontsnapt en ook niet hoe ik het huis weer in was gekomen.

"Al doende leert men. Net als jij, Cendrine." Tante Pearl glimlachte liefjes naar me.

Tante Amber keek me meelevend aan. "Pearl was de laatste zin van de spreuk vergeten. Ik heb haar een beetje moeten helpen."

Tante Pearl rolde met haar ogen. "Oh, dat is echt onzin, Amber. Ik vergeet nooit iets. Ik deed het juist expres, om de spanning wat te verhogen. Het hoorde er helemaal bij."

Ik dronk de rest van de wijn op en zette het glas neer op het bijzettafeltje. Vlak bij het knapperende haardvuur wreef ik in mijn handen. Mijn vingers zagen nog steeds lichtblauw en ze deden ontzettend veel pijn. "Ik denk dat ze bevroren zijn. Hoe kon je me nu zo buiten achterlaten? Ik had wel dood kunnen zijn."

Tante Pearl rolde weer met haar ogen. "Tjonge, Cen! Je bent toch niet van suiker! Het wordt de hoogste tijd dat ik je leer om wat weerbaarder te worden."

"Je was me helemaal vergeten, of niet soms?" Ik wist niet wat ik erger vond: dat tante Pearl mij was vergeten, of dat ze een spreuk niet meer wist. Misschien was toch haar leeftijd aan het opspelen, want ze leek ook wat wazig. En een seniele heks was helemaal niet grappig.

De deurbel verstoorde mijn gedachten.

Tyler! Mijn hart maakte een sprongetje toen ik het beeld van mijn bijna twee meter lange, knappe vriend in zijn sheriff-uniform voor me zag. Nu hij er eindelijk was, konden we eindelijk samen aan Kerstmis beginnen. Ik wilde me niet langer bezighouden met tante Pearl en Merlinda.

Terwijl ik naar de deur stormde, keek ik even snel door een raam van de woonkamer. Het was buiten aardedonker en de wind was toegenomen tot bijna orkaankracht. De oude ramen met enkelglas rammelden en door de schoorsteen klonk het geloei van de storm.

Op de een of andere manier was het Tyler toch gelukt, ondanks de storm en niets was verder nog belangrijk.

"Nou, dat werd tijd; die waardeloze vriend van jou is er eindelijk. We kunnen eten." Tante Pearl wenkte Merlinda en tante Amber naar de eetkamer.

* * *

Ik deed de voordeur open en had er meteen spijt van. Normaal ben ik nogal voorzichtig van aard, maar of het nu kwam door de feestdagen, of door de wijn en de andere sterke drankjes die ik daarna

26

voor mezelf had ingeschonken, maar ik was mezelf niet meer. Ik was nog steeds getraumatiseerd door de ervaring met de sneeuwbol, en nu dit weer. Mijn hartslag schoot omhoog. Ik had niemand anders verwacht behalve Tyler. In ieder geval niet de vreemdeling die nu voor me stond.

Onder de kraag van zijn leren jack piepten tatoeages in zijn nek tevoorschijn. Zijn haar was gemillimeterd en hij zag eruit alsof hij nachtenlang geen oog dicht had gedaan.

Mijn hart ging hevig tekeer. Inbraken en roofovervallen kwamen ergens anders voor, in de grote steden en op plekken vlak bij een snelweg. Niet in een klein gehucht dat ook nog eens op Kerstavond werd begraven onder een sneeuwstorm. Alsof het zo was gepland blies een harde windvlaag de voordeur wijd open en waaide er een vlaag natte sneeuwvlokken de drempel over.

"Sorry, maar we zijn vanwege de feestdagen gesloten." Ik greep achter me naar de deurknop, op mijn hoede voor de boom van een kerel die slechts een paar centimeter bij me vandaan stond. We hadden nu geen reserveringen en onze gasten bestonden meestal uit stelletjes die een paar romantische dagen weg wilden. Deze vent was overduidelijk in z'n eentje.

Hij haalde zijn schouders op en krabde aan zijn ongeschoren kin. "Ja, weet ik."

Het was al donker buiten en ook best wel laat; het was kerstavond én we zaten midden in een sneeuwstorm. Allemaal redenen waarom deze gozer hier niet hoorde te zijn. Ik had een slecht gevoel over deze forse vreemdeling die me vanaf de andere kant van de drempel aankeek. Wat ik tekort kwam bij mijn bovennatuurlijke heksenvaardigheden werd ruimschoots goedgemaakt door mijn ouderwetse gezonde verstand.

Mijn oergevoel zei me dat ik de deur dicht moest smijten. Maar mijn verstand nam de overhand en dwong me om kalm te blijven. "Als ik je moet uitleggen hoe je terugkomt bij de snelweg..."

"Nee joh, ik ben niet verdwaald. Ik moet hier zijn. Ik bedoel... ik wil geen kamer boeken." Hij lachte, waardoor een gouden tand zichtbaar werd. "Hoewel, misschien toch wel."

"Sorry, geen kamers vrij." Ik probeerde de deur dicht te doen, maar deze dertiger liet dat niet toe. Hij stapte naar voren, zette zijn laars op de drempel en voorkwam zo dat ik de deur voor zijn neus kon sluiten.

Ik deinsde naar achteren terwijl ik nadacht over mijn opties. Hij woog minstens 120 kilo. Dat hij gespierd was, was duidelijk te zien, ondanks zijn dikke winterjack. Ik vermoedde dat hij zo afgetraind was door in de gevangenis flink te sporten. Zijn nektattoo's en harde uitstraling wezen daar duidelijk op.

Fysiek gezien was ik geen match voor hem, maar ik was wel een heks. Als het echt nodig was, kon ik hem wel op een andere manier laten verdwijnen.

Helaas kon ik me alleen even niet meer herinneren hoe.

Jammer genoeg was ik een mislukte heks die zich slechts wat flarden kon herinneren van een handjevol algemene toverspreuken. Niet echt handig als iemand je huis binnen probeert te dringen.

"Mam! Tante Amber! Kan iemand even naar de deur komen?" Ik draaide me om en riep in de richting van de eetkamer. Ik had tenslotte een huis vol heksen om mij bij te staan.

Maar misschien ook niet. Er kwam niemand. Ze konden me niet horen boven het geluid van gelach en rinkelende glazen uit. Ik wendde me weer tot mijn tegenstander.

Hij glimlachte zijn gouden tand weer bloot. "Klinkt alsof er een feestje is."

"Je moet nu echt weg, anders kom je vanwege de sneeuw nooit meer terug naar de snelweg." Ik probeerde kalm te klinken terwijl ik naar zijn auto wees, een glimmend zwarte Cadillac Escalade SUV, die slordig midden op de oprit stond.

Vast gestolen.

Hij kwam naar voren, zo dichtbij dat ik koffie rook in zijn adem. "Nah, ik moet echt hier zijn. Ik zou hier iemand ontmoeten."

"Zoals ik al zei, het hotel is gesloten. Er is hier verder niemand..." Hij torende boven me uit en kwam weer een stukje dichterbij, waardoor ik met tegenzin een stap achteruit zette.

Hij fronste en stampte de sneeuw van zijn laarzen, sneeuwresten met afdrukken van zijn laarzen achterlatend bij de voordeur. Wat hij ook voor criminele bedoelingen mocht hebben, hij leek toch wat goede manieren te hebben. Ik drukte de gedachte aan rood-wit afzetlint weg, terwijl ik hoopvol naar de weg keek. Maar de Jeep van Tyler kwam nog altijd niet de heuvel op.

Niemand.

Mijn hart ging nu hevig tekeer.

Behalve Tyler verwachtten we geen andere bezoekers en op Kerstavond kwam er meestal niemand onverwachts langs. Ook de andere dorpsbewoners niet, want de Witching Post Bar & Grill was eveneens tijdens de feestdagen gesloten. En als je het 'gesloten' bordje aan het begin had gemist, dan zou je echt geen poging wagen om over de lange, niet schoongemaakte oprijlaan door te rijden.

Bovendien lag ons hotel aan de rand van het dorp en mijlenver verwijderd van de snelweg. De meeste mensen konden Westwick Corners niet eens vinden als ze ernaar zochten, laat staan nu met alle sneeuw. Daarnaast kende ik iedereen in het dorp en de paar gasten die zouden komen, waren al veel eerder gearriveerd. Daar hoorde deze vent niet toe. Een vergissing leek dus niet erg waarschijnlijk.

Ik schrok me lam.

Hij was echt van plan om ons te beroven.

Ik ging achter de voordeur staan en begon hem dicht te duwen. Wat was ik stom geweest. Door alle gedoe rond Kerst was ik helemaal vergeten om op mijn hoede te blijven.

De man stapte naar voren. Hij stond nu stevig en wel al bijna in de deuropening. "Sorry dat ik zo laat ben, het zat erg tegen onderweg."

Ik duwde hard tegen de deur in de hoop dat ik zijn voet van de drempel kon wrikken. "Ik denk dat je aan het verkeerde..."

Hij negeerde me gewoon en viel weer in herhaling. "Ik ben zo blij dat ik het toch gehaald heb. De sneeuw blijft nu echt liggen. Ik kreeg mijn Escalade bijna de heuvel niet op. Die is niet gebouwd voor zo veel sneeuw."

Ik staarde langs hem heen naar de Escalade. Het was nogal brutaal om hem maar gewoon in het midden van de ondergesneeuwde oprit achter te laten. Hij was dan wel de heuvel op gekomen door dertig centimeter sneeuw, maar had niet eens de moeite genomen om hem nog een halve meter verder op een parkeerplek te zetten. Ik duwde mijn ergernis weg, want het maakte ook niet uit; we verwachtten toch verder niemand.

Behalve Tyler dan, die nu al een uur te laat was. Wat als hem iets vreselijks was overkomen? Of erger nog: wat als ons nu iets vreselijks zou overkomen? In ieder geval zou de zwarte Escalade voor Tyler een teken zijn dat hij op het punt stond om in een hinderlaag terecht te komen.

Als sheriff kon Tyler zichzelf wel redden. Maar ook een agent zou geen overval verwachten op Kerstavond.

Ondanks de kou brak het zweet me uit. Met de achterkant van mijn hand veegde ik mijn voorhoofd af en maande mezelf tot kalmte.

"Ben je verdwaald of zo?" Mijn polsslag ging de hoogte in. Omdat Westwick Corners zo afgelegen lag, moest dat wel de enige verklaring zijn. "Sla onderaan de heuvel rechtsaf, en sla na ongeveer acht kilometer bij de kruising linksaf. Dan kom je weer bij de snelweg."

Hij verroerde zich niet.

En mijn redders in nood waren al dronken en hoorden me niet.

HOOFDSTUK 3

"*M*ag ik nou nog naar binnen?" De doordringende groene ogen van de vreemdeling boorden zich in de mijne. Toen verscheen er langzaam een glimlach op zijn gezicht en hij stak zijn hand uit. "Oh... je weet niet wie ik ben, of wel? Ik ben Dominic, de partner van Merlinda."

Partner leek een vreemde woordkeuze van deze woesteling, maar misschien dat ze wat formeler spraken waar hij vandaan kwam. Ik was me er vaag van bewust dat Merlinda in Vanuatu een vriend had, maar Dominics accent leek eerder Texaans dan iets uit de Zuid-Pacific. Maar Merlinda had het nauwelijks over hem, dus wat wist ik er eigenlijk van.

"Merlinda's vriend?" Ik liet de deurknop die ik nog in een ijzeren greep had los en schudde zijn hand. Nog een indringer erbij op Kerstavond. Daar ging mijn knusse familiefeest. "Ze heeft helemaal niet verteld dat je zou komen."

"Je lijkt wel wat teleurgesteld."

"Nee, ik wilde alleen... Nou ja, laat maar zitten." Nu ik niet langer voor mijn leven hoefde te vrezen, kon ik Dominic wat beter bekijken. Hij was eigenlijk best knap op een ruige, kwajongensachtige manier.

En het poederlaagje sneeuw op zijn kortgeknipte donkerblonde haar zorgde voor een zekere charme.

Dominic kwam naar voren en blokkeerde nu met zijn gespierde lijf de hele deuropening. "Merlinda weet helemaal niet dat ik zou komen. Het is eigenlijk een verrassing. Maar, Pearl weet er wel van. Zij was ook degene die me vanavond voor het eten heeft uitgenodigd."

Mijn mond viel open. Niet alleen omdat Dominic hier helemaal naartoe was gekomen vanwege een of andere vage uitnodiging om te komen eten, maar omdat tante Pearl echt de minst sociale persoon was die ik kende. Ze haatte iedere bezoeker en deed altijd de grootst mogelijke moeite om mensen te ontwijken. Dat zorgde altijd voor frictie met de gasten van ons hotel. Waarom was ze nu ineens zo gastvrij? Hier klopte iets niet.

Doordat tante Pearl zo in de ban was van Merlinda, was haar persoonlijkheid helemaal veranderd. Ze had niet alleen een of andere onbekende te eten gevraagd, maar ze had Dominic zelfs uitgenodigd op kerstavond. Ik wist niet zeker wat vreemder was, tante Pearl die iemand uitnodigt, of dat ze vergeten was om dit te melden.

Met de sneeuwstorm die nu over ons heen raasde, was het zelfs voor rendieren als Rudolph, Donner en Blitzen lastig om er nu op uit te gaan. Het betekende ook dat Dominic hier niet alleen maar zou blijven eten. Hij zou hier zeker een nachtje moeten blijven, of misschien nog wel langer. De enige sneeuwploeg die ons dorp rijk was, zou pas in actie komen als het was opgehouden met sneeuwen. Dat zou op z'n vroegst Eerste Kerstdag zijn.

Maar, tante Pearl moest daar zelf maar mee dealen. Normaal gesproken doet ze ook altijd erg haar best om onze veiligheid te ondermijnen, dus hopelijk zou dit een les voor haar zijn. Terwijl ik de deur verder opendeed en Dominic binnenliet, schoot de gedachte me te binnen dat Merlinda helemaal niet van plan was geweest om Kerst te vieren in Westwick Corners. Ze was hier alleen nog omdat haar vlucht was geannuleerd. Dus wanneer had tante Pearl Dominic dan precies uitgenodigd?

Dominic haalde een hand door zijn haar. "Heeft Pearl echt niet verteld dat ze me had uitgenodigd?"

Ik schudde mijn hoofd en week even achteruit toen hij langs me liep. "Ik ben bang van niet."

Dominic liet zijn lege handen zien en verontschuldigde zich. "Ik had wijn mee willen nemen, maar alle winkels waren al gesloten."

Ik wuifde zijn verontschuldiging weg. "Maakt niet uit, we hebben genoeg te drinken." Onze bar zat goed vol en kon altijd nog aangevuld worden vanuit de Witching Post Bar & Grill indien nodig. En eten was ook geen probleem, want Mam maakte toch altijd te veel. Misschien was tante Pearl het daarom ook vergeten om tegen Mam te zeggen. Of misschien waren ze allebei vergeten om iets tegen mij te zeggen.

Hoe dan ook, met genoeg eten en alcohol zou ik me hier wel doorheen slaan.

Plasjes water verschenen op de vloer waar Dominic zijn laarzen had uitgeschopt.

Met een simpele toverspreuk had ik alles weer netjes kunnen maken, maar ik ergerde me enorm aan zijn achteloosheid. Hij was slordig en compleet het tegenovergestelde van de perfecte Merlinda en toch mocht ik ze geen van beiden. Misschien was ik zelf wel het hele probleem; ik werd met de minuut chagrijniger.

Met een gemaakte glimlach nam ik Dominics jack aan en hing hem aan de kapstok, voordat ik hem voorging naar de woonkamer. Daar riep ik: "Merlinda, er is iemand voor je."

Merlinda's ogen werden groot van schrik toen ze de eetkamer uit kwam. Zonder iets te zeggen bleef ze even in de deuropening staan. Toen wankelde ze op haar hoge hakken naar Dominic toe en omhelsde hem.

Hij boog zich naar haar toe en kuste haar op haar wang.

Ze maakte zich los uit zijn omhelzing en keek hem strak aan. "Jij was toch in Vanuatu? Hoe kom je dan hier in deze storm?"

Dominic haalde zijn schouders op. "Ik ben vanmorgen naar Shady Creek gevlogen. Ik wilde je al eerder verrassen, maar vanwege die storm heb ik het maar amper gered. Ik ben meer dan vijf uur onderweg geweest om hier te komen. Het is een enorme chaos op de weg."

"Maar ik zou met Kerst naar huis komen," zei Merlinda. "Dat wist je toch?"

Dominic haalde weer zijn schouders op. "Dat weet ik, maar het was de bedoeling dat ik hier al zou zijn voordat jouw vlucht zou vertrekken. Ik dacht echt dat ik het vanwege de storm niet meer zou halen."

"Nou, maar goed dan dat mijn vlucht was geannuleerd, want anders hadden we elkaar alsnog gemist." Het contrast tussen de stijlvolle, elegante Merlinda en haar getatoeëerde vriend was groot. Ze waren zo'n vreemd stel en Merlinda leek helemaal niet blij om hem te zien. Haar blije en bruisende stemming van nog maar kort geleden leek helemaal te zijn verdwenen.

Dominics verhaal kwam vreemd op me over. Als het om Tyler ging, was ik zijn plannen niet zomaar vergeten. Ik zou juist de dagen aftellen tot hij weer terug was. Maar Dominic gedroeg zich ook weer niet bepaald als een vriendje met liefdesverdriet. Ik vond het allemaal maar raar, maar mijn door alcohol benevelde brein kon het op dit moment ook vast niet goed meer bevatten.

Ik had geen idee hoelang een vlucht duurde van Vanuatu naar Seattle en dan door naar Shady Creek, maar het was wel een langeafstandsvlucht die minstens twaalf uur duurde. En daarbij opgeteld nog de rit naar Westwick Corners in winterse omstandigheden. Een verrassingsbezoekje ligt dan niet bepaald voor de hand.

De moed zakte me in de schoenen bij de gedachte aan Tyler die nog altijd in dit rotweer buiten vastzat. De kans was groot dat hij het hele kerstdiner en de speciale kerstviering met onze West-familie zou mislopen. Ik had er zo naar uitgekeken om Kerst samen met hem te vieren.

"Vijf uur rijden is nogal wat," zei Merlinda. "Shady Creek is normaal maar een uurtje rijden hier vandaan."

Dominic knikte. "Het was één grote puinhoop op de snelweg. Ik had nog geluk dat ik bij het autoverhuurbedrijf deze allerlaatste SUV kon krijgen."

Ik dacht aan de Escalade buiten. Het leek me eerder een luxe auto dan eentje die geschikt was voor de sneeuw en ik kon me niet herinneren dat ik ooit bij autoverhuurbedrijven zo'n soort auto had gezien, zeker niet in Shady Creek. Ik vermoedde dat Dominic loog, maar waarom? Het was maar een klein detail, maar het suggereerde wel dat er meer aan de hand was.

Zo leek het plotseling toch nog een interessante avond te worden, ondanks dat Tyler er nog niet was. Wat zag de mooie Merlinda in deze stoere gast? Hij was dan wel goed in vorm, maar zag er ook een beetje sjofel en vrij gewoontjes uit. Niet dat daar iets mis mee is, maar Merlinda kon iedere man krijgen die ze wilde. Dus wat moest ze met hem?

HOOFDSTUK 4

De geur van kruidige, gebraden kalkoen kwam ons tegemoet bij het binnengaan van de eetkamer.

Ik stond even in de deuropening en liet Merlinda en Dominic voor gaan. Een steek van medelijden voor Tyler ging door me heen, die zat nog steeds buiten vast in de kou. Mijn maag knorde, wat me eraan herinnerde dat ik sinds mijn ontbijt niets meer had gegeten.

"Maar, eerst even dit!" Dominic keek naar de maretak die boven hun hoofd hing. Hij sloeg zijn armen beschermend om Merlinda heen, trok haar naar zich toe en kuste haar.

"Au!" Merlinda week plotseling achteruit en trok een pijnlijke grimas. Ze leunde tegen de deurpost en klapte dubbel van de pijn.

"Wat is er, schat?" Dominic schoof teder een donkere haarlok van Merlinda achter haar oor.

"Maagkrampen. Ik heb van Pearl al wat van haar speciale maria-distelthee gehad. Maar het gaat alweer wat beter, geloof ik." Merlinda keek Dominic in zijn ogen en kuste hem.

Dominic en Merlinda blokkeerden nog steeds de toegang tot de eetkamer, waardoor ik er niet langs kon zolang ze onder de maretak bleven staan. Het contrast tussen de knappe, ultraslanke Merlinda en de ruig uitziende Dominic was verbluffend.

Er zat ook een voordeel aan Dominics komst, want daardoor werd de vreemde dynamiek tussen Merlinda en tante Pearl verstoord. Tante Pearl moest het nu opnemen tegen Dominic om aandacht te krijgen van Merlinda.

Tante Amber verscheen plotseling in de eetkamer. Vlak bij het stel bleef ze staan. Helemaal opgaand in hun omhelzing waren ze zich totaal niet van haar bewust.

"Wat lief." Tante Amber kwam los van de grond en zweefde achter het stel een meter omhoog. Ze reikte boven haar hoofd om iets aan de maretak te doen. Ze brak een takje af terwijl Dominic en Merlinda nog stonden te zoenen. Een stukje groen viel op Dominics hoofd, maar hij leek het niet te merken.

Ik wist niet zeker of de opmerking van tante Amber verwees naar het liefdevolle stel of dat het een steek onder water was naar tante Pearl, die nog nooit voor iemand thee had gemaakt.

"Tante Amber, kom hier!" Ik schrok van haar schaamteloze gebruik van hekserij in het bijzijn van vreemden. Tante Amber was een van de hoofdbestuursleden bij de *'Witches International Community Craft Association'* en zou toch beter moeten weten. Normaal gesproken was ze altijd zo'n pietje precies als het om regels ging. Misschien kwam dit ook door alle kerstvreugde, maar dat ze nu overduidelijk de 'WICCA'-regels negeerde, was wel zorgelijk.

"Praat niet tegen me alsof ik een hond ben, Cendrine", siste tante Amber. "Toon wat meer respect voor je tante."

Ik haalde mijn schouders op. "Ik probeer alleen maar onze familiegeheimen te bewaren. En te zorgen dat je geen problemen krijgt bij de 'WICCA.'"

Tante Amber zuchtte en rolde met haar ogen. "Ik kom heus niet in de problemen. En ik kan prima voor mezelf zorgen."

Iedereen leek vanavond een beetje prikkelbaar en nogal gespannen, mensen hebben daar tijdens de feestdagen wel vaker last van.

Ik keek naar Merlinda en Dominic. Ze zaten nog steeds in hun eigen wereldje en ondanks dat ze zich midden in onze kleine aanvaring bevonden, leken ze totaal niets te hebben gemerkt van tante Ambers geintjes.

"Wat maakt het nou uit?" Tante Amber stond weer stevig op het aardoppervlak, maar ze zag er nog steeds geërgerd uit.

"Vergeet niet dat we een gast hebben." Het leek niet erg waarschijnlijk, maar het was toch mogelijk dat Dominic niet wist dat zijn vriendin een heks was en dat ze op *Pearl's Charm School* leerde hoe je moest tijdreizen. Maar ook als hij wel iets wist over Merlinda's tovertalenten, dan wist hij nog niks over die van ons. En dat wilde ik graag zo houden. Tenminste, ik hoopte dat Merlinda ook niets had gezegd over ons geheim. Hoe dan ook, tegenover een vreemde moeten we onze speciale talenten niet zomaar laten zien.

"Oh, kom op, Cen, het is Kerst." Tante Amber wankelde onvast naast me. Ze was volgens mijn telling al bezig met haar vierde rijkelijk met alcohol gevulde eierpunch. Een beetje kerstvreugde en alle regels gingen overboord.

Merlinda maakte zich los uit Dominics omhelzing en keek me vragend aan. "Wat is er aan de hand?"

Ik vervloekte mijn eigen stommiteit. Merlinda en Dominic hadden totaal niets gemerkt van tante Ambers gezweef, maar hadden wel onze luide stemmen gehoord.

Voordat ik iets kon zeggen, gaf tante Amber Merlinda het twijgje van de maretak. "Hier, schat. Maretak heeft beschermende eigenschappen en die kun je wel gebruiken. Zo lang je dit bij je hebt, ben je veilig."

Dominic rolde met zijn ogen. "Je hebt echt geen dooie tak nodig om je te helpen. Je stalker uit Vanuatu kan je hier niks doen. Zeker niet nu ik hier ben om je te beschermen."

Dominics toezegging leek nogal zinloos, aangezien Westwick Corners in december totaal uitgestorven was. Ik betwijfelde het of een stalker überhaupt moeite zou doen om het te vinden. Merlinda had hier nauwelijks bescherming nodig. Maar, het riep wel de volgende vraag op: "Heb je last van een stalker?"

"Het stelt echt niks voor, Dominic overdrijft." Merlinda draaide zich om naar Dominic en glimlachte. "Je hebt gelijk. Ik heb hier niks te vrezen. Eventuele dreigingen zijn duizenden kilometers bij me vandaan."

"Wat voor dreigingen? Wat willen ze precies van je?" Merlinda's leven leek zo perfect en ik kon me niet voorstellen dat er iets was waar ze zich zorgen over maakte. Wat voor sinisters kon haar op zo'n paradijselijk eiland in Vanuatu nu bedreigen? Ik stelde me een slaperig eiland voor in de Stille Oceaan, zonder ook maar een wolkje aan de lucht.

Merlinda haalde haar schouders op. "Het maakt niet uit. Dominic zal me wel beschermen." Ze liet Dominic los en glimlachte.

"Iedereen die mijn schatje iets wil aandoen, krijgt eerst met mij te maken." Dominic pakte Merlinda's arm stevig vast en trok haar mee de eetkamer in naar de eettafel. Daar schoof hij een stoel voor haar naar achteren. Zodra ze zat, ging hij naast haar zitten.

Tante Amber en ik volgden het stel de eetkamer in. Het kerstdiner leek plotseling een stuk interessanter te worden.

"Ik ben wekenlang bezig geweest om mijn verrassingsbezoek te plannen. Pearl weet er alles van," zei Dominic. "En bijna viel alles vanwege de sneeuw in het water. Ik heb een grote verrassing voor je, schat."

Merlinda leek even van haar stuk gebracht, maar wist er toch een klein lachje uit te persen. "Wat voor verrassing?"

Dominic gaf geen antwoord. In plaats daarvan sloeg hij zijn vlakke hand even op de tafel. "Nou, waar is Pearl? Ik kan niet wachten om Merlinda's mentor in levenden lijve te ontmoeten."

Ik moest lachten bij de gedachte aan mijn ongehoorzame, problemen veroorzakende tante als iemands mentor. Ik kon ook niet wachten om tante Pearl over Dominic heen te zien walsen. Behalve dat ze mannen haatte, zou ze Dominic als een bedreiging zien, die alle aandacht van haar (en enige) topstudente zou opeisen. Het maakte haar uitnodiging aan hem des te vreemder.

"Ik vermoed dat ze in de keuken is," zei ik. "Kan ik iets te drinken voor je halen terwijl we wachten?"

"Heb je een biertje?"

Ik ging naar de keuken waar Mam en tante Pearl met hun rug naar me toe stonden. Mam roerde in een grote pan jus op het fornuis en tante Pearl was aan het aanrecht bezig om Mams speciale kerstcake te snijden en de plakken op een grote schaal te leggen. Er lagen al genoeg plakken op voor een klein leger. Genoeg ook om ze allemaal ladderzat te krijgen. Mams kerstcake hing van de alcohol aan elkaar.

Tante Pearl wist wel dat niemand van ons die cake echt zou opeten. In plaats daarvan zouden we de boel verdelen en de onaangeroerde plakjes verstoppen in alle hoeken en gaten van de eetkamer, totdat we ze later zouden terugvinden en weggooien. Het was eigenlijk niet helemaal eerlijk om hem aan gasten voor te zetten, maar dat liet ik aan tante Pearl over. Zij had hen tenslotte hier uitgenodigd.

Ondanks dat Mam een ware keukenprinses was, smaakte haar met alcohol doordrenkte cake echt vreselijk. Ze kon niet zo goed tegen kritiek en we konden het niet over ons hart verkrijgen om tegen haar te zeggen hoe vies hij was. Dus ieder jaar opnieuw verzwegen we onze afkeer voor haar cake, terwijl Mam er steeds meer van maakte. Ze dacht echt dat we er geen genoeg van konden krijgen.

Het recept voor de familie West-kerstcake stamt nog uit de tijd van onze Britse voorvaderen. Generaties lang is het doorgegeven, samen met de legende dat dankzij deze cake geen enkel levend wezen zich in de nacht voor Kerst zou verroeren. Ooit woonden er muizen in ons oude huis. Totdat Mam zo'n jaar of tien geleden het oude familierecept terugvond. Plotseling verdween ons muizenprobleem. De cake bleek dodelijk voor die arme kleine wezentjes en had ons verlost van de muizen.

Het leek echt totaal verkeerd om hem nu voor te zetten aan onze nietsvermoedende gasten.

Het was dit jaar wel een beetje anders. Mam had de cake niet al van tevoren gemaakt, zoals ze altijd deed. Ze had hem pas vanmorgen gebakken, te laat om het muizenprobleem deze keer voor te zijn. Ons huis was oud en tochtig en er waren genoeg plekken waar die kleine knaagdieren naar binnen konden komen om het koude weer te ontvluchten.

Ik trok een vies gezicht en schoof ongezien langs Mam en tante Pearl. Net toen ik de koelkastdeur opendeed om een Budweiser voor Dominic te pakken, voelde ik iets langs mijn schouder strijken. Vanuit mijn ooghoek zag ik ineens iets roods en ik schreeuwde.

"Wel verdr..." Tante Pearl gooide haar mes op het aanrecht en struikelde naar achteren. "Jemig, Cen! Ik kreeg bijna een hartverzakking. Wat mankeert jou? Nog nooit de kerstman gezien?"

"Eh... K... kerstman?" Ik draaide me om en staarde naar de lange, magere man die in een kerstmanpak in onze keuken stond. Was dit dezelfde kerstman als die van de arrenslee uit de sneeuwbol? Als dat zo was, dan was hij niets meer dan een van tante Pearls trucjes. Op de een of andere manier was ze erin geslaagd om alle herinneringen uit mijn jeugd te verpesten. De kerstman leek nu ineens een enge stalkerachtige figuur. Het was maar goed dat hier geen kinderen waren, want die zouden voor altijd een trauma oplopen.

Ik staarde in de lichtblauwe ogen van de kerstman en er begon me iets te dagen. Dit was geen geest. Dit was Earl, de niet echt geheime bewonderaar van tante Pearl. Dankzij zijn vermomming had ik hem niet meteen herkend, maar dat was begrijpelijk. Hij was een no-nonsense, gepensioneerde boer en niemand verwachtte dat hij zich zou verkleden als de kerstman.

Om onbegrijpelijke redenen was de relaxte Earl gek op de altijd problemen veroorzakende tante Pearl. Zijn kalme voorkomen was het tegenovergestelde van mijn prikkelbare, geniepige tante. Hij had er veel voor over om haar blij te maken, wat waarschijnlijk zijn kerstmanoutfit verklaarde. Ik vond dat ook wel leuk. Ik mocht Earl erg graag, vooral omdat hij een kalmerend effect had op tante Pearl.

Mam giechelde. "Je liep gewoon straal langs Earl, Cen. Je was zo in gedachten dat je hem niet eens zag."

De ogen van de kerstman schitterden van plezier. "Dit pak is niet bepaald onopvallend, Cen. Je kijkt er niet snel overheen."

Ik zat inderdaad met mijn gedachten ergens anders; ik maakte me zorgen om Tyler. "Eh, sorry Earl, ik had je niet verwacht hier." *En zeker niet in een te groot kerstmanpak.* "Tante Pearl zei dat je niet zou komen..."

"Dat heb ik helemaal niet gezegd!" snauwde tante Pearl. "En waarom neem je Earl niet mee naar de eetkamer?"

Buiten gehoorsafstand biechtte Earl op: "Dit hele kerstmangebeuren was Pearls idee. Om eerlijk te zijn voel ik me nogal belachelijk in dit pak. Maar, als Pearl er blij van wordt, dan is het de moeite waard."

Precies wat ik dacht.

Normaal gesproken zou ik niet verbaasd zijn geweest om Earl hier te zien. Hij woonde vlakbij en had niemand om de feestdagen mee door te brengen. Met Thanksgiving was hij ook bij ons geweest. Maar tante Pearl had ons nog maar pas geleden verteld dat Earl een nieuwe vriendin had en niet zou komen.

Weer een leugentje, gewoon zomaar. Ik wist nooit wat ik van tante Pearl moest geloven of niet.

"Kom, we gaan naar de eetkamer." Ik gebaarde Earl om me te volgen en greep ondertussen een fles Witching Hour Red mee, een vintage Merlot van onze eigen wijngaard. Toen we de eetkamer binnenkwamen zei niemand iets over Earls kerstmanpak, waardoor de situatie nog ongemakkelijker werd. Blijkbaar kon niemand de juiste woorden vinden.

Earl zat aan het uiteinde van de tafel. Zo zat hij heel strategisch naast tante Pearls vaste plek. Haar stok stond tegen de achterkant van haar stoel, ondanks dat ze zelf nog in de keuken was. Natuurlijk was haar stok eigenlijk haar toverstaf.

Het was moeilijk te zeggen of Earl echt niets wist of gewoonweg niets wílde weten van tante Pearls tovertalenten. Hij vroeg zich namelijk nooit af waarom ze ook best uit de voeten kon zonder die stok en hij leek ook nooit iets te merken van haar bovennatuurlijke geintjes. Liefde is echt blind, vermoed ik.

Ondanks de cake zo vlak voor mijn neus knorde mijn maag. Ik zette de fles neer en gaf Dominic de Budweiser. "Ik ben er echt van onder de indruk dat je helemaal uit Vanuatu bent gekomen om Merlinda te verrassen."

"Ja, nou ja..." Hij draaide de dop van de bierfles en nam een grote slok. Nadat hij het flesje met een harde klap op tafel had gezet, leunde hij naar achteren en zuchtte diep. Hij kneep even in Merlinda's hand. "Ze is het gewoon waard."

Ik wierp een blik naar buiten en zag dat het hek van de veranda verdwenen was onder een dikke laag sneeuw. Ondanks de afgezette wegen en de sneeuwstorm van de eeuw was het Dominic op de een of andere manier toch gelukt om hier te komen. Hij had een tropisch paradijs achtergelaten om zijn vriendin duizenden kilometers en een halve oceaan verderop te verrassen bij het kerstdiner. Geen enkele man had ook maar iets in die richting ooit voor mij gedaan.

Niet dat ik wilde dat Tyler geen gestrande automobilisten meer zou helpen natuurlijk. Als sheriff kon hij natuurlijk niet zomaar alles uit zijn handen laten vallen omdat het kerstdiner lonkte. Maar stiekem wilde ik dat wel. Bovendien vond ik al die automobilisten buiten maar onverantwoordelijk. Als zij niet zo nodig weg hadden gewild en niet vast waren komen zitten, dan had Tyler ze niet hoeven te helpen. Misschien een beetje egoïstisch, maar het was toch niet heel lastig te begrijpen dat ik op Kerstavond graag samen met mijn vriend wilde zijn?

"Je hebt de zon en het strand voor dit weer ingeruild? Dat was vast niet makkelijk," zei tante Amber.

"Best wel." Dominic sloeg zijn arm om Merlinda en pakte haar zo stevig vast dat haar stoel nog maar op twee poten stond. "Niets kon me tegenhouden."

Merlinda hield zichzelf met een hand aan de tafel vast. "Wie zorgt er dan voor de duikwinkel? Het is er nu hartstikke druk."

"Heb je een duikwinkel?" Dominic leek me nou niet bepaald het sportieve watersporttype. Met zijn grote, gespierde lijf zou hij zinken als een baksteen. Maar misschien klopte het juist wel, omdat hij onder water drugs smokkelde of de duikwinkel gebruikte voor andere schimmige zaakjes. Er was iets niet in de haak met hem, maar ik kon mijn vinger er niet op leggen.

"De winkel is niet van mij, ik werk er alleen maar." Dominic keek weer naar Merlinda. "Alles is oké, ik heb iemand geregeld die alles overneemt terwijl ik weg ben. Ik heb je zo ontzettend gemist, schat. Ik wilde gewoon bij jou zijn met de feestdagen."

Dominic trok het maretakje uit Merlinda's hand en legde het op de tafel tussen hun drankjes in. "Je hebt geen geluksbrengers nodig. Ik ben hier om je te beschermen, altijd en overal."

Merlinda keek hem boos aan. Ze nam een grote slok wijn en zette haar glas zo hard op de tafel terug dat ze wat morste. Er verschenen rode druppeltjes op het witte tafelkleed. "Jij zou de boel in de gaten houden. Ik dacht dat we hadden afgesproken..."

Dominic hield een vinger tegen zijn lippen. "Ssst, schat. We hoeven het voor hen niet geheim te houden."

"Wat voor geheim?" Mam kwam de keuken uit met een dampende schaal aardappelpuree. Ze zette de schaal op tafel en veegde haar handen af aan haar schort.

"Er zijn wat problemen in Vanuatu. Ze willen Merlinda een kopje kleiner maken," vertelde Dominic.

Mam hield haar adem in. "Merlinda, je hebt ons nooit verteld dat je in gevaar bent! Wie zou jou in vredesnaam iets aan willen doen?"

Merlinda haalde haar schouders op. "Dominic overdrijft. Het is echt niet zo erg als hij zegt."

Dominic schudde zijn hoofd. "Nee, je bent niet veilig in Vanuatu. En hier zelfs ook niet. Daarom ben ik gekomen om je te beschermen."

"Om Merlinda te beschermen tegen wat?" vroeg Mam. "Het is nergens veiliger dan in Westwick Corners."

"Merlinda's vijanden zijn vastbesloten om haar te pakken te krijgen. Ze willen haar krachten misbruiken voor John Frum en de cargo-cult," zei Dominic.

"Wie is John Frum?" vroeg tante Amber.

Merlinda maakte een afweerbeweging met haar hand. "Hij bestaat niet echt."

"Hoe dan ook, er komt hier in elk geval niemand heel binnenkort langs," zei Earl. "Vanwege de sneeuwstorm zijn we onbereikbaar."

Merlinda keek Earl aan. "Jij bent toch geen meteoroloog, of wel soms?"

Merlinda's vijandigheid tegen hem leek totaal aan Earl voorbij te gaan. "Ik wist weken geleden al dat deze storm zou komen. Als je het mij had gevraagd, had ik je aangeraden om een vlucht eerder te boeken. De boerenalmanak heeft voor dit jaar veel sneeuw en een koude winter voorspeld."

"Nou, ik heb je niks gevraagd, toch?" Merlinda rolde met haar ogen. "Geloof je nou echt in die boerenalmanak?"

Earl trok een wenkbrauw op. "Natuurlijk geloof ik daar in. De afgelopen vijftig jaar had hij het steeds bij het rechte eind, misschien nog wel langer."

"Earl is heel lang boer geweest," zei ik. Het was echt niet nodig dat Merlinda zo onbeleefd was, maar ik moest wel toegeven dat ik er stiekem van genoot dat Merlinda's onberispelijke gedrag een barstje vertoonde. Earl wilde alleen maar meedenken en zij beet zowat zijn hoofd eraf.

"Waarom zitten die mensen achter je aan, schat?" tante Amber keek bezorgd. "Wie is die John Frum-vent? En wat is een cargocult nu weer? Is het voor mensen die van cargobroeken houden? Of heeft het iets te maken met verre vakanties?"

Er verscheen een flauw glimlachje op Merlinda's gezicht toen ze zachtjes haar hoofd schudde. "Was het maar zo simpel."

Tante Pearl stond achter Merlinda, hoewel ik haar niet de eetkamer binnen had zien komen. Ze zette voorzichtig de juskom voor Merlinda neer op tafel, alsof ze een godin een offer aanbood.

"Merlinda heeft jouw hulp heus niet nodig, Dominic," snauwde tante Pearl. "Ze is heel goed in staat om voor zichzelf te zorgen."

"Maar, Pearl..." Earls kalme stem had effect en iedereen hield even zijn mond dicht.

Dominic haalde diep adem en keek vragend. "Je hebt ze zeker niet alles verteld, schat?"

"Ons wat verteld?" Mam had een groot deel van het gesprek gemist toen ze terug was gegaan naar de keuken. Nu had ze een mandje met versgebakken broodjes gehaald. "Ik hoop dat iedereen honger heeft. Jullie kunnen de rest van het verhaal wel tijdens het eten vertellen."

"Maar Tyler is er nog niet!" Ik keek weer naar buiten, teleurgesteld omdat zijn Jeep nog steeds niet in zicht was. De Escalade van Dominic was al bedekt met een paar centimeter sneeuw en leek nu een grote witte berg. "Kunnen we niet nog een paar minuutjes wachten?"

"Waarschijnlijk komt hij helemaal niet, Cen." Tante Pearls ogen glommen ondeugend. "Ha, hij heeft vast een beter aanbod gekregen."

Ik wilde reageren, maar hield me in. Tante Pearl probeerde me uit te dagen, maar ik trapte er niet in.

Mam schudde haar hoofd. "Ik heb zo lang mogelijk gewacht, schat. Ik vrees dat Tyler nog steeds buiten opgehouden wordt. Als hij komt, warm ik wel een bord eten voor hem op."

"Oké", zuchtte ik vol zelfmedelijden. Misschien was het maar beter ook, bedacht ik. Nu Dominic en Merlinda hier waren, was het toch al niet meer de speciale familiekerst waar ik op had gehoopt.

HOOFDSTUK 5

Ik wierp een blik op de lege stoel naast me en luisterde maar half naar de gesprekken. Mam en tante Pearl hadden nog een paar dampende schalen neergezet voordat ze zelf waren gaan zitten.

De tafel stond bomvol met schalen vol groenten, kalkoenvulling, cranberrysaus en natuurlijk de kalkoen. Er stonden wel twintig gerechten, meer dan genoeg om een complete bijeenkomst vol uitgehongerde heksen te voeden en dan nog zou er overblijven.

Maar ik had mijn eetlust verloren en maakte me zorgen dat er iets met Tyler was gebeurd. Ik belde zijn mobiel, maar nu nam hij niet meer op.

Mam ving mijn blik op en lachte me bemoedigend toe.

Ik lachte terug, hopend dat mijn teleurstelling voor de anderen niet zo duidelijk was. Ik liet een warm broodje op mijn bord vallen en gaf het mandje door aan tante Pearl. Als ik deed alsof ik het naar mijn zin had, dan kreeg ik er misschien ook wel weer zin in.

Ik keek even de tafel rond en het viel me op dat tante Pearl in haar groenfluwelen broekpak en Earl in zijn rode kerstmanpak een heel goed stel vormden, op een vreemde manier. Tante Pearl, feestelijk in het groen en met haar grijze haar, leek op een wat oudere, anorectische kerstvrouw. Earls kerstpak hing zo ruim om zijn lange lijf dat hij er als een bejaarde, hippieachtige kerstman uitzag.

Tante Amber schepte een royale schep gekonfijte worteltjes op haar bord en gaf de schaal door aan Mam links van haar. "Ik wil het naadje van de kous weten over deze cargocult. Kun je er lid van worden?"

"Nee, het is geen sekte of zo," vertelde Merlinda. "Het verhaal over John Frum is eigenlijk een legende. Ook al heeft hij wel echt bestaan, de meeste verhalen over hem zijn verzonnen. Maar in Vanuatu geloven de mensen echt dat hij de macht heeft om de ware gelovigen van rijkdom te voorzien."

"Gelovigen van wat?" Ik luisterde maar half terwijl ik naar buiten bleef kijken naar een teken van Tyler.

"Het is vooral een mythe die in de loop der tijd is ontstaan. Ware gebeurtenissen werden mooier gemaakt omdat de mensen graag geloofden dat het allemaal terug zou komen." Merlinda keek even naar Dominic. "Tijdens de Tweede Wereldoorlog kwamen de Amerikaanse marine en andere vloten in Vanuatu aan land. Ze hadden allerlei luxe spullen bij zich die de lokale bevolking helemaal niet kende, zoals radio's, horloges en andere dingen. En ook bijzonder voedsel en drankjes, zoals Smac en Coca-Cola."

"Ik zou Smac nou niet echt bijzonder noemen." Earl wendde zich tot Merlinda aan zijn rechterzijde. "Je zou mijn graankip eens..."

"Earl, je hebt je boerderij verkocht, weet je nog?" Tante Amber keek vervolgens naar Dominic. "Waarschijnlijk hadden ze dat toen allemaal niet in Vanuatu. Het kon toch geen kwaad dat ze die spullen zelf ook wilden hebben?"

"Het is net als Kerstmis en de kerstman", voegde tante Pearl er aan toe. "Het verhaal is deels waar en deels verzonnen."

"Jaren geleden kon je nog geen producten online bestellen," zei Dominic. "Zeker in Vanuatu niet. Die eilandengroep ligt heel erg afgelegen, in de middle of nowhere. En er is niks anders dan zand en palmbomen."

Merlinda knikte. "De eilandbewoners geloofden dat de vreemdelingen op magische wijze allerlei luxeproducten en moderne gemakken tevoorschijn konden toveren. Niemand in Vanuatu had deze spullen ooit eerder gezien. Tot de jaren 30 en 40 van de vorige eeuw, want toen gebruikte de Amerikaanse marine de eilanden in de Tweede Wereldoorlog als legerbasis. Toen de soldaten een paar jaar later vertrokken, bleef de bevolking er altijd in geloven dat de Amerikaanse marine wel weer terug zou komen."

"En dan ook al die spullen en betere tijden weer mee zou brengen", voegde Dominic eraan toe. "Alleen, ze kwamen nooit terug."

"Als mensen iets niet begrijpen, noemen ze het magie." Ik hoopte dat iedereen door dit gesprek niet meer zo op tante Pearl en haar stiekeme plannetjes lette.

Merlinda knikte instemmend. "Het is ook zelfs in deze tijd moeilijk om naar Vanuatu te komen en er komen maar weinig bezoekers. Het is heel erg duur om spullen per schip te laten komen. Er is ook in Vanuatu nog steeds veel niet te krijgen wat je ergens anders wel makkelijk kunt kopen. Kun je nagaan hoe de verbeelding van de bevolking op hol sloeg toen er opeens vreemdelingen arriveerden die in hun vracht allerlei moderne dingen bij zich hadden die ze nog nooit eerder hadden gezien. Vracht wordt ook wel cargo genoemd. En de bevolking geloofde dat alle spullen tevoorschijn waren getoverd, omdat ze er geen andere verklaring voor hadden. Daarom noemen ze het de cargocult."

"Maar waren er behalve die John Frum dan geen andere mensen op die schepen? Waarom vereerden ze alleen hem?" vroeg ik.

Merlinda haalde haar schouders op. "John Frum is eigenlijk een verzamelnaam voor al die mannen die toen de eilanden bezochten. Toen ze aan het einde van de Tweede Wereldoorlog weer vertrokken, bundelden de bewoners al hun krachten tot een soort geloof, waarvan ze dachten dat het ervoor zou zorgen dat de schepen weer terug zouden komen. Het was een soort collectieve wens die ieder jaar groter werd."

"Wat een idioten", schamperde Earl. "In plaats van te blijven hopen, hadden ze beter hun eigen voedsel kunnen verbouwen. Hebben ze daar nooit aan gedacht?"

"Coca-cola en Smac is toch niet te verbouwen! Wat weet jij er eigenlijk van?" viel Merlinda uit. "Jij bent er nog nooit geweest. Waarschijnlijk heb je zelfs nog nooit een voet buiten deze staat gezet."

Earl snoof. "Je hoeft heus geen wereldreiziger te zijn om onrealistische wensen te kunnen herkennen."

Tante Pearl fronste. "Nou, Earl... ik denk dat Merlinda bedoelt dat ze..."

"Merlinda, doe even normaal!" Dominic schudde zijn hoofd. "Die arme Earl stelde gewoon een vraag!"

"Niet waar, hij zoekt weer ruzie, zoals altijd." Ze draaide zich weer om naar Earl. "Geloof het nou maar, Earl. Tante Pearl vindt je trouwens toch niet leuk en ze wil dat je stopt met haar lastig te vallen."

"Dat heb ik nooit gezegd, Merlinda." Tante Pearls gezicht kleurde diep donkerrood, een fel contrast met haar groenfluwelen broekpak. De gezellige kerststemming van nog maar zo kort geleden was verdwenen.

Earl lachte. "Dat geloof ik ook niet, Pearl. Je smeekte me bijna om te komen eten."

Dat leek wat vergezocht, maar aan de andere kant *had* tante Pearl ook anderen uitgenodigd, dus wat Earl beweerde zou best waar kunnen zijn. Ze had ook nog nooit eerder mensen bij ons thuis uitgenodigd. En toch zaten we hier op kerstavond aan het diner met allerlei ongewone gasten. Ze voerde echt iets in haar schild.

Mam bracht het onderwerp weer op Vanuatu. "En wat heeft die cargocult dan met Merlinda te maken?"

"Merlinda bezit speciale krachten," zei Dominic. "Ze kan dingen vanuit het niets tevoorschijn toveren."

Dus Dominic wist toch dat Merlinda een heks was. Wel vrij logisch, aangezien ze studeerde bij *Pearl's Charm School*. Hij had ondertussen vast wel uitgevogeld dat wij ook heksen waren.

Ik keek naar Earl. Als hij iets wist over onze toverkunsten, dan had hij het nooit laten merken. Maar aangezien hij constant om tante Pearl heen hing, hoe zou hij het dan niet kunnen weten?

"Ik weet niet hoe Merlinda al die zooi tevoorschijn tovert, alleen dat ze het kan. Het is echt heel vet. Oh, dit vergeet ik nog bijna."

Dominic zocht in zijn zakken en gaf haar een klein pakje gedroogde kruiden. "Je medicijn."

"Oh, gelukkig! Ik had het echt nodig." Merlinda opende het pakje en strooide alles over haar aardappelpuree. Met een vork mengde ze het groene poeder door haar eten.

"Hé, wat is dat?" Earl wees met zijn met bont omrande roodfluwelen arm naar Merlinda's bord. Zijn arm ging diagonaal over de tafel en bleef pal boven Dominics volle bord hangen. Earl wees naar Merlinda's aardappelen. "Dat lijkt wel marihuana."

Dominic duwde Earls arm weg. "Zeg, haal je arm uit mijn eten!" Hij duwde zijn schouder naar voren om Earls arm tegen te houden. "Heb je ooit wel eens wiet gezien, ouwe? Het lijkt er helemaal niet op."

Merlinda negeerde hen. Ze slikte een lepel vol aardappelpuree door en ging verder met haar verhaal. "Wat ik doe is niet zo bijzonder. Pearl heeft me geleerd dat als je iets heel graag wilt, je dan al je mentale krachten daarop richt en dan komen je wensen uit. Dat is eigenlijk alles wat ik doe."

"Hoor je dat, Cen?" tante Pearl wees met haar vork naar me.

Ik wierp haar een boze blik toe.

Tante Pearl had eindelijk haar protegé en waarschijnlijk ook haar vertrouwelinge gevonden. Of Merlinda's opmerking nu tegen mij gericht was of niet, ik vatte het wel zo op. Het was een verkapte verwijzing naar hekserij en dat ik niets voorstelde als heks, simpelweg omdat ik zelf geen lessen volgde op Pearls school.

Maar daar ging het helemaal niet om. Ik vond het juist altijd vervelend dat ik door mijn tovertalenten een oneerlijke voorsprong had, aangezien de meeste mensen geen toverspreuken kennen. Het voelde altijd als valsspelen. En tegelijkertijd voelde het niet goed om mijn natuurlijke talenten te verspillen. Als ik al geen vertrouwen in mezelf had, waarom zou iemand anders dat dan wel hebben?

Ik had bijvoorbeeld Tyler met wat hekserij kunnen helpen om eerder klaar te zijn met werken. Tenminste, als ik om te beginnen de toverspreuken die daarvoor nodig waren had geleerd. Maar misschien was het nog niet te laat. Ik visualiseerde Tyler op de snelweg, vechtend tegen de wind terwijl hij de autodeur van zijn Jeep opende. En vervolgens veilig in zijn auto, de sleutel in het contact omdraaiend...

"Cen?" Tante Pearls stem rukte me uit mijn dagdroom.

"Huh?"

"Kun je je voorstellen hoe gemotiveerd je zou zijn als je in Vanuatu zou wonen?" vroeg tante Pearl. "Je zou de hele dag niks anders hoeven doen behalve oefenen..."

Ik viel tante Pearl in de rede om van onderwerp te veranderen. Ik was bang dat ze ons allemaal zou ontmaskeren als heksen. "Vanuatu klinkt echt als een paradijs."

"Er zitten voor- en nadelen aan. Er is verder weinig anders te doen dan verhalen verzinnen," zei Dominic. "En drinken en surfen."

"En misschien een klein beetje toveren." Tante Pearl knipperde met haar wimpers alsof ze de onschuld zelve was.

Tante Amber hield hoorbaar haar adem in; haar vork hing midden in de lucht stil.

"Pearl!" Mam keek haar zus doordringend aan.

"Ik klets gewoon maar wat," zei tante Pearl. "Mag dat soms niet meer?"

Pas nu vielen de lange nepwimpers van tante Pearl me voor het eerst op. Ze droeg ook oogschaduw in precies dezelfde tint als haar groenfluwelen broekpak. En dat terwijl ze nooit make-up droeg, nooit.

De enige keer dat ze haar uiterlijk wel belangrijk vond, was als ze van gedaante veranderde in Carolyn Conroe, haar alter ego van Marilyn Monroe. En dat was altijd met de bedoeling om mensen voor de gek te houden. Nu ik erover nadacht; ze was al in geen maanden meer van gedaante veranderd. Ze leek tevreden, gelukkig zelfs, gewoon als zichzelf.

Alleen Earl kon hier de oorzaak van zijn. Tante Pearl had hem nooit uitgenodigd en zijn pogingen aangemoedigd als ze niet hetzelfde voor hem voelde. Misschien had Merlinda daarom ook zo'n hekel aan hem. Earl was competitie voor Merlinda als het ging om tante Pearls genegenheid. Het leek wel een slechte, onromantische driehoeksverhouding.

Plotseling liet tante Pearl de aardappelpuree vallen. Maar de schaal viel niet op tafel. In plaats daarvan zweefde hij voor me langs, net buiten handbereik.

We waren het er allemaal over eens geweest dat we nooit zouden toveren of erover praten in bijzijn van gewone mensen. En nu had tante Pearl het vanavond opzettelijk laten zien, alsof ze ons uitdaagde om er iets van te zeggen.

Nou, ik gunde het haar niet om in haar val te trappen. In plaats daarvan leunde ik naar voren en greep de schaal. Ik duwde hem terug op de tafel en gebruikte iets meer kracht dan nodig was. Het nadeel was dat de hele tafel al vol stond. De schaal raakte de zijkant van de juskom, die omviel. Mams witte linnen tafelkleed was in mum van tijd doordrenkt met jus.

"Oh nee! Ik pak wel een doek." Tante Amber schoot overeind en rende naar de keuken. Een paar tellen later was ze terug en begon de rommel schoon te maken. "Vertel nog eens wat meer over die cargocult."

In Vanuatu nemen ze de cargocult erg serieus", vertelde Dominic. "Ieder jaar wordt 'John Frum-dag' gevierd. De bevolking verkleedt zich dan als militairen, compleet met namaakuniformen van de Amerikaanse marine en nepwapens van hout. Veel mensen vieren alleen maar feest, maar anderen geloven dat als ze de rituelen blijven uitvoeren, John Frum ooit zal terugkeren en hen dan zal belonen met allerlei schatten."

Merlinda zwaaide met haar vork om haar verhaal kracht bij te zetten. "Er zijn mensen in Vanuatu die erg, of ten minste een beetje, geloven in het bovennatuurlijke, maar die mensen zijn wel in de minderheid nu. Dat is een groot probleem voor een aantal plaatselijke leiders, die beweren dat ze een spirituele band hebben met John Frum. Voor hen is het heel lucratief om de mythe in stand te houden, dus maken ze mensen bang zodat ze hun steun blijven krijgen. Ze willen de macht houden om ervoor te zorgen dat de mensen blijven geloven in hun speciale band. Ze beweren dat als John Frum eindelijk terugkeert naar Vanuatu, alleen de ware gelovigen zullen worden beloond."

"Zoiets als een religieuze messias?" Het gesprek aan tafel was veel interessanter dan ik had verwacht.

Dominic lachte. "Het is niet echt een religie. Het heeft meer weg van de kerstman die cadeautjes uitdeelt aan kinderen, dan van iets anders, behalve dan dat John Frum-dag wordt gevierd op 15 februari."

"Ooh, dat is leuk! Eerst Valentijnsdag en dan John Frum-dag. Twee feestdagen achter elkaar!" Tante Amber dronk haar wijnglas leeg en zette het op tafel.

Merlinda keek even op, maar zei niks terwijl ze wat gepureerde rapen opschepte.

"Wat heeft dit allemaal eigenlijk met jou te maken, Dominic?" Ik schepte een grote schep cranberrysaus op mijn al enorm volle bord.

"Met mij niks, maar Merlinda is een grote bedreiging voor ze," zei Dominic. "Ze weten dat ze een heks is. En als ze niet meewerkt, zullen ze haar uitschakelen, zodat hun lucratieve handeltje niet in gevaar komt."

Dus Dominic wist uiteindelijk toch alles over Merlinda's bovennatuurlijke krachten. Heksen geven hun geheimen alleen maar prijs aan hun allerbeste vrienden en familie, dus hun relatie zou dan toch wel serieus zijn.

"Meewerken in welke zin?" vroeg Mam.

Dominic zuchtte. "Een paar plaatselijke bestuurders hebben Merlinda veel geld geboden om wat nieuwe vrachtauto's en computers tevoorschijn te toveren."

"Dat is compleet tegen de regels van de 'WICCA'!" In tegenstelling tot tante Pearl deed tante Amber wel alles volgens het boekje, behalve dan wanneer ze zich iets te veel liet meeslepen door alle feestelijkheden. "Ik hoop maar dat je hun aanbod niet hebt aangenomen."

"Natuurlijk niet, Amber, ik ken de regels." Merlinda leek wat beledigd te zijn door tante Ambers insinuaties.

Van Earls uitdrukkingsloze gezicht was niets af te lezen. Als hij al vraagtekens zette bij de opmerking over de 'WICCA', dan was dat niet te merken. Het was duidelijk dat hij wel iets wist over onze toverkunsten, maar hij stelde nooit vragen. Misschien kon het hem niks schelen. Of hij wist alles al.

HOOFDSTUK 6

"Ik wil wel meer weten over die John Frum," zei tante Pearl. Merlinda vertelde verder. "Die legendes zijn al zo oud dat ik niet veel méér weet dan ik jullie al heb verteld. In de afgelopen jaren is de cult een beetje in de vergetelheid geraakt."

"Ook daarom willen ze Merlinda's hulp; ze willen namelijk de legende nieuw leven inblazen door John Frum opnieuw te laten verschijnen," zei Dominic. "Dan is iedereen tevreden en ook de politici zullen worden herkozen. Maar wij moeten ervoor zorgen dat we zelf de regie houden. Dankzij Merlinda wordt dan de legende in stand gehouden en we kunnen nog een hoop geld verdienen ook."

"Wie bedoel je met 'we'?" vroeg ik. "Ga je doen alsof John Frum weer teruggekomen is?" Ik vond Dominic echt steeds minder leuk.

Dominic maakte een gebaar met zijn hand. "Neuh... we geven de mensen alleen wat ze willen. En anders zouden anderen dat wel doen, dus dan kunnen we het net zo goed zelf doen."

"Maar Merlinda is een vrouw," protesteerde tante Amber. "Zij kan toch niet doen alsof ze een man is?"

"Dat is mijn pakkie-an," zei Dominic. "Ik draag een vermomming en doe alsof ik Frum ben. Ik verdeel de nieuwe trucks en de tv's, terwijl Merlinda ze achter de schermen tevoorschijn tovert. We verkopen ze dan onder de marktwaarde en verdienen zo een hoop geld!"

"En jij gaat met de eer strijken, terwijl Merlinda al het werk doet," merkte tante Amber op.

Merlinda haalde haar schouders op. "Dat kan me niet schelen, Amber. Ik wil al die aandacht ook helemaal niet."

"Maar het zou jullie wel een heleboel geld opleveren, toch? Je zei net dat je je krachten niet zou misbruiken voor de lokale bestuurders. Ik snap niet wat er anders aan is als je hetzelfde gemene spelletje uitvoert met Dominic." Ik deed geen moeite meer om ons heksengeheim te verbergen. Niemand deed dat, dus ik kon toch niet nog meer schade aanrichten.

"Ik misbruik helemaal niks," antwoordde Merlinda. "Ik doe gewoon mijn eigen ding. Er is toch niks mis met het vervullen van andermans wensen, of wel? En als Dominic er geld aan wil verdienen, dan hou ik hem niet tegen. Dat is niet mijn deel van het plan, dus ik ga ook niet tegen de 'WICCA'-regels in. Iedereen kan dan over John Frum zijn eigen conclusie trekken."

"Maar dat is alleen maar een technisch detail." Niemand leek me te horen.

"Als het vervullen van wensen er juist voor zorgt dat er mensen achter je aan komen, waarom zou je het dan doen? Moedig je hen dan niet alleen juist meer aan? Als je moet vrezen voor je eigen veiligheid, kan daar toch geen geld tegenop?" Tante Ambers vraag klonk onschuldig en het was haar manier om zo tot de details te komen, om toch een bepaalde overtreding te kunnen vinden zodat ze het hele plan van tafel kon vegen. Merlinda leek nu een beetje van haar voetstuk te vallen. Maar misschien was ze helemaal gehersenspoeld door Dominic.

"Ik moet toch ergens mijn centen mee verdienen," zei Dominic. "In Vanuatu zijn niet veel banen te vinden. De duikwinkel komt maar nauwelijks uit de kosten. Ik kan elk moment ontslagen worden."

In Westwick Corners lagen de banen ook niet voor het oprapen. Toch kwam het niet in ons op om allerlei luxe spullen tevoorschijn te toveren. Zelfs tante Pearl maakte het niet zo bont.

"Is het niet zo dat jullie jezelf verrijken ten koste van deze arme mensen en hun fantasieën?" vroeg ik. "Ze geloven in iets wat nooit zal gebeuren."

"Helemaal niet," reageerde Dominic. "We laten juist hun dromen uitkomen. We doen ze een plezier door ze te geven wat ze willen hebben. En als ik doe alsof ik John Frum ben, dan haalt dat heel veel druk weg bij Merlinda."

"Wat edelmoedig van je," snauwde tante Pearl. Ze was jaloers op Dominic omdat hij nu in de schijnwerpers stond, zo zag zij dat tenminste.

"De lokale bestuurders krijgen wat ze willen en zo profiteert iedereen ervan." Hij gaf Merlinda een klopje op haar hand. "Een van hen worstelt om aan de macht te blijven, maar hij wil ook niet dat een vrouw hem voorbij streeft. Ik denk echt dat dit de perfecte oplossing is."

Tante Pearl snoof. "Merlinda doet al het werk en de mannen gaan met de eer strijken? Jij bent gewoon net zo erg, dacht ik zo."

Dominic rolde met zijn ogen. "Vanwege alle verhalen moet John Frum wel een man zijn. Wat maakt eer nog uit als we rijk worden? De mensen kunnen nieuwe trucks krijgen, tv's en weet ik wat nog meer, voor slechts een schijntje. Iedereen blij. Zij krijgen een goeie deal, Merlinda en ik verdienen wat geld en de lokale politici krijgen de waardering voor het terugbrengen van John Frum en blijven aan de macht."

Merlinda hield haar mond, blij dat Dominic het woord voerde.

"Dat is het plan, in ieder geval op papier. De politici zijn afhankelijk van Merlinda om aan de macht te kunnen blijven. Zij hebben haar nodig om de luxe goederen te produceren waar iedereen blij van wordt. Maar Merlinda is voor hen niet alleen maar de oplossing." Dominic haalde even diep adem. "Ze vormt ook een bedreiging. De bestuurders kunnen hun concurrentievoordeel kwijtraken als Merlinda overstapt naar een van hun rivalen. Ze zijn er niet zeker van dat Merlinda hun altijd loyaal zal blijven. Daarom willen ze haar ontvoeren, zodat ze goederen kan blijven produceren en zo houden ze het monopolie op de cargocult."

"De bestuurders kunnen Merlinda toch niet dwingen om dingen tegen haar zin te doen? Hebben ze geen arbeidswetten in Vanuatu?" Tante Amber wendde zich tot Merlinda. "Je kunt maar beter niet teruggaan, schat. Blijf maar hier, voor je eigen veiligheid."

Merlinda knikte, maar zei niks.

Voor zo'n machtige heks maakte Merlinda een behoorlijk hulpeloze indruk. Ze leek het goed te vinden dat Dominic over haar rug geld verdiende en dat de lokale politici haar magie misbruikten. Ook tante Pearl zou Merlinda het liefst voor eeuwig op *Pearl's Charm School* vasthouden. En toch was Merlinda ook degene die de macht had om overal een einde aan te maken, als ze dat tenminste zou willen.

"Merlinda zit echt diep in de problemen," zei Dominic. "Er is zo veel rivaliteit tussen de politici dat eentje haar misschien wel vermoordt, zodat anderen geen gebruik meer kunnen maken van haar krachten. En daar ligt mijn taak. Ik bescherm Merlinda en tegelijkertijd houd ik hen tevreden."

"Het klinkt allemaal nogal gevaarlijk," Mam zuchtte en hield haar hand op haar hart. "Waarom zouden jullie eigenlijk teruggaan? Jullie kunnen allebei toch ergens anders wel een baan vinden?"

Tante Pearl krabde even aan haar kin. "Jullie kunnen die pestkoppen wel aan. Versla ze met hun eigen wapens."

Ik gaf tante Pearl een waarschuwende blik. Ze wilde mij iets te graag alleen maar meer problemen veroorzaken.

Tante Amber slaakte een zucht. "Hier zijn jullie tenminste veilig. Maar ik kan me wel voorstellen dat jullie terug willen gaan. Daar is jullie thuis, en jullie vrienden en familie. Over familie gesproken, heb je nog meer familieleden met zulke bijzondere talenten?"

Merlinda haalde haar schouders op. "Ik ben enig kind en de enige in mijn familie met deze gaven. Mijn moeder had ze ook, maar zij is er niet meer."

"Kan de politie niet iets doen om je te beschermen tegen deze mannen?" vroeg ik.

"Helaas niet." Merlinda schudde zachtjes nee met haar hoofd. "Een van de bestuurders is ook het hoofd van de politie. En de andere is de burgemeester, dus daar heb ik niks aan. Allebei willen ze de John

Frum-legende in stand houden. Als ik hen niet help, dan riskeren ze dat ik hun bedrog openbaar maak. Want ik kan bewijzen dat die cult oplichterij is."

Mam zuchtte. "Arm kind. Is er dan in Vanuatu helemaal niemand die je kan helpen?"

"Dat denk ik niet," zei Merlinda. "Het hoofd van de politie is namelijk mijn vader."

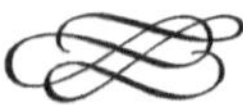

e zaten nog steeds te praten over Merlinda's dilemma met de cargocult toen de bel ging.

Mijn hart sloeg een slag over. Eindelijk was Tyler er!

Ik stormde naar de voordeur en gooide hem open. Ik werd overspoeld door opluchting toen ik Tylers warme donkere ogen zag. Zijn natte ski-jack was opengeritst waardoor je zijn sheriffsuniform zag. Zijn kakikleurige broek was tot aan zijn knieën doorweekt van de sneeuw en hij zag er uitgeput uit.

Maar oh zo sexy, zelfs drijfnat.

Ik trok hem naar me toe en kuste hem, terwijl zijn stoppelbaard kriebelde aan mijn kin. "Ik heb me zo'n zorgen gemaakt om je! Ik heb je geprobeerd te bellen en... godzijdank ben je er nu."

Hij grinnikte. "Sorry, de batterij was leeg. Ik dacht dat ik het nooit zou redden. Ik kijk al de hele dag uit naar het kerstdiner. Gedraagt Pearl zich tot nu toe nog een beetje?"

Ik knikte. "Ze heeft nu wat anders aan haar hoofd. Merlinda heeft haar vlucht gemist en er is een onverwachte gast." Ik vertelde hem alles, terwijl ik zijn jas aannam en op de kapstok hing. Met alle afleiding nu en omdat het Kerst was, hoopte ik dat tante Pearl Tyler niet zo zou treiteren als ze altijd deed.

Tyler knikte naar de deur. "Dus daarom staat die Escalade hier. Iemand die ik ken?"

Ik schudde van nee. "Merlinda's vriend, Dominic, is helemaal hierheen gereden vanuit Shady Creek, nadat hij uit Vanuatu was gekomen voor een onverwacht bezoekje. Tante Pearl heeft hem als verrassing voor Merlinda uitgenodigd, alleen was ze vergeten om het ook tegen ons te vertellen. Maar het rare is dat Merlinda hier helemaal niet zou zijn. Haar vlucht was pas op het laatste moment vanwege de storm geannuleerd."

"Vanuatu ligt toch in de Stille Oceaan?"

Ik knikte. "Dominic is een eh... normale vent." Tyler wist dat we heksen waren. Hij wist vast ook dat Merlinda er een was, aangezien ze op *Pearl's Charm School* zat. En net zoals de meeste anderen had Tyler niet veel met Merlinda te maken gehad, omdat ze nogal op zichzelf was en nauwelijks het dorp in ging.

Tyler lachte even. "Heeft Pearl hem echt uitgenodigd? Sinds wanneer geeft Pearl feestjes?"

"Sinds vandaag." Ik kneep even in zijn arm en trok hem weer naar me toe voor nog een kus. "Je moet het zien om het te geloven. Oh ja, Earl is er ook."

Tyler grinnikte. "Oh mooi, nog een normale vent, dan ben ik tenminste niet in de minderheid."

Van schrik sprong ik bijna een halve meter de lucht in bij het horen van een vrouwenstem vlak achter me. "Woohoo! Deze kanjer zorgt ervoor dat mijn avond niet meer stuk kan!" Ze floot zachtjes.

Ik was de geest van oma Vi helemaal vergeten. Iedere keer weer ergerde ik me eraan dat ze Tyler bijna net zo leuk leek te vinden als ik.

Tyler voelde me terugdeinzen. "Waarom doe je zo schrikachtig?"

Ik maakte me los uit Tylers omhelzing en haalde mijn schouders op. Hij kon oma Vi niet zien of horen en hem vertellen over de geest van mijn oma zou alleen maar meer vragen oproepen. Hij wist dan wel dat we heksen waren, maar hij had er geen idee van dat de stammoeder van onze familie nog steeds als geest hier rondhing, lang nadat ze was gestorven. Ik wilde eigenlijk geen geheimen voor hem hebben. Maar aan de andere kant was het heel irritant om haar verliefde aanwezigheid steeds om ons heen te hebben, iedere keer als Tyler er was.

"Ik maakte me echt zorgen om je vanwege die sneeuwstorm," zei ik. "En toen kwam Dominic langs. Om eerlijk te zijn word ik een beetje bang van Merlinda's vriend. Ik ben een beetje gespannen, denk ik."

Oma zweefde een paar centimeter boven ons. "Tyler kan ons wel beschermen tegen die gangster. Ik kan echt niet geloven dat jullie die ploert binnengelaten hebben."

"Ik had geen andere keus..." Ik stopte midden in de zin.

"Wat?" Tyler keek me vragend aan.

"Tante Pearl voert iets in haar schild," zei ik. "Ze heeft Dominic niet alleen maar uitgenodigd omdat ze aardig wilde zijn. Ze is iets van plan. Maar wat precies, dat weet ik niet."

Ik hoopte maar dat het allemaal niet uit de hand zou lopen.

Tyler grinnikte. "Ik kan niet wachten om te zien wat Pearl voor ons in petto heeft. Voor de verandering is ze dan misschien eens niet met mij bezig."

Tante Pearl voelde enorme minachting voor Tyler. Vanaf het moment dat hij sheriff werd, begon ze steeds vaker brand te stichten. Haar pogingen om hem het dorp uit te werken, waren allemaal mislukt. Hij liet haar altijd boeten voor haar geintjes door haar hoge bekeuringen te geven en soms zette hij haar ook publiekelijk voor schut. Niemand anders kon haar zo in het gareel houden en ze haatte het dat hij zoveel macht over haar had.

"Ik wil anders best wel even met jou bezig zijn, jongen." Oma zweefde nu achter Tyler. Ze keek goedkeurend naar zijn achterwerk. "Als ik jonger was geweest, dan wist ik het wel."

"Stop daarmee!" Ik keek naar oma Vi en maakte een dichtritsbeweging over mijn lippen.

"Stoppen met wat? Ik doe niks!" Tyler fronste zijn wenkbrauwen. "Waarom doe je zo vreemd?"

"Sorry, het is een lange dag vandaag." Ook al was Tyler er nu eindelijk, mijn perfecte kerstavond zou ik nu toch niet meer krijgen. Ik was erg opgelucht en blij dat hij veilig was thuisgekomen, maar ik vond het echt niet leuk dat onze tijd samen werd verpest door allerlei afleidingen, gasten die we moesten bezighouden, of door wat dan ook.

Oma Vi tuitte haar lippen en blies me een kus toe. Ze pestte me zoals alleen geesten dat kunnen doen.

Ik negeerde haar en voelde opeens een windvlaag die sneeuw over de drempel heen blies. Ik was zo blij geweest om Tyler te zien dat ik de deur open had laten staan en ik gooide hem dicht. "Vergeet tante Pearl. Ik ben zo blij dat je er eindelijk bent!"

Hij sloeg zijn armen om mijn middel en gaf me een lange, intense kus. "Hier heb ik de hele dag naar uitgekeken."

"Bravo!" Oma Vi klapte in haar handen en zweefde een metertje opzij.

In ieder geval had Tylers komst Oma Vi uit haar depressie getrokken. Ze werd vlak voor Kerst altijd een beetje sentimenteel. De feestdagen deden haar denken aan lang vervlogen dagen en ook aan het feit dat we niet langer zwommen in het geld.

Het was niet zo dat het runnen van het hotel vervelend werk was. Hierdoor hadden we allemaal iets te doen en zo bleven we het grootste deel van de tijd uit de problemen. We ontmoetten andere mensen en leverden zo ook een bijdrage aan de economie van het dorp. We verdienden genoeg geld om er comfortabel van te leven, zonder dat we voor een baan naar de grotere steden hoefden te reizen, zoals veel van onze buren wel deden. We hadden zo eigenlijk het beste van twee werelden.

Maar geesten hebben geen geld nodig en Oma Vi wilde alleen maar haar huis terug hebben. En in de enige week in het jaar dat we wegens feestdagen waren gesloten, werd het huis nu wéér bezet door vreemden. Bovendien betaalde Dominic niet eens voor zijn verblijf.

Vanavond kon ik Oma Vi ook best begrijpen. Het was tenslotte Kerstavond. Dat Tyler er nu was, was een kleine troost voor haar. Ze was helemaal weg van Tyler, ook al wist hij niet eens van haar bestaan af.

Oma Vi's gezicht klaarde op alsof ze mijn gedachten had gelezen. Wacht, dat hád ze ook! Gedachtenlezen was een van haar bovennatuurlijke talenten.

Haar glimlach werkte aanstekelijk. Voordat ik er erg in had, lachte ik zelf ook.

"Wat is er zo grappig?" Tyler probeerde te zien wat ik zag. "Al iets te veel van de kerstsfeer genoten?"

Oma Vi toonde haar ringvinger. "Ooh! Iemand heeft een geheimpje! Weet Ruby wel hoe klef jullie zijn? Misschien vraagt hij je wel ten huwelijk vanavond."

Natuurlijk wist Mam dat wel. Oma wilde alleen maar een reactie uitlokken bij mij. Ik strekte mijn arm uit alsof ik een stopteken gaf. "Nu ophouden!"

"Met wat?" Tyler keek om zich heen, maar keek vragend toen hij niemand zag. "Is dit weer zo'n vreemd familiegeintje?"

"Eh, ja... zoiets. Kom, ga vast naar de eetkamer. We waren net begonnen met eten. Ik kom er zo aan."

"Oh, oké". Ik zag de teleurstelling op zijn gezicht.

Geweldig. Nu dacht Tyler dat ik me aan hem ergerde. Ik wachtte tot hij buiten gehoorsafstand was. "Hou er mee op, Oma."

Oma Vi sloeg haar handen ineen. "Zo'n aardige jongen en jij doet zo chagrijnig. Laat hem niet ontsnappen, Cen. Jullie zouden zo'n leuk stel zijn samen!"

"We zíjn al een stel. En jij bent gek." Ik draaide me om en liep naar de eetkamer.

Ze kwam weer achter me aan, haar geestverschijning een boze kleurenmix van oranje en rood. "Noem je mij nu gek? Mijn kleindochter, mijn eigen vlees en bloed, die me diep beledigt, terwijl ik alleen maar vriendelijk..."

"Je overdrijft, Oma. Je weet heus wel dat ik het niet meen." Ik stopte even in de woonkamer, vastbesloten om onze discussie te beëindigen voordat we bij iedereen in de eetkamer zouden zijn. "Laten we gaan eten."

"Ik ben een geest, Cen. Je weet heus wel dat ik niet eet. Maak me niet belachelijk!" Ze wreef met een doorzichtige hand over haar maag.

"Sorry, Oma. Ik bedoel alleen maar dat het leuk zou zijn als je mee aan tafel zou gaan."

We schrokken allebei toen een windvlaag de voordeur weer open blies. De deur sloeg tegen de muur en viel bijna weer dicht.

Ik was er zeker van dat ik hem had dichtgedaan en rende weer naar de deur.

De wind was niet het enige wat ik had gehoord. Bij het horen van een vrouwenstem bleef ik stokstijf staan.

HOOFDSTUK 8

"Wacht!" Een geblondeerde vrouw in een zwart leren jack zwaaide naar me, terwijl ze met kordate pas kwam aanlopen vanaf de oprit. Haar met lovertjes bezaaide minirok was nog maar net zichtbaar onder de zoom van haar jack en toonde een paar stevige benen. De enige kledingstukken die een beetje bestand waren tegen dit weer waren haar sneeuwlaarzen. Te zien aan haar rare loopje waren die waarschijnlijk veel te groot en geleend. Een enorme rode leren tas hing over haar schouder. In haar ene hand droeg ze een paar mooie rode pumps en in de andere een fles wijn.

"Kan ik je helpen?" Ik stapte naar buiten op de veranda en deed de voordeur achter me dicht. Ik had geen schoenen aan en sloeg mijn armen om me heen tegen de bijtende wind en de vrieskou.

"Tuurlijk kan je me helpen. Jij moet Cen zijn." Ze wachtte even beneden aan de trap en slaakte een diepe zucht. Ze bleef daar staan, alsof ze van mij verwachtte dat ik de trap af zou komen naar haar toe.

Niet dus. "Dat ben ik. Ken ik jou?"

Ze kwam de trap op zonder antwoord te geven en duwde de fles in mijn armen. "Hier, pak aan."

Ik nam de fles aan terwijl ze me voorbij liep, sneeuw over mijn sokken sproeiend. Ik herkende het label. Het was een goedkope witte wijn die ze vooral bij benzinestations verkochten, waarschijnlijk als impulsaankoop gekocht, ook al was ie niet eens gekoeld.

Ik had haar nog nooit eerder gezien en dat terwijl Westwick Corners zo klein was dat ik iedereen kende. Zelfs veel gasten die van buiten het dorp op bezoek kwamen bij de bewoners kende ik. En veel van hen was het niet gelukt om vanwege de sneeuwstorm naar het dorp te komen. En hier kwam zij aanzetten, alsof ze de koningin zelf was.

Ze ging zelfverzekerd op de voordeur af en ik volgde haar.

Nep-Blondie stampte bij de voordeur haar laarzen schoon en wachtte ongeduldig tot ik de deur open zou doen. "Mag ik er nog in? Dan kan ik weer een beetje opwarmen binnen."

"Nou, nou!" Oma Vi zweefde naast me. "Die doos staat me helemaal niet aan."

Ik keek heel even naar Oma Vi voordat ik me weer tot dat mens richtte. "Dank je wel, lekkere wijn. En jij bent een vriendin van...?"

Ze stak haar hand uit. "Ik ben Gail. Heeft Brayden niet gezegd dat ik zou komen?"

"Wacht even, wát?" Ik schudde haar hand en draaide me om. Ik zag een man lopen op de oprit. De moed zonk me in de schoenen toen ik Brayden herkende, mijn ex-verloofde. Hij wist toch zeker wel dat die uitnodiging voor het kerstdiner bij de familie West was vervallen op het moment dat onze verloving eerder dit jaar werd verbroken? Brayden was nogal egocentrisch, maar zo dom kon hij toch niet zijn.

Maar, misschien wist hij het ook wel en was desondanks toch gekomen. Met een date natuurlijk. Hem kennende wilde hij me waarschijnlijk gewoon jaloers maken. Of op z'n minst pronken met een date, want hij wist dat ik met Tyler was.

Brayden zwaaide en haastte zich naar ons toe. "Hé, Cen. Ik zie dat je al hebt kennisgemaakt met Gail, mijn vriendin." Hij legde de nadruk op de laatste drie woorden voor wat meer effect.

"Ik, eh... Ik verwachtte je niet. Wat doe je hier eigenlijk?" Als de burgemeester van Westwick Corners, was Brayden ook Tylers baas. Ik betwijfelde of zijn bezoekje iets met werk te maken had. Ook vanwege Gails fles wijn. Mijn kerstavond werd echt met de minuut minder leuk.

"Heeft Pearl niks gezegd? Zij heeft mij, ik bedoel, ons uitgenodigd." Hij legde zijn hand op Gails schouder. "Laten we naar binnen gaan, het is hier ijskoud."

Oma Vi stond rechtop in de gang toen Gail en Brayden langs haar liepen. Ze begon een liedje van Shania Twain te zingen. *It's gonna be a party, uh-huh..."*

"Oma, hou nou op!" Ik fluisterde, maar nog wel hard genoeg voor Brayden om te kunnen horen. Hij draaide zich om.

"Je praat nog steeds in jezelf, hoor ik." Brayden gooide hun jassen over de trapleuning. Hij grijnsde, draaide zich weer om en volgde Gail naar de eetkamer.

Ik deed de deur dicht en leunde er tegenaan. Het was nu echt duidelijk dat Pearl iets in haar schild voerde. Ik was echt bozer dan boos dat ze hen allemaal had uitgenodigd. Ineens was ze van een onsociaal iemand compleet veranderd in een feestbeest en had ze allerlei mensen uitgenodigd waar ik nog geen minuut bij in de buurt wilde zijn. Maar misschien was dat wel haar opzet met dit feestje, aangezien nu ook mijn ex-verloofde en zijn rare nieuwe vriendin waren komen opdagen.

"Het draait niet allemaal om jou, Cen." Oma Vi drong mijn gedachten binnen. "Doe eens wat vrolijker."

Misschien was dit vreemde gezelschap wel tante Pearls idee van humor. Op Kerstavond deden we als familietraditie altijd heksenspelletjes. We zeiden allerlei ondeugende toverspreuken en probeerden de anderen af te troeven met bovennatuurlijke, dolle grappen. Maar daar waren nooit gewone mensen bij. Ik maakte me zorgen dat tante Pearl op het punt stond om nu te ver te gaan.

Ik liep naar de eetkamer en zette Gails benzinestation-wijn op tafel. Mijn droomkerst veranderde langzamerhand in een kerstnacht-merrie en het leek alleen maar erger te worden.

En er was absoluut niets wat ik er aan kon doen.

Zelfs niet als de laatste persoon op aarde waar ik kerstavond mee wilde vieren de man was die ik voor het altaar had laten staan. Zelfs niet als hij het lef had om zijn nieuwe vriendin mee te nemen. Zelfs als mijn romantische Kerst helemaal verpest was.

En ook al wist ik dat tante Pearl snode plannen had, ik was compleet machteloos om er iets tegen te doen.

HOOFDSTUK 9

an tafel verliep het gesprek vanwege de vreemde groep gasten nogal stroef. Tante Pearl had erop aangedrongen dat Gail en Brayden tegenover Tyler en mij moesten zitten, dus we waren gedwongen om de hele avond tegen elkaar aan te kijken. Het was wel duidelijk dat tante Pearl hiermee opzettelijk de boel wilde opstoken tussen mijn voormalige en huidige lover.

Tyler en ik zaten ingeklemd tussen tante Amber en tante Pearl. Merlinda zat links van Brayden en daarnaast zat Dominic met de als kerstman verkleedde Earl naast hem aan het hoofd van de tafel. Mam zat aan het andere eind, vlak bij de keukendeur.

Gails lach van nog niet zo lang geleden had plaatsgemaakt voor een boos gezicht. Ze was helemaal gefixeerd op Merlinda en niet in positieve zin. Eerst probeerde ze nog onopvallend naar haar te gluren, maar nu bleef ze naar haar kijken. Niet vreemd, want Brayden zat ongegeneerd naar Merlinda te staren.

Ook al kon ik het Gail niet kwalijk nemen dat ze jaloers was; haar reactie was wel een beetje overtrokken. Bij elke beweging van Merlinda keek ze vol haat naar haar. Dit kon alleen maar problemen opleveren. En die zouden snel genoeg beginnen.

Brayden had het overduidelijk naar zijn zin, zo tussen de twee dames in. Het ontging hem totaal dat Gails humeur tot beneden het nulpunt was gezakt, terwijl hij ondertussen een versgebakken broodje voor zichzelf pakte.

"Rood of wit?" Earl maakte de flessen wijn open en schonk de rode Merlot in, gevolgd door de witte Sauvignon Blanc. Ik ging voor de rode, net als de anderen, behalve Gail, Brayden en Merlinda, die voor de witte gingen.

Dominic schudde zijn hoofd en tikte tegen zijn bierfles. "Ik hou het bij bier."

Na het vullen van de glazen schonk Earl wat eierpunch voor zichzelf in. "Ik ga wat van Ambers brouwsel proberen. Ik vermoed dat er wel wat pit in zit."

Tante Amber giechelde en hief haar glas op om te proosten. "Best wel aardig wat pitten."

Tante Pearl was ongewoon spraakzaam; ze zat op te scheppen over Merlinda's academische prestaties, zonder er erg diep op in te gaan. Ze probeerde ongetwijfeld om mij zo een schuldgevoel aan te praten, zodat ik ook weer naar *Pearl's Charm School* zou gaan. Maar ik trapte er niet in.

Terwijl tante Pearl doorbazelde over Merlinda, dwaalden mijn gedachten af.

Gail bracht haar wijnglas naar haar lippen en opeens zette ze het hard op tafel neer, waarbij de wijn alle kanten op spatte.

Bij het zien van een woedende Gail aan de overkant van de tafel was ik meteen weer terug in de realiteit. Ze was ergens overstuur over, maar ik had gemist waarom, omdat ik even niet had opgelet. Iets of iemand had haar woede opgewekt en ze kon nu ieder moment ontploffen. Ik wilde iets zeggen, maar kennelijk was het niemand anders opgevallen.

Tante Pearl gaf een klopje op mijn hand, zonder iets te merken van Gails boosheid. "Je hoeft je alleen maar aan te melden, Cen. De opleiding is niet zo moeilijk, ook jij kan het."

Voordat ik kon reageren mengde Gail zich in het gesprek. Ze

leunde naar voren en keek opzij naar Merlinda. "Wat studeer *jij* eigenlijk precies hier in Westwick Corners, Merlinda?"

"Eh... filosofie en mystiek," antwoordde Merlinda.

Brayden schoof wat ongemakkelijk heen en weer op zijn stoel.

Ik betwijfelde het dat Brayden zich niet op zijn gemak voelde vanwege Gails slechte humeur of door de opmerking over mystiek. Normaal gesproken gingen andermans emoties volledig langs hem heen. Het lag meer voor de hand dat het was omdat hij nog geen kans had gezien om iets van de kalkoen op te scheppen.

"Er is toch geen universiteit hier in Westwick Corners?" vroeg Gail. "Waar studeer jij dan?"

Ondanks mijn eigen mening over Merlinda, vond ik dat ik het toch voor haar op moest nemen. "Merlinda doet onderzoek voor haar scriptie. Wat doe jij hier eigenlijk, Gail?"

Mams mond viel open. "Wat Cen bedoelt, is... "

"Ik heb je nog nooit eerder in het dorp gezien, Gail," ging ik verder. "Ben je hier pas komen wonen?" Het was mogelijk dat ik haar nog niet eerder in Westwick Corners was tegengekomen omdat Brayden me expres uit de weg ging. Aan de andere kant had Brayden Gail nu meegenomen om hier kerstavond te vieren. Niet echt handig als hij mij juist wilde ontlopen. Nee, hij was veel te egocentrisch om zich iets van mijn gevoelens aan te trekken. Maar hij leek zich nu wel iets aan te trekken van iemand anders.

Merlinda. Brayden kon zijn ogen niet van haar af houden. Als ze niet zo'n kluizenaar was geweest, was hij haar waarschijnlijk al wel eerder in het dorp tegengekomen. Dan zou de situatie nu misschien wat minder ongemakkelijk zijn.

Gail schudde ontkennend haar hoofd. "Eh, nee, ik woon in Shady Creek. Brayden en ik zijn meestal daar, maar nu konden we vanwege de afsluiting van de snelweg niet meer naar Shady Creek terug, dus Pearl stond erop dat we hier zouden eten..."

"Heel fijn dat het kon." Braydens stem stierf weg terwijl hij in trance naar Merlinda staarde.

Ik keek even naar Tyler. Hij leek ongevoelig te zijn voor Merlinda's charmes.

"Volgens Brayden was het veel te gevaarlijk op de weg, toch, Bray?" Gail verrekte haar nek bijna om Braydens aandacht te trekken, maar tevergeefs.

Ondertussen staarde Brayden nu openlijk vol bewondering naar Merlinda. Hij zat helemaal gedraaid in zijn stoel, met zijn rug naar Gail.

Even vermoedde ik dat Braydens obsessie werd veroorzaakt door tante Pearls hekserij, maar zelfs zij schudde nu afkeurend haar hoofd.

Ook Dominic had Braydens fixatie opgemerkt. Zijn gezicht kleurde rood van woede en hij deed erg zijn best om kalm te blijven. Hij klokte de rest van zijn bier naar binnen en zette het flesje met een klap op tafel.

"Bray? Ik vroeg je iets!" Gail keek eerst naar Brayden en toen naar Dominic. "Wat mankeert jullie toch?"

Vanaf dat moment liep het snel uit de hand. Gail leek wel een rotje dat op punt stond om te ontploffen. Op de een of andere manier moest ik ervoor zorgen dat het niet uit de hand zou lopen, maar hoe?

"Brayden is met andere dingen bezig dan met jou, Gail," zei tante Pearl. "Hij heeft geen woord gehoord van wat je gezegd hebt."

"Tante Pearl!" Ik keek haar aan, boos omdat ze alleen maar meer olie op het vuur gooide.

Ze glimlachte liefjes naar me en depte met een servet haar lippen.

"Brayden!" Gail trok aan Braydens schouder. "Kijk me aan!"

Toen Brayden zich wegdraaide van Merlinda, stootte hij met zijn elleboog zijn wijnglas om en de witte wijn verspreidde zich snel over het tafelkleed.

"Kijk nou wat je doet!" riep Gail. "Een heel glas wijn verspild!"

Brayden schudde zijn hoofd. "Ja, als jij zo aan m'n schouder trekt..."

Niemand durfde er iets van te zeggen dat Gail nog maar net haar eigen wijn had gemorst. De spanning in de kamer was bijna met een mes te snijden. Zelfs Oma Vi voelde het. Ze zweefde met een botermesje in haar hand boven Gails hoofd.

"Wat krijgen we nou?" Gail haalde een hand door haar haar. "Ik voelde iets op mijn hoofd vallen." Terwijl ze naar het plafond keek, haalde ze een klontje boter uit haar haar.

Oma Vi, zoals altijd onzichtbaar, giechelde. Toen begon tante Pearl te lachen, gevolgd door tante Amber. Iedereen barstte in lachen uit.

Behalve ik.

En Gail.

Ze keek fronsend naar de klont in haar hand. "Hoe komt dit in vredesnaam in mijn haar terecht? Het lijkt wel smeltende boter."

Tante Pearl lachte spottend. "Lijkt me zo vet als boter."

"Ik weet wel wie ik graag zou willen invetten!" Het ongepaste commentaar van Oma Vi zorgde ervoor dat tante Amber weer bij haar positieven kwam.

Tante Amber verzuchtte: "Sorry, kind! Het klontje schoot zo van mijn mes af toen ik mijn broodje smeerde. Maar het positieve is: het is wel goed voor je huid."

"Met mijn huid is niks mis. Kan iemand de broodjes doorgeven?" Gail keek alleen maar bozer. Ze zocht op de tafel naar de broodjes en haar blik stopte bij Brayden, die net het broodmandje had opgepakt.

Braydens blik was nog steeds gefixeerd op Merlinda, terwijl hij haar als een dolverliefde butler het broodmandje met twee handen voorhield. Hij hield hoorbaar zijn adem in toen ze haar perfect gemanicuurde hand uitstak en voorzichtig een broodje pakte.

Iedereen stopte met praten bij het zien van dit tafereel.

Half en half verwachtte ik nog dat Brayden een buiging zou maken voor Merlinda of haar hand zou kussen, als hij niet aan tafel had gezeten en zijn handen niet vol had gehad met het broodmandje.

Gail schraapte even haar keel en keek naar Braydens rug. Haar gezicht liep rood aan, terwijl ze wachtte tot hij zich weer naar haar zou omdraaien en haar het broodmandje zou aanreiken.

In plaats daarvan knikte Brayden nog eens vriendelijk naar Merlinda en zette het broodmandje terug op tafel.

Gail barstte los. "Je hebt geen woord gehoord van wat ik zei, of wel soms, Brayden?"

"Wat?" Brayden keek alsof hij een bang konijntje was dat koplampen op zich af zag komen.

Mijn gewoonlijk zo zelfverzekerde ex-vriend was bang van Gail! Ik had hem nog nooit zo gezien en ik begon me zorgen te maken.

"Laat maar. Ik pak ze zelf wel." Gail griste het mandje bij Brayden vandaan. "Je zet jezelf echt voor gek."

Ik wist eigenlijk wel wat Gail dwars zat. Het had niets te maken met hekserij of sluwe vrouwenlisten. Maar mannen leken simpelweg gewoon te smelten bij Merlinda in de buurt. En wat nog erger was dan hun haantjesgedrag, was dat zij helemaal niet doorhad dat ze zo idioot deden vanwege haar. Knappe mensen gingen nou eenmaal zo door het leven: ze waren zo gewend aan massa's bewonderaars, dat ze zich er niet eens bewust van waren dat ze anders behandeld werden.

Niet dat ik wist hoe dat voelde. Soms draaide iemand zijn hoofd naar me om als ik make-up op had en een strak jurkje droeg, maar dat verbleekte bij de reacties die Merlinda kreeg. Mannen zouden alles doen voor een beetje aandacht van haar. En dan bedoel ik ook echt alles. Ze was gewoon bloedmooi.

Ik keek weer naar Gail, die ondertussen klaar zat om iemand een mep te geven. In plaats daarvan schonk ze zichzelf nog een glas Merlot in. Binnen een paar tellen was het leeg. Ze leunde achterover en zuchtte. Ze had de strijd verloren en ze wist het.

Brayden staarde naar Merlinda, terwijl zijn hand met een lege vork ergens bleef hangen tussen zijn bord en zijn mond.

"Iemand nog wijn?" In een poging de sfeer wat te verbeteren, was tante Amber een nieuwe fles Merlot gaan halen. Ze had eerst Gails lege wijnglas ingeschonken en ging vervolgens de tafel rond.

Op zich was tante Ambers strategie briljant: zorgen dat alle spanning verdwijnt door Gail zo dronken te voeren dat niets haar nog kon schelen.

Oma Vi zweefde achter me, nog steeds gefocust op Gail. "Dat mens past helemaal niet bij Brayden."

"Wat kan jou het schelen?" Het was eruit voordat ik er erg in had. Oma Vi had Brayden nooit erg gemogen, dus dat ze Gail nu geen geschikte partner voor hem vond, vond ik nogal bijzonder.

"Wat?" Tyler stopte met drinken, zijn glas halverwege zijn mond. "Tegen wie heb je het?"

Brayden rolde met zijn ogen. "Heb je dat nu pas door? Dat doet ze de hele tijd."

Gails gezicht werd vuurrood terwijl ze naar me keek. "Waarom zit je zo naar me te staren?"

Ik probeerde haar blik te vermijden. "Sorry, ik dacht even hardop." Ik kon niets tegen Oma Vi zeggen waar alle gasten bij waren. Ik wilde zo graag weten wat ze bedoelde met haar opmerking over Gail, maar dat zou moeten wachten.

Oma Vi neuriede *"Whose Bed Have Your Boots Been Under"*, heen en weer dansend boven de worteltjes en de aardappelpuree. Ze had nogal een obsessie voor Shania Twain.

Zowel tante Amber, tante Pearl als Mam barstten in lachen uit.

Ik vond Oma's vertolking van Shania ook enorm grappig, maar ik wilde niets meer laten merken.

"Wat is er zo grappig?" Gail keek om zich heen. "Waarom kijkt iedereen naar mij?"

"We kijken niet naar jou, schat," zei Mam. "In ieder geval niet expres. Het was alleen maar een oud familiegrapje."

"Ik zie niet wat er grappig aan is," mokte Gail.

Er viel een gespannen stilte.

"Ach, jeetje," riep Mam. "Met zo veel gasten had ik veel meer kalkoen moeten hebben. Er is nog meer in de keuken, maar dat moet nog worden gesneden."

"Ik doe het wel." Brayden sprong op, in een poging om aan Gails toorn te ontkomen. Hij volgde Mam de keuken in.

Gail keek even naar ons. Toen stond ze op, gooide haar servet op haar lege bord en liep hem achterna. "Ik help je wel."

"Wacht op mij!" Oma Vi maakte een draai en zweefde achter hen aan, een ander deuntje van Shania Twain zingend: *"Ooh, there's gonna be a party!"*

Ik stond ook op en liep naar de keuken. Oma Vi's grappen, Gails obsessieve jaloezie, plus een scherp mes in Braydens handen: dat was een gevaarlijke combinatie.

Gail stopte in de deuropening, draaide zich om en keek me aan. "Ik weet niet wat jij van plan bent, maar je kunt er maar beter meteen mee stoppen."

Ik was sprakeloos!

Op zich was dat wel goed, want ik had al zo het gevoel dat ik misschien iets zou doen waar ik later spijt van zou krijgen. Op de een of andere manier stevenden we allemaal af op een hoop problemen en ik was er niet zeker van of ik het zou kunnen tegenhouden.

HOOFDSTUK 10

*B*rayden ging onder toeziend oog van Gail aan de slag met het snijden van de kalkoen. Tante Pearl en ik keken toe vanaf het kookeiland, ervoor zorgend dat we op veilige afstand bleven van onze psycho-gast voor het geval ze door het lint zou gaan.

Gail keek naar me alsof ze mijn bloed wel kon drinken en ik glimlachte beleefd terug, blij dat zij niet degene was met het mes in haar hand. Ik had niets gedaan om haar zo boos te maken, maar misschien was het al wel genoeg dat ik überhaupt bestond, omdat ik tenslotte Braydens ex-vriendin was. En Merlinda was nog steeds in de woonkamer, dus ik was nu Gails dichtstbijzijnde doel. En ik keek wel uit om te spotten met een half dronken, intens jaloerse vriendin.

Mam lachte naar Gail. "Jammer dat je niet bij je familie in Shady Creek kunt zijn. Het is nu vast niet de kerstavond geworden die jij en Brayden voor ogen hadden."

"Maakt niet uit." Gail ging er niet verder op in. Ze kwam op ons af en keek afwisselend naar tante Pearl en de kerstcake. "Mmm... die cake ziet er lekker uit. Mag ik er wat van proeven?"

"Natuurlijk!" Tante Pearl glimlachte en draaide de schaal om zodat de dikste plak aan Gails kant lag. "Neem gerust."

Het werkte. Gail hapte toe.

Het was best gemeen van tante Pearl, want je moest echt een sterke maag hebben om die cake aan te kunnen. En dit verdiende niemand. Ik wilde mijn mond al opendoen om haar tegen te houden, maar ik bedacht me. Eén hap van Mams vieze cake zou Gail ook zonder mij wel tegenhouden.

Maar dat gebeurde niet. Ze at de hele plak op en nam uit zichzelf nog een tweede met alcohol doordrenkt stuk cake.

"Eet niet te veel, anders bederf je je eetlust." Mam werd helemaal dol omdat Gail zo gek leek op haar cake.

"Ze zal nog wel meer bederven dan alleen haar eetlust." Oma Vi zweefde achter Mams schouder, terwijl ze een doorzichtige vinger in haar keel stak om een kokhalsbeweging te maken.

Tante Pearl maakte een snijbeweging langs haar keel.

"Dat is niet zo respectvol, Pearl," pruilde Oma Vi.

Gelukkig was Mam zo bezig met Gail dat ze de belediging van Oma Vi over haar cake niet had gehoord.

Ik keek naar Oma Vi en Gail keek me weer dreigend aan, waarschijnlijk dacht ze dat mijn bozige blik voor haar was.

Mam wees naar Gails hand. "Die cake is altijd sneller op dan ik hem kan maken. Ik had meer moeten bakken!"

Tante Pearl snoof. "Jammer dat het maar één keer per jaar Kerst is."

Mam lachte. "Ik kan de cake op ieder moment van het jaar bakken, Pearl. Je hoeft het alleen maar te vragen. We hoeven heus niet te wachten tot de Kerst."

"Nee!" riep ik iets te hard. "Dan is het niet meer speciaal. We moeten de kersttradities van de familie West in ere houden."

Ik keek toe hoe Gail haar tweede plak cake verorberde, terwijl ik er over nadacht hoe vreemd het was dat zij en Brayden hier waren. Braydens familie woonde in een andere staat en hij ging altijd naar hen toe tijdens de feestdagen. Misschien hadden ze het plan gehad om deze keer naar Gails familie in Shady Creek te gaan. Maar als dat zo was, waarom waren ze dan niet vanmorgen vroeg naar Shady Creek gereden toen de snelweg nog open was?

Interessanter was de vraag waarom Gail eigenlijk kerstavond samen met mij, Braydens ex-verloofde, wilde vieren. Tenzij Brayden haar helemaal niets over mij had verteld natuurlijk. Dat zou ook wel logisch zijn, egocentrisch als hij soms kan zijn.

Ik vermoedde dat Brayden, om welke reden dan ook, geen zin had gehad om Kerst bij Gails familie te vieren. Misschien had hij er expres voor gezorgd dat ze te laat waren vertrokken. En aangezien Gail zo ontzettend jaloers was, durfde ze hem niet met Kerst alleen te laten. Misschien was dat wel haar enige reden om in het dorp te blijven: zo kon ze Brayden in de gaten houden.

Nu was ik er echt zeker van dat tante Pearl iets van plan was. Als ze Brayden nog maar een paar uur geleden had uitgenodigd om bij ons te komen eten, dan moet ze geweten hebben dat Gail ook mee zou komen.

Mam stond bij de gootsteen en keek stralend naar Gail. "Ik ben zo blij dat je de cake lekker vindt! Ik had je graag het recept gegeven, maar dat gaat niet; het is een familiegeheim. Er bestaat geen andere cake die er zelfs maar een beetje op lijkt."

"Daar is niets van gelogen," zei tante Pearl.

We deden allemaal alsof we Mams cake zo ontzettend lekker vonden, dat we haar ervan hadden overtuigd om nooit het familierecept aan anderen prijs te geven. En dat was vooral om anderen te beschermen. Het nadeel was wel dat Mam ieder jaar meer cake bakte, in de verkeerde veronderstelling dat we er zo gek op waren.

Het vreemdst was nog dat Mam juist een fantastische kok was en een echte meesterbakker. Van alle andere baksels liep het water ons in de mond. Zelf had ze niet door hoe verschrikkelijk haar kerstcake smaakte en niemand durfde haar de waarheid te vertellen. In ieder geval kon ze hem met Kerst niet aan hotelgasten serveren. Tegen alle verwachtingen in leek Gail hem wel lekker te vinden.

"De kalkoen is gesneden." Brayden hield de schaal omhoog om hem te laten zien, helemaal trots op zichzelf.

Mam straalde nog. "Ziet er goed uit, Brayden. Kom, we eten verder. Cen, neem nog wat wijn mee."

Ik pakte een nieuwe fles Merlot en een fles wit, een lekkere Sauvignon Blanc van een wijnhuis in de buurt.

Gail volgde en greep nog twee flessen witte wijn uit het wijnrek.

Blijkbaar was ze van plan om dronken te worden. Ik kon het haar niet echt kwalijk nemen nu Brayden geen aandacht meer voor haar had. Het was al erg genoeg dat ze Kerstavond moest doorbrengen bij zijn ex-vriendin. Ik hoopte maar dat ze geen vervelende dronk over zich had.

Brayden hield de deur voor Mam open en volgde haar naar de eetkamer met de schaal kalkoen. Gail liep achter Brayden aan.

Ik wachtte even tot de deur dichtviel en zei tegen tante Pearl: "Ik dacht dat we een familie-etentje zouden hebben."

Tante Pearl snoof. "Ach, ontspan je toch, Cen. Brayden ís praktisch familie. "

"Nee, dat is hij niet!" siste ik. "Sinds het uit is tussen ons, is hij ex-familie. Waarom heb je hem eigenlijk uitgenodigd? Je mag hem niet eens." Het was zó duidelijk dat ze probeerde om een wig te drijven tussen mij en Tyler.

Tante Pearl rolde met haar ogen. "Als er geen dode was gevonden tijdens jullie bruiloftsrepetitie, dan zou Brayden nu je echtgenoot zijn geweest. Trouwens, technisch gezien zijn jullie allebei nog steeds single. Daar kunnen we nog iets aan doen."

"We doen helemaal niks." De bruiloft met Brayden was uiteindelijk om goede redenen niet doorgegaan en die hadden niets te maken gehad met de moord die vlak voor ons trouwen was gepleegd. We pasten gewoon niet bij elkaar. De koudwatervrees die ik vlak voor de bruiloft had, heeft ervoor gezorgd dat ik niet met de verkeerde man trouwde.

"Brayden heeft veel meer te bieden dan dinges," vond tante Pearl.

"Je weet dat hij Tyler heet. Ook al mag je hem niet, dan kun je nog wel beleefd blijven."

Opeens klaarde tante Pearls gezicht op. Ze greep de cakeschaal. "Zal ik Tyler ook wat van de kerstcake aanbieden? Bij wijze van vredesoffer?"

"Waag het niet, tante Pearl! Tyler is al helemaal uitgeput vanwege zijn werk en er zit zo veel alcohol in die cake dat hij knock-out zal gaan." Ik wist dat ik niet met haar moest discussiëren, want ik kon toch niet tegen haar op.

Oma Vi snoof. "Heb je Gail gezien? Ze heeft al twee plakken op! Ze moet wel een maag van steen hebben, want ze mankeert nog niks. Toch moet iemand proberen het met Ruby te hebben over die verdraaide cake, want ze vermoordt er nog eens iemand mee."

"Je had het zelf jaren geleden al eens tegen haar kunnen zeggen," fluisterde ik. Oma Vi wilde zoals gewoonlijk ons ervoor laten opdraaien. Die kerstcake was al jaren traditie, dus om nu nog tegen Mam over die cake te klagen was een beetje mosterd na de maaltijd. Ze zou heel boos worden om ons grote familie-complot.

Oma Vi haalde haar schouders op. "Te laat hè. Ik ben een geest. Ik kan niks meer eten, dus het is mijn probleem niet."

"Het is een probleem van ons allemaal, Oma. Geen wonder dat het recept geheim is. Dat moet het blijven ook." Waarschijnlijk had Oma Vi zelf het recept aan Mam doorgegeven.

Oma Vi schudde haar hoofd. "Ik heb het zeker niet doorgegeven en ik kan er verder ook niks aan doen. Maar ik heb wel een probleem met al die gasten hier. Daar kan ik wel iets aan doen."

"Nee," waarschuwde ik. "Over een paar uur zijn ze toch weg. Of in ieder geval morgenochtend als de storm voorbij is."

"Dat duurt nog veel te lang. Hoe kan ik nu relaxen met al die mensen hier?" Oma Vi bleef zweven bij de deur van de eetkamer.

"Is het soms verboden om een beetje in de kerstsfeer te komen?" mopperde tante Pearl.

"Nee, maar jij voert iets in je schild, Pearl," zei Oma Vi. "Je hebt een hekel aan mensen en aan sociaal doen. En jij hebt al die indringers uitgenodigd met een bepaalde reden. Ik zou heel graag willen weten wat die is."

Ik voelde dat er iemand achter me stond en draaide me om. Gail. Ik had geen idee hoe lang ze al in de deuropening stond.

Gail fronste bij het zien van tante Pearl en mij. "Met wie zijn jullie aan het praten?"

"Niemand." Tante Pearl schonk haar een nepglimlach.

Ik maakte een afwerend gebaar. "Tante Pearl was aan het praten, ik niet. Ze praat veel tegen zichzelf. Oud en seniel, ben ik bang."

"Pas op je woorden, juffie. Ik ben slimmer dan wie dan ook hier," antwoordde tante Pearl.

Brayden dook op achter Gail om te zien wat er aan de hand was. Hij keek teleurgesteld bij het zien van tante Pearl en mij. "Kunnen jullie nu niet even een keertje aardig doen tegen elkaar?"

We waren uit elkaar, dus hij had niets meer over me te zeggen. Ik opende mijn mond om hem van repliek te dienen, maar deed hem meteen weer dicht toen het plan van tante Pearl mij ineens duidelijk werd. Ze was juist uit op ruzie en had daarom Brayden en Gail uitgenodigd. Omdat ze het vreselijk vond dat ik nu met Tyler was. Maar haar plannetje werkte niet en dat frustreerde haar.

Tyler was de eerste sheriff waartegen tante Pearl met haar brandstichtingen niet tegenop kon. En als mijn vriendje kwam hij vaker langs dan haar lief was. Geen wonder dat ze mij liever samen zag met Brayden dan met Tyler, die ze als haar aartsvijand beschouwde.

Ik was slechts een pion op tante Pearls schaakbord, net als Tyler dat was. Met Brayden, mijn ex-verloofde en burgemeester en daardoor Tylers baas, kon ze ons van het bord vegen. Dat Braydens jaloerse vriendin er ook was, kwam haar alleen maar beter uit, met alle problemen die ze probeerde te veroorzaken.

Dan hadden we ook nog onze mooie Merlinda en het was duidelijk dat tante Pearl hoopte dat we het elkaar heel moeilijk zouden maken. Nou, daar deed ik niet aan mee. Dit was gewoon weer een van haar pogingen om te zorgen dat Tyler geen sheriff meer wilde zijn en het dorp voorgoed zou verlaten. Nou, niet als het aan mij lag.

Brayden nam Gail mee terug de eetkamer in en spoorde ons aan om hetzelfde te doen. "Kom, etenstijd."

"Goed idee." Ik glimlachte en duwde tante Pearl zachtjes door de deuropening. "Laten we lekker verder eten."

Gezamenlijk het brood delen aan tafel tijdens de feestdagen zou oude en nieuwe wonden moeten kunnen helen. Om te beginnen zouden Brayden en ik normaal met elkaar kunnen omgaan. En ook al verwachtte ik niet dat tante Pearl en Tyler de grootste vrienden zouden worden; misschien zouden ze een poging kunnen wagen; het zou toch de moeite waard zijn.

Tante Pearl keek me argwanend aan, maar ze gehoorzaamde.

"Zorg dat ze die cake eten!" riep Oma Vi, terwijl ze in haar handen klapte van blijdschap. "Dat wordt heel leuk!"

Ik deed mijn mond al open om te antwoorden, maar kon mezelf net op tijd beheersen.

Vanavond was zeker niet de Kerstavond die ik in gedachten had gehad, maar het was wel een bijzondere avond zo. Eigenlijk kon ik net zo goed achteroverleunen en genieten van alle entertainment.

HOOFDSTUK 11

*H*et stormde maar door, maar in huis was de kalmte teruggekeerd na een heerlijke maaltijd met kalkoen. Wat er ook aan jaloezie had gesluimerd, was nu door een flinke lading alcohol weggezakt.

Allemaal waren we een beetje aangeschoten. Er waren zes flessen wijn doorheen gegaan en Dominic had minstens evenzoveel biertjes op. Tante Amber en Earl waren niet zuinig geweest met de rijkgevulde eierpunch. Iedereen was tevreden en deed in ieder geval gewoon normaal tegen elkaar.

De alcohol had ervoor gezorgd dat de scherpe kantjes van de persoonlijke conflicten en romantische rivaliteiten er voorlopig een beetje af waren. We waren niet bepaald elkaars favoriete gezelschap, maar we maakten er het beste van tijdens het uitzitten van de storm. Er was voldoende lekker eten in huis en meer dan genoeg te drinken. Ik hoopte wel dat het niet de stilte voor de storm was, voordat er allerlei dronken tirades zouden losbarsten.

De lampen flikkerden terwijl de wind om het huis gierde. Toen viel de stroom echt uit en Mam stak de kaarsen aan van de twee kandelaars op de kast. Het flakkerende kaarslicht zorgde voor lange schaduwen, maar we konden elkaar tenminste weer zien.

Zonder elektriciteit was het net alsof we in de 19e eeuw bij kaarslicht aan tafel zaten, in plaats van in de 21e eeuw. De dansende vlammen pasten helemaal bij de sfeer en het onderlinge gekibbel aan tafel leek er ook door af te nemen.

De tafel was afgeruimd en we zaten allemaal nog na te genieten en uit te buiken van het vele eten. We dronken koffie en thee en genoten van het dessert, dat bestond uit pompoentaart met slagroom, boterkoekstukjes, zandkoekjes en natuurlijk ook Mams kerstcake volgens geheim recept.

Alleen Merlinda, Dominic en Gail, onze onverwachte gasten, hadden de kerstcake ook echt gegeten. Ik was blij dat het eten van de cake meestal pas wat later zorgde voor problemen. Tegen de tijd dat ze last kregen van hun maag, zouden ze niet direct Mams kerstcake verdenken.

Alle anderen lieten de cake verdwijnen in servetten, zakken, of tassen, om hem zo later weg te kunnen gooien. Eigenlijk was dat door het uitvallen van de elektriciteit alleen maar makkelijker geworden. Ik zette mijn dessertbordje wat dichter bij de rand van de tafel en wipte het plakje cake in mijn hand. Mijn servet eroverheen en hup, mijn zak in.

"Tijd voor een spelletje," riep tante Pearl. "Het wordt echt heel leuk."

"Geen familiespelletjes nu we gasten hebben, Pearl," waarschuwde Mam.

"Waarom niet? Ik hou wel van spelletjes." Gail keek een stuk vrolijker. "Wat voor spelletje zullen we doen?"

Tante Amber klapte in haar handen. "Ooh, laten we de Hongerspelen doen!"

"Hongerspelen? Is dat zoiets als *The Hunger Games*?" vroeg Gail.

"Ja en nee," verklaarde tante Amber. "In plaats van jezelf te verdedigen, strijd je om eten."

"Maar we hebben net gegeten!" protesteerde Mam. "Ik zit echt te vol om nog aan eten te denken, laat staan om erom te vechten."

"Ik ook," zei ik.

"Je hoeft het ook niet op te eten, Ruby," zei tante Amber. "We gebruiken het eten alleen maar als inzet. Wie uiteindelijk het meeste eten gewonnen heeft, mag een wens doen. We kunnen er een cargo-cult-spel van maken!" Ze klapte enthousiast in haar handen.

Binnen de familie West betekende een wens een toverspreuk. Ik vroeg me af hoe dat zou gaan bij onze gasten die geen heks waren.

Mam lachte. "We kunnen alle toetjes op tafel gebruiken. Een gevecht op leven en dood dankzij mijn kerstcake!"

Geschrokken staarden we haar aan.

Na een pijnlijke stilte zei Merlinda, een tikje aangeschoten: "Wat is dat nou voor spelletje?"

"Een stom spel," zei tante Pearl. "Ik ga niet strijden om eten."

Ik was het er helemaal mee eens, ook al zei ik het niet hardop. Het inzetten van Mams cake als spelmateriaal was vragen om ellende. De cake zou niet van tafel verdwijnen en daardoor zouden de gasten alleen maar in de verleiding komen om er nog meer van te eten. Straks kregen ze nog een alcoholvergiftiging.

Opeens zakte Merlinda achterover in haar stoel en haar ogen vielen dicht. Ze was door de wijn en de met alcohol doordrenkte kerstcake al zo ver heen dat ze bijna van haar stokje ging. De wijn was ondertussen ook op. We moesten echt van de cake af voordat ze nog meer binnen zou krijgen.

"Ik maakte maar een grapje over de cake." Uit Mams gezicht bleek echter iets anders. Ze had het echt gemeend.

Tante Amber merkte Mams teleurstelling op en stelde snel voor: "Waarom spelen we geen 'Truth or Dare'? 'Durven of De Waarheid?'"

"Goed idee." Eigenlijk vond ik dat juist een heel slecht idee, gezien de totaal verschillende persoonlijkheden aan tafel. Maar goed, het was beter dan eten of wegwerken van nog meer alcoholische cake.

"Ik doe mee zolang alles mag," grijnsde tante Pearl. "Het gaat om het winnen, tegen elke prijs."

"Ik doe ook mee." Gail keek even naar Merlinda. "Ik win namelijk altijd."

Ik gaf tante Pearl een waarschuwende blik. "Er zijn geen winnaars bij 'Truth or Dare'. Er is alleen maar sprake van schaamte en mensen die gewond raken."

Mam haalde even diep adem. "We doen geen roekeloze dingen en we stoppen voordat er iemand gewond raakt."

"Jullie hoeven je niet aan ons aan te passen, hoor," zei Gail. "Doe gewoon alsof jullie een normale Kerstavond met elkaar vieren."

Tante Pearl lachte. "Ha! Onze familie West-kerstspelletjes zijn allesbehalve normaal. Wees voorzichtig met wat je vraagt..."

Er ging een huivering door me heen. Uiteindelijk waren we toch heksen en onze heksenspelletjes konden weleens wat wild worden, omdat we allemaal heel graag wilden winnen. Maar het uitvoeren van toverspreuken met buitenstaanders, zelfs als het andere heksen waren, was altijd uit den boze. Ik maakte me zorgen over tante Pearls verholen bedreiging. Wat voor streken ze ook voor onze gasten in gedachten had: ze zouden ongetwijfeld een grens over gaan.

Ik wist wel dat tante Pearl nooit de details van onze bovennatuurlijke spreuken en geheimen zou prijsgeven. Maar ik vertrouwde haar nog steeds niet. Misschien kwam het door Earl, of misschien wilde ze met haar toverspreuken indruk maken op Merlinda. Normaal had ze nooit zin om mee te doen met onze familie-heksenspelletjes, dus dat ze nu zo enthousiast was liet bij mij alle alarmbellen afgaan. Er broeide iets in dat heksenhoofd van haar.

Natuurlijk strooiden we zelf ook met toverkracht tijdens onze spelletjes. Dat was ook nooit een probleem, maar nu was iedereen in een bepaalde mate beneveld door de alcohol, net als tante Pearl zelf. Het was heel gevaarlijk om te toveren als je dronken was, zonder ten minste één nuchter persoon in de buurt om de boel te redden.

Tante Pearl liet een sadistische grijns zien. "Oké, luister. Elk stel vormt een team. Stelletje tegen stelletje. Niets blijft verborgen."

Tante Amber keek zichtbaar opgelucht. "Dan doen Ruby en ik niet mee. Wij zijn de enigen zonder date."

"Doe niet zo raar," zei tante Pearl. "Jullie zijn het zussenteam."

Mam schudde haar hoofd. "Nee! Ik wil niet..."

"Ach, kom op, Ruby, het wordt vast leuk." Tante Ambers gezicht klaarde op. "Wij winnen toch, want we kennen elkaar door en door."

"Dat denk ik niet," zei Dominic. "Merlinda en ik maken iedereen in, toch, Merlinda?"

Merlinda's oogleden gingen open en ze fronste. "Huh, tuurlijk. Ik heb alleen nog nooit eerder meegedaan met *'Truth or Dare'*."

"Het is heel simpel," legde ik uit. "We vragen aan een van de stellen: *'Truth or Dare'*? Als jullie kiezen voor *'truth'*, waarheid dus, dan moet je een vraag beantwoorden. Bij *'dare'*, iets durven, moeten jullie een opdracht uitvoeren. Als jullie dit goed hebben gedaan, dan mogen jullie hetzelfde vragen aan een stel van jullie keuze."

Oma Vi zweefde achter Earl en tante Pearl. "Oh-oh, ik kan echt niet wachten om te zien hoe iedereen de vernieling in gaat. Ik blijf straks als enige overeind."

Mam glimlachte.

Tante Pearl wees naar Mam. "Jullie beginnen, Ruby."

"Oké, prima. Earl en Pearl, *Truth or Dare*?"

"*Truth*," klonk het als één stem, net als bij een langgetrouwd echtpaar.

Mam giechelde. "Vertel ons dan maar wat jullie deden op jullie eerste date."

"Dat kun je niet vragen, Ruby!" Tante Pearls gezicht werd diep donkerrood.

"Waarom niet? Jij zei dat niets verborgen zou blijven, Pearl." Mam trok haar wenkbrauwen op en glimlachte liefjes. "Dus dat geldt ook voor jou."

"We hadden een etentje bij kaarslicht in mijn huis," vertelde Earl. "Het was erg romantisch en ik moet toegeven dat het daarna een beetje uit de hand liep."

Tante Amber grinnikte. "Ging het er vurig aan toe bij jullie? Haha, zo te zien wel."

"Earl!" Tante Pearl gaf hem een tik.

Earl ging verder. "Vurig was het zeker, helemaal toen de gordijnen vlam vatten en we de brandweer moesten bellen. Pearl houdt erg van haar sojakaarsen. Je kunt ze laten smelten en er dan massageolie van maken en..." Hij gaf haar een klopje op haar hand. "Ik kan maar beter verder mijn mond houden. Maar die nacht vergeet ik niet meer, hoor. Pearl zit vol met verrassingen."

Tyler en ik barstten in lachten uit, net als Mam. Tante Pearl die romantisch bezig was, was moeilijk voor te stellen. Aan de andere kant had Earl iets in haar losgemaakt wat ik nog niet eerder had gezien. Ze was helemaal van hem in de ban, om het maar zo te zeggen.

"Earl, hou op! Je zet me voor gek!" Tante Pearl draaide zich om naar Tyler en mij en zei nogal bruusk: "Jullie zijn. *Truth or Dare?*"

"*Dare,*" zei Tyler.

Mijn hart sloeg een slag over, omdat ik wist dat tante Pearl Tyler alleen maar belachelijk wilde maken. 'Durven' was misschien wel de beste keus eigenlijk. Ik verwachtte namelijk dat tante Pearl zelf ook wat gênante vragen in petto had.

"Dan daag ik je uit om te vertrekken uit het dorp, sheriff." Tante Pearl sloeg haar armen over elkaar en leunde achterover in haar stoel. "En als je dat snel doet, heb ik er nog wel wat voor over ook."

"Dat is geen geldige uitdaging voor 'durven', Pearl." Tante Amber schudde haar hoofd. "Vraag iets wat iemand nu ter plekke zou kunnen doen."

Tyler wierp zijn hoofd naar achteren en lachte hard. "Leuk geprobeerd, Pearl. Maar ik ben niet om te kopen om Westwick Corners te verlaten. Bovendien laat ik Cen ook niet achter."

"Hoeveel wil je? Wat het bedrag ook is, ik betaal het."

"Hou daarmee op, Pearl!" Mam wees met een waarschuwende vinger naar haar oudere zus. "Tyler blijft gewoon hier, dus wen er maar aan."

Tante Pearls ogen vernauwden zich tot spleetjes. "Als dat is wat je wil, prima. Maar zeg niet dat ik je geen uitweg heb geboden, sheriff."

Tyler grinnikte even, maar zei niets.

"Je beurt is nu wel voorbij, tante Pearl." In ieder geval had ze mij niet Tyler laten vervloeken of een of andere vreselijke spreuk tegen hem laten gebruiken.

Tante Pearl keek kwaad, maar hield verder haar mond. In haar haastige poging om de ongewenste aandacht van haarzelf en Earl af te wenden, was ze te zenuwachtig geweest om een zinnige uitdaging te bedenken.

Ik draaide me om naar Brayden en Gail. "*Truth or Dare?*"

"'Waarheid'," grijnsde Brayden. "Je kunt alles aan me vragen."

"Je bedoelt 'ons'," corrigeerde Gail. "Vraag het aan óns."

Het was eigenlijk een perfecte manier om wat meer over hun relatie te weten te komen. "Wat is het grootste geheim dat je voor je partner verbergt?" vroeg ik. "Brayden, jij eerst."

Brayden werd rood. "Eh... nou... Cen en ik waren ooit verloofd."

Die zag ik niet aankomen. En Gail duidelijk ook niet.

Ze schoot overeind in haar stoel. "Wat!? Jij neemt me mee voor een etentje bij je ex-vriendin zonder me dat te vertellen? Je hebt tegen me gelogen! Je zei dat ze een goede vriendin was!"

"Nou ja, dat is ze ook. Ik had het wel willen vertellen... maar het kwam eigenlijk nooit ter sprake, of zo..." Brayden keek wanhopig de tafel rond, hopend op wat hulp.

Gail gooide haar handen de lucht in. "Hoe zou dat zo maar ter sprake kunnen komen? Ik kan echt niet geloven dat je dit voor me hebt verzwegen, Brayden. Je hebt me gewoon voor gek gezet!"

Er viel een ongemakkelijke stilte. Geen wonder dat Gail geen bezwaar had gehad tegen een etentje hier. Ze had er geen idee van dat Brayden en ik bijna met elkaar waren getrouwd. Ik mocht haar nog steeds niet, maar nu had ik wel medelijden met haar.

Mam verbrak de stilte. "Nou, Gail, jouw beurt. Wat hou jij geheim voor Brayden?"

"Dat ik er genoeg van heb om door hem genegeerd te worden." Ze keek naar Brayden. "Ik ben het zat dat je steeds met andere vrouwen zit te flirten, terwijl ik gewoon naast je zit! Dacht je dat ik niet doorhad dat je steeds zit te flirten met Merlinda? Iedereen heeft het door, niet dan, Dominic?"

Merlinda keek geschokt en haar mond viel open.

Dominic schoof heen en weer op zijn stoel, duidelijk niet op zijn gemak. "Eh... laten we doorgaan. Wie zijn er nu?"

"Ik doe niet meer mee met dit stomme spelletje." Gail stond op, gooide haar servet op tafel en stampte naar de keuken.

Tot dit moment was alles best beschaafd verlopen, ondanks dat iedereen nogal aangeschoten was. Maar het leek wel alsof tante Pearl, met wat voor spelletje dan ook, voor ogen had gehad dat het tot een moment zou komen waarin iedereen elkaar wel iets kon aandoen.

Mam knikte in de richting van de keuken. "Misschien moet je even achter haar aan gaan, Brayden."

Brayden zuchtte en stond op. "Maar waarom moet... oh, oké. Nou, eerst nog: Dominic en Merlinda, *Truth or Dare?*"

"*Truth*," zei Dominic. "Vraag maar raak."

"Denk je dat jullie ooit zullen trouwen?" Zelfs met Gail uit de buurt kon Brayden het niet laten. Hij vroeg het aan Dominic, maar bleef vol bewondering naar Merlinda staren.

Ik keek naar de keukendeur, in de hoop dat Gail niet aan de andere kant stond te luisteren.

Dominic gaf antwoord. "Ja, het antwoord is ja. Want we zijn namelijk al getrouwd."

HOOFDSTUK 12

"Getrouwd?" Tante Pearl stikte bijna in haar hapje. Ze zag er geschokt uit toen ze aan Merlinda vroeg: "Wanneer zijn jullie getrouwd? En waarom weet ik dat niet?"

Allemaal waren we zo in verwarring dat we niets meer konden uitbrengen. Dominics bekentenis had niemand zien aankomen.

Ook Merlinda keek geschrokken naar Dominic.

Tante Pearl zette grote ogen op. "Ik kan echt niet geloven dat je dat voor mij geheim gehouden hebt, Merlinda. Na alles wat ik voor je gedaan heb. Ik dacht dat we alles van elkaar wisten."

"Ik had het je uiteindelijk wel willen vertellen, Pearl, maar ik was er nog niet klaar voor." Merlinda keek weer naar Dominic. "Je had beloofd om het geheim te houden!"

"Ja, maar we spelen toch *Truth or Dare*, schat. En ik kon het niet langer meer voor me houden. Bovendien kent niemand hier jouw familie, dus wat maakt het uit?"

Ik wist echt niet wat ik moest zeggen. Dat tante Pearl en Merlinda zulke boezemvriendinnen waren was op z'n minst al schokkend. En Dominic en Merlinda waren zo'n vreemd stel. Hij was minstens tien jaar ouder dan zij. Bovendien paste zijn ruige, getatoeëerde uiterlijk totaal niet bij Merlinda's verfijnde fotomodellen-looks.

"Wanneer zijn jullie getrouwd?" vroeg Mam.

"Afgelopen vakantie, toen Merlinda even terug was in Vanuatu." Dominic pakte nog een dikke plak van de kerstcake en legde die op zijn bordje. "We hadden een kleine ceremonie. Merlinda zag er prachtig uit in haar jurk."

De lichten flikkerden een paar keer en bleven toen weer branden. Ik hoopte dat ze niet meer uit zouden gaan nu. Ons tochtige, oude huis was niet de meest fijne plek om een storm te doorstaan, maar door de duisternis werd het wel heel griezelig.

Tante Pearl zei tegen Merlinda: "Je bent amper oud genoeg om te mogen trouwen. Je vergooit je leven nog voordat het goed en wel is begonnen."

Dominic reageerde. "Merlinda heeft jouw advies niet nodig, Pearl. Ze kan best haar eigen beslissingen nemen."

"Ik ben 21," protesteerde Merlinda, met een mond vol kerstcake. "Ik heb niet veel dates gehad, maar dat is niet erg. Ik weet gewoon dat Dominic de ware is."

Dominic onderbrak haar. "Ware liefde kun je ook niet plannen. Als het je overkomt, dan pak je het en laat je het niet meer gaan."

Ik dacht erover om de cakeschaal naar de keuken te brengen. In plaats daarvan pakte ik de laatste twee plakken en legde ze op mijn bord. Het was het enige wat ik nog kon doen om te voorkomen dat de gasten ze zouden opeten.

Mam glimlachte. "De volgende keer bak ik echt meer."

"Waarom heb je mij niet uitgenodigd voor jullie bruiloft?" Tante Pearl zag rood van woede omdat ze was buitengesloten. Haar teleurstelling was wel begrijpelijk, gezien de vele tijd die ze samen doorbrachten. Merlinda was op dit moment eigenlijk haar enige protegé en student. En toen kwam Dominic langs en die verpestte alles. Ondanks dat had de woede van tante Pearl veel weg van een ongezonde obsessie.

"We hadden niemand uitgenodigd," zei Dominic. "We wilden geen gedoe, dus zijn we in het geheim getrouwd in Vanuatu. Een paar toeristen waren onze getuigen, dus echt niemand wist er van. Tot nu. We wilden niet langer wachten, hè mop?"

"Wachten op wat?" Gail keek vragend toen ze de keuken uit kwam.

"Merlinda en Dominic zijn stiekem getrouwd," vertelde tante Amber. "We komen er net pas achter, dankzij *Truth or Dare*."

Gail wilde iets zeggen, maar werd onderbroken door Merlinda.

"I-ik... voel... me... niet... goed..." Merlinda's vork viel op tafel en ze greep naar haar maag. Ze schoof haar stoel naar achteren en stond wankelend op.

"Wat heb je, kind?" Ook tante Amber stond op en keek bezorgd naar Merlinda.

Merlinda ging weer zitten en deed haar ogen dicht. "Laat me maar even, het gaat wel weer."

Maar haar snelle ademhaling en rode hoofd zeiden iets anders.

"Misschien moet je even gaan liggen. Ik help je wel even naar de bank." Ik stond op en precies op dat moment gingen de lampen weer uit.

Het was nu donker in de kamer op wat kaarslicht na en het flauwe schijnsel van Oma Vi, die als een soort grote nachtlamp boven de kast zweefde. De zachte gloed verlichtte de eetkamer net genoeg om te zien hoe Merlinda kreunend van pijn over de tafel hing.

Ook tante Pearl zag het. "Jeetje, Merlinda... dat ziet er echt niet goed uit."

"Ik heb zo'n ontzettende last van mijn maag. Sorry," excuseerde Merlinda zich toen ze opstond en naar de deuropening wankelde. Even hield ze zich vast om overeind te blijven en vervolgens verdween ze in de donkere woonkamer.

Dominic sprong op. "Ik kan haar maar beter even gaan helpen."

Tante Pearl ging voor Dominic staan en hield hem tegen. "Nee, ik help haar wel."

Ik vond het niet vreemd dat Merlinda zich niet lekker voelde, als je keek naar hoeveel met alcohol doordrenkte kerstcake ze had gegeten. Ik wilde dat ik haar had kunnen tegenhouden zonder dat Mam het had gemerkt.

Alle gesprekken verstomden bij het horen van Merlinda's gestommel, toen ze via de woonkamer en de hal op weg ging naar het toilet.

Buiten gierde de wind en de oude enkelglas ramen rinkelden bij iedere windvlaag.

De lampen flikkerden weer en bleven branden, maar dat duurde ongeveer een halve minuut. Toen viel de elektriciteit opnieuw uit. Een paar seconden later blies een harde windvlaag alle kaarsen uit. We zaten compleet in het donker en niemand zei iets. Iedereen luisterde gespannen naar Merlinda, die in de hal kokhalsde en kreunde van de pijn.

Merlinda had het toilet nog niet eens gehaald. Ze had onze pogingen om haar te helpen steeds afgewezen, maar ik kon niet langer stil blijven zitten en niets doen.

"Ik haal wat meer lucifers." Ik stond op en liep op de tast langs de rugleuningen naar de keuken. Mijn ogen raakten langzaam gewend aan de duisternis en na wat een eeuwigheid leek, vond ik mijn weg in de keuken naar de inbouwkast waar de lucifers lagen. Ik rommelde in elke lade, wanhopig op zoek naar de lucifers, totdat ik ze in de onderste lade vond.

Ik stak de kaars op het aanrecht aan en nam hem mee naar de eetkamer. Nadat ik de kaarsen van de twee kandelaars op de kast had aangestoken, zette ik mijn kaars op tafel, opgelucht dat ik de anderen weer kon zien.

Ik was net weer gaan zitten, toen Merlinda schreeuwde.

HOOFDSTUK 13

Iedereen sprong op en rende naar de hal. Dominic en Brayden botsten bij de kast op elkaar, waardoor de kandelaars bijna omvielen.

Dominic vloekte en greep een van de kandelaars. Hij zwaaide ermee alsof het een wapen was en dwong Brayden zo om opzij te gaan.

Ik drukte mezelf tegen de muur en liet hen allebei passeren. Ik wilde Brayden, vanwege zijn obsessie met Merlinda en het feit dat hij altijd overal de eerste wilde zijn, niet in de weg lopen. Ik gebaarde naar Tyler dat hij ook moest doorlopen. Vervolgens pakte ik de tweede kandelaar en volgde de mannen de hal in.

Daar liep ik bijna tegen Tylers rug op, toen hij abrupt vlak voor me stopte.

Tante Amber vloekte toen ze op mij botste. "Wat gebeurt er in vredesnaam?"

"Merlinda!" Dominics schreeuw veroorzaakte een rilling over mijn rug.

Er kwam geen antwoord.

Ik stak mijn nek uit om over Tylers schouder te kunnen kijken en zag Merlinda op de vloer liggen. Dominic knielde naast haar neer. De brandende kaarsen stonden op de haltafel en verlichtten de verder donkere ruimte. Het flikkerende licht versterkte de duistere sfeer alleen maar meer.

Merlinda lag bewusteloos in foetushouding op de grond. Ze was in elkaar gezakt nog voordat ze het toilet had bereikt.

"Merlinda! Zeg wat tegen me!" Dominic schudde aan Merlinda's schouder en zijn stem brak: "Word wakker!"

Tyler liep om Merlinda heen en knielde aan haar andere zijde. Hij trok haar arm omhoog, maar die was helemaal slap. Hij leunde over haar heen en checkte haar polsslag en ademhaling. "Ze ademt niet."

Ik ging achter Tyler staan en zette mijn kandelaar bij de muur op de grond.

"Bel een ambulance, vlug!" Tyler draaide zich om en begon met reanimeren. Zijn brede bovenlijf blokkeerde mijn uitzicht, maar ondanks dat werd het al snel pijnlijk duidelijk dat de reanimatie geen enkel effect had.

"Ik heb al gebeld." Westwick Corners was zo klein dat we niet echt een Spoedpost hadden, laat staan een ziekenhuis of een ambulance. De dichtstbijzijnde arts zat een uur verderop in Shady Creek. Ik had toch de Spoedpost in Shady Creek gebeld, hopend op een wonder. Maar vanwege de hevige storm reden ze niet. "Helaas kunnen ze vanwege de storm geen ambulance sturen."

De tijd tikte weg. Zelfs in het gedempte licht had Merlinda's huidskleur een blauwachtige gloed gekregen. Het zag er niet goed uit.

Tyler en Dominic wisselden elkaar nu af met reanimeren, maar het was al snel duidelijk dat al hun inspanningen tevergeefs waren.

Uiteindelijk richtte Tyler zich op en zei tegen Dominic: "Het spijt me heel erg, Dominic. We hebben er alles aan gedaan wat we konden, maar... ze is overleden."

"Ze is niet dood! Dan kan niet. Ze is alleen maar flauwgevallen. We moeten het blijven proberen." Dominic duwde Tyler opzij en ging verder met reanimeren, hoewel het overduidelijk was dat hij dat nog nooit eerder had gedaan.

"Dominic, het spijt me echt." Brayden legde een hand op Dominics schouder.

Dominic duwde Braydens hand weg. "Ze is niet dood, ze is alleen maar…"

Tante Pearl drong zich voor Brayden en knielde naast Merlinda. "Laat mij eens kijken. Ik zorg er wel voor dat ze in het ziekenhuis komt."

Tylers ogen ontmoetten de mijne. Hij dacht duidelijk hetzelfde als ik. Zelfs magie zou Merlinda niet meer tot leven kunnen wekken.

Tante Pearl stond op en bleef stokstijf staan toen ook tot haar doordrong hoe ernstig de situatie was.

"Wat is hier verdorie aan de hand? Nog maar een paar minuten geleden zat ze…" Dominic schudde ongelovig zijn hoofd. Heel langzaam liep hij achteruit bij Merlinda vandaan en leunde verslagen tegen de muur. Hij zakte op zijn hurken en sloeg zijn handen voor zijn gezicht. Zijn hele lichaam schudde toen hij huilde. "Ze kan toch niet zomaar doodgaan?!"

Het verlies van zijn geliefde maakte Dominic radeloos.

Dat gold niet alleen voor hem.

Tante Pearl schreeuwde: "Nee!" Ze stortte neer op de vloer naast Merlinda en krulde zich op als een foetus.

Iedereen was in shock. Een op het oog kerngezonde jonge vrouw van begin twintig was voor onze ogen gestorven, zonder een logische verklaring.

Merlinda's handen waren met gekromde vingers stijf tegen haar maag geklemd en haar gezicht was bevroren in een grimas. Haar ogen wijd open, zonder nog iets te zien. Zelfs in het halfduister was het duidelijk dat ze niet meer leefde.

"Ik vind het heel erg, Pearl." Tyler hielp tante Pearl voorzichtig overeind en sloeg zijn arm om haar heen. Hij nam haar mee naar tante Amber en Mam, die allebei een paar meter verderop zachtjes stonden te snikken.

Dominic huilde in zijn handen. "Ze zat te eten en te praten en er was niets aan de hand. Ik begrijp er niks van. Ze was nog zo jong, hoe kan ze nu zo opeens doodgaan?"

Tyler schudde zijn hoofd. "Soms gaan mensen opeens dood. Misschien had ze wel een of andere ziekte waar ze niets van wist. We zullen moeten afwachten wat de arts zegt."

Die arts zat, net als bijna iedereen, nog in Shady Creek.

Mam sloeg een hand voor haar gezicht. "Ik kan het gewoon niet geloven. Ze was het toonbeeld van gezondheid. En ze had ook een gezonde eetlust. Ze zat lekker te eten van mijn kerstcake."

Tante Pearl sprong op en zwaaide woedend met een vuist naar Mam. "Je moet echt stoppen met die cake, Ruby! Die stomme cake van jou heeft mijn beste studente vermoord."

"Denk je soms dat ik Merlinda vergiftigd heb?" Mams mond viel open bij het horen van tante Pearls beschuldiging. "Je bent niet goed wijs. En jullie dan? Jullie hebben die cake allemaal gegeten en jullie zijn ook niet ziek."

Feitelijk hadden alleen Merlinda, Gail en Dominic van de cake gegeten. De anderen hadden hun cake onaangeroerd weggemoffeld. Maar Mam wist dat niet. Ik klopte haar op de schouder, opgelucht dat Gail en Dominic niks leken te mankeren. Tot nu toe dan. "Tante Pearl meende vast niet dat..."

"Zeker weten dat ik het meende, Cendrine. Het is Ruby's schuld dat Merlinda dood is." Tante Pearl ijsbeerde radeloos heen en weer. "Nooit meer zal ik zo'n studente hebben als Merlinda. Zoveel talent, vernietigd door een paar kruimels vergiftigde cake."

Mam haalde diep adem. "Het kan niet door mijn cake komen, Pearl. Ik maak hem ieder jaar volgens hetzelfde recept. Hoe kan er nu dan iets mis mee zijn?"

"Eh... Ruby, ik moet je even iets vragen." Earl stapte ongemakkelijk van de ene voet op de andere. "Weet je nog dat ik je hielp met het rattenprobleem?"

Gail schrok: "Zitten hier ratten?"

"Ben bang van wel," antwoordde Earl. "Het is namelijk zo, dat ik de maatbeker met rattengif even op het aanrecht had neergezet. En toen ik een paar minuten later terugkwam, was hij weg."

"Dus jij denkt dat... bedoel je dat het witte poeder in mijn maatbeker geen bloem was? Ik heb het gebruikt voor de cake," hijgde Mam.

"Maar als je zelf de maatbeker niet hebt gevuld, waarom heb je hem dan wel gebruikt, Ruby?" vroeg Tyler. "Je wist toch niet zeker dat het bloem was?"

Tranen liepen nu over Mams wangen. "I-ik dacht niet na, denk ik. Ik vond het al vreemd, omdat ik me niet kon herinneren dat ik die maatbeker had gebruikt. Maar ik had het de laatste tijd zo druk en ik veronderstelde dat ik de bloem al eerder had afgemeten en het helemaal was vergeten. Ik was zo bezig met het diner en al die gasten die Pearl op het laatste moment nog had uitgenodigd, dat ik er niet helemaal bij was."

Ik werd boos bij het horen van tante Pearls die Mams cake beledigde en, indirect ook mij als falende student. "Als Merlinda vergiftigd was, dan kan het allerlei oorzaken hebben. Zoals jouw kruidenthee bijvoorbeeld."

"Hé, ik heb die cake ook gegeten en met mij is niks mis," zei Dominic. "Het kan niet aan die cake liggen."

"Jij weegt waarschijnlijk twee keer zo veel als Merlinda," verklaarde Brayden. "Jij kan het gif beter verwerken. Of anders duurt het langer voordat je er last van krijgt."

Dominic hield een hand voor zijn mond. "Ik geloof dat ik me ineens niet zo lekker voel."

Gail knikte. "Ik heb er ook wel wat van gegeten en ik voel me niet ziek. Weet je zeker dat het rattengif was? Ik voel me prima."

'Wel wat' was nogal een understatement. Gail had volgens mijn telling toch zeker vier of vijf plakken gegeten. Toch vertoonde ze geen vergiftigingsverschijnselen.

Tante Pearl haalde haar hand uit haar broekzak en stak haar middelvinger tegen me op. Terwijl ze dat deed, viel er een verfrommeld papiertje op de grond.

"Wat een drama." Tante Amber boog voorover om het papiertje te pakken. Ze maakte het open en fronste bij het lezen wat er op stond. "Oh-oh. Er zit een fout in jouw theerecept, Pearl. In plaats van mariadistel staat er maretak. Je weet toch dat maretak giftig is?"

"Natuurlijk weet ik dat, geef hier." Tante Pearl griste het papiertje uit tante Ambers hand.

Tante Amber schudde haar hoofd terwijl ze naar Merlinda's levenloze lichaam keek. "Oh mijn god, Pearl, wat heb je gedaan?"

HOOFDSTUK 14

"Je hebt Merlinda vermoord!" schreeuwde Dominic. "Ze zou eindelijk weer naar huis komen en voorgoed hier weggaan. Je wist dat je haar hier niet eeuwig op die stomme school van je zou kunnen vasthouden. Dus heb je haar thee vergiftigd en haar vermoord!"

"Pearl heeft het niet expres gedaan. Het was een ongeluk." Mams woorden bleven in de lucht hangen terwijl we allemaal zwegen.

Dominic sprong op tante Pearl af. "Ik maak je af, oud wijf."

Brayden en Tyler hielden Dominic tegen vlak voordat hij bij tante Pearl was. Ze pakten hem elk bij een schouder en hielden hem maar net in bedwang.

Ik had geen idee wat Dominic bedoelde met dat tante Pearl Merlinda in Westwick Corners had willen vasthouden, maar waarschijnlijk zat er wel een kern van waarheid in. Tante Pearl neemt vaak drastische maatregelen als het niet loopt zoals zij het wil. Maar Merlinda vermoorden om te zorgen dat ze niet kon weggaan? Echt niet, dat kon ik me niet voorstellen.

Zulke dingen hoorde je alleen op tv. Als het om de liefde ging, werden mensen soms wanhopig. Tante Pearls relatie met Merlinda was niet meer dan mentor en studente, maar tante Pearl was wel erg aan haar gehecht. Of, liever gezegd, door haar geobsedeerd. Als Merlinda echt van plan was geweest om te stoppen met *Pearl's Charm School*, dan twijfelde ik er niet aan dat Pearl er op haar eigen manier iets aan zou willen doen.

Als een voormalig studente van haar wist ik daar alles van.

Maar Merlinda vermoorden? Nee.

"Doe niet zo achterlijk." Tante Pearl grijnsde, haar stem opeens kalm. "Ik ben heel begripvol en ik zou Merlinda nooit in de weg staan. Ze wilde trouwens niet weg vanwege mij, hoor."

Tylers ogen vernauwden zich tot spleetjes. "Wat insinueer je, Pearl?"

Tante Pearl rolde met haar ogen. "Zoek dat zelf maar uit, sheriff. Doe je werk."

"Tante Pearl, geef antwoord op Tylers vraag." Haar onverschillige antwoord kwam erg vreemd op me over; een minuut eerder was ze nog hysterisch geweest.

"Ik heb niemand vermoord!" Tante Pearl zwaaide met haar vuist naar Dominic. "Waarom zou ik in vredesnaam mijn eigen studente vergiftigen? Dode studenten zijn nou niet bepaald goede reclame voor *Pearl's Charm School*, of wel? Ik zou dan nooit meer nieuwe studenten kunnen vinden!"

Dat had ik mezelf ook afgevraagd, maar ik had het niet hardop durven vragen. Voor zover ik wist, zette tante Pearl geen advertenties en had ze ook geen website. Alles ging op basis van mond-tot-mond reclame; zo was Merlinda ook bij *Pearl's Charm School* gekomen. Ze was de halve aardbol over gereisd om hier te studeren, en dat was heel slecht voor haar afgelopen.

Dominic worstelde om los te komen uit de greep van Tyler en Brayden, maar zij hielden hem stevig vast. "Ik zal je vertellen waarom je haar vermoord hebt: omdat zij beter was dan jij. Merlinda heeft me verteld dat je jaloers was op haar talent. Jij wilde niet dat ze dat ergens anders zou laten zien, want dan zou iedereen merken dat zij beter was dan jij. Geef het maar toe."

Gelukkig had hij niet letterlijk gezegd dat tante Pearl *een betere heks* was. Brayden wist wel iets van onze tovertalenten, min of meer. Hij noemde ons new age-idioten in plaats van heksen. Hij beschouwde onze kruiden, talismans en drankjes meer als een rare familiehobby en was zich volkomen onbewust van wat er vlak onder zijn neus gebeurde. Hij had er echt geen idee van welke toverkunstjes tante Pearl allemaal met hem uitvoerde, puur voor haar eigen vermaak.

Tyler daarentegen wist wel van onze bovennatuurlijke geheimen. Dus op Braydens koppige ontkenning na, had eigenlijk alleen Gail geen idee dat we heksen waren.

En dat moest wel zo blijven.

Tante Pearl snoof. "Jaloers? Hoezo zou ik jaloers zijn? Ik heb Merlinda alles geleerd wat ze wist."

"Kom, Pearl, doe een beetje rustig tegen Dominic. Hij is net Merlinda verloren." Mam sloeg een arm om tante Pearl heen en nam haar mee de hal uit naar de woonkamer, gevolgd door tante Amber en mij.

Mam en tante Amber ploften op de bank, elk aan een kant van tante Pearl, als twee zusterlijke beveiligers. Ik stond bij de deur, klaar om tante Pearl tegen te houden voor het geval ze Dominic wilde aanvallen.

"Nou, ik ben net mijn protegé kwijtgeraakt. Is er niemand die dat iets kan schelen?" Tante Pearl kleurde rood van woede, terwijl ze haar arm probeerde te bevrijden uit tante Ambers greep. "Welke lerares vergiftigt nou haar eigen studentes? Ik zeker niet."

Tante Amber hield haar hand omhoog. "Ik zeg niet dat je haar expres hebt vergiftigd, Pearl. Je was waarschijnlijk een beetje slordig en hebt de spreuk verkeerd opgeschreven. We maken allemaal wel eens fouten. Je weet wel, mariadistel, maretak... een foutje is zo gemaakt."

Tante Pearl brieste: "Misschien dat jíj slordig of in de war bent, Amber, maar ik niet. Ik ben veel te slim om zo'n fout te maken. Hoe kun je zoiets ook maar denken? Bovendien is er een moordenaar in ons midden!"

"Dat weten we helemaal niet," zei ik. "Merlinda's dood lijkt wel verdacht, maar alleen een arts kan bepalen waaraan ze is gestorven. We kunnen alleen zorgen dat er geen bewijsmateriaal verloren gaat."

"Bewijsmateriaal?" schrok Mam. "Dit bevalt me helemaal niet."

"Cen heeft gelijk," zei tante Amber. "Vanwege de storm zal het wel even duren voordat de arts hier zal zijn, dus we moeten ervoor zorgen dat alles precies blijft zoals het was."

Op z'n minst moesten we zorgen dat tante Pearl haar handen thuis hield en ook haar toverkracht met rust zou laten. Het verdoezelen van een fout zou grote gevolgen kunnen hebben.

"Denken jullie echt dat ik haar heb vergiftigd?" Tante Pearl keek ons een voor een aan. "Ik heb het vermoeden dat iemand probeert om me erin te luizen. Die verdomde Sheriff Gates is het, zeker weten."

"Dat is belachelijk, tante Pearl," zei ik. "Hij heeft niets met Merlinda's dood te maken. Hij is niet eens bij haar in de buurt geweest." Tyler was pas laat aangekomen en had naast mij aan de andere kant van de tafel gezeten. En ik was hem geen seconde uit het oog verloren.

Tante Amber en Mam wisselden een verontruste blik uit. Ik wist wel wat ze dachten. We moesten iets doen, voordat tante Pearl uit haar dak zou gaan.

Of het nu ging om een ongeluk of een moord met voorbedachten rade, het was onwaarschijnlijk dat tante Pearl de dader was. Ze was zo perfectionistisch en maakte zelden fouten. Zeker niet met een simpel theebrouwsel. Haar toverspreuken klopten altijd.

Daar stond tegenover dat we allemaal hetzelfde hadden gegeten, maar alleen Merlinda had tante Pearls thee gedronken.

Hoe dan ook, voor tante Pearl stond er veel op het spel, zelfs bij een klein foutje. De reputatie van haar school bijvoorbeeld. Alsof ze mijn gedachten had gelezen zei ze: "Dit was geen ongeluk. En met mijn thee was niets mis."

Tante Amber tikte met een gemanicuurde nagel op het papiertje. "Hier in het recept staat toch echt maretak..."

Tante Pearl greep het recept uit haar handen. "Hou nou toch op, Amber! Ik heb het expres verkeerd opgeschreven, zodat niemand mijn recept kon jatten."

"Geef gewoon toe dat je een fout hebt gemaakt, Pearl." Tante Amber probeerde het papiertje terug te pakken, maar tante Pearl scheurde het in kleine stukjes.

Tante Amber zette grote ogen op. "Je vernietigt bewijs! Niet dat het iets uitmaakt. Ze zullen je thee ook onderzoeken."

"Oh, dit is echt waanzin! Ik zou zo'n fout nooit maken. Ik zal het bewijzen ook." Tante Pearl greep Merlinda's theekopje van de salontafel en dronk het restje op. Met veel gerinkel zette ze het kopje terug op het schoteltje. "Zie je wel? Niets aan de hand."

Ik hapte naar adem. "Je hebt zojuist bewijsmateriaal opgedronken!"

"En ook jezelf vergiftigd, oen," voegde tante Amber eraan toe. "Ik hoop wel dat we je nog kunnen redden, aangezien dit type gif langzaam werkt. Hoe lang is het geleden dat Merlinda haar thee heeft gedronken?"

"Oh, geen idee." Tante Pearl draaide zich naar mij om. "Toen Cen in de sneeuwbol zat. Een paar uur geleden misschien? Hoelang duurt het voordat iemand last krijgt van gif?"

HOOFDSTUK 15

We liepen terug naar de hal om te zien wat de mannen aan het doen waren. Dominic knielde naast Merlinda en Tyler ging aan haar andere kant zitten. De rest ging om hen heen staan.

Ik keek de hal rond en het viel me op dat er iemand ontbrak. "Waar is Earl eigenlijk?"

"Ik dacht dat hij bij jullie in de woonkamer was," zei Brayden.

"Nee." Normaal week Earl niet van tante Pearls zijde. Ik dacht terug aan het rattengif en had aangenomen dat hij in de keuken was om nog eens te kijken naar Mams maatbeker. Maar het rattengif verklaarde niet waarom alleen Merlinda het slachtoffer was geworden. Ze was tenslotte niet de enige geweest die de kerstcake had gegeten. Misschien was Merlinda's reactie toch niet door de kerstcake veroorzaakt.

Tyler keek me aan. "Cen, zorg ervoor dat niemand iets aanraakt. Ik moet even bellen."

Ik knikte en keek hoe Tyler de woonkamer in liep. Makkelijker gezegd dan gedaan.

Tante Amber duwde Mam opzij en klopte Dominic op zijn schouder. "Ga eens opzij en laat me even kijken. Ik kan heel snel zien of Merlinda is vergiftigd met maretak."

Dominic hield waarschuwend een hand omhoog. "Waag het niet om haar aan te raken. Jij bent geen arts. We zullen moeten wachten tot hij hier is."

Oh-oh.

"Neem je nu gewoon aan dat de arts een man is?" vroeg tante Amber. "Toevallig is de arts een vrouw. Waarom zou je denken van niet?"

"Duh, het is een arts. Natuurlijk is dat een man. Vrouwen zijn daar niet echt goed in," aldus Dominic.

"Wat je eigenlijk probeert te zeggen is dat je het niet prettig vindt dat vrouwen sowieso ergens goed in zijn, hè Dominic?" Tante Ambers ogen vernauwden zich tot spleetjes. "Je vond het maar niks dat Merlinda jou compleet overschaduwde. En je kan het ook niet uitstaan dat ik goed ben in mijn werk. Ook al betekent het dat ik tot op de bodem kan uitzoeken wat er met je vrouw is gebeurd."

Tante Amber was feministe, kruidendokter en heks, in die volgorde. Ze bezat ook een bepaalde kracht waar je rekening mee moest houden tijdens de zeldzame momenten dat ze haar geduld verloor. Dit was zo'n moment.

Dominic ging uitdagend voor tante Amber staan. Hij wilde duidelijk het laatste woord hebben. "Ik zie vrouwen graag hun eigen werk doen. Zoals koken en schoonmaken. Behalve dan als ze niet zo'n beste kok zijn."

"Je begeeft je op glad ijs, jongen," waarschuwde tante Pearl. "Ruby kan prima koken."

"Pas op…" Mam stapte naar voren, maar het was al te laat.

"Hé, wel verd…" Dominic verzette zich hevig, maar tante Amber trok hem weg bij Merlinda's lichaam en duwde hem met één hand door de deuropening van de woonkamer. Hij struikelde achterwaarts de kamer in waar hij op de grond viel.

Dominics gezichtsuitdrukking wees erop dat hij duidelijk geen idee had hoe het kon dat die kleine tante Amber zojuist sterker bleek te zijn dan hij. "Hoe deed je dat?"

"Dat zou je wel willen weten, hè?" Maar tante Amber wachtte het antwoord niet af. "Ik ben gewoon erg goed in mijn werk."

Ze wreef over haar handen alsof ze ze na het aanraken van Dominic schoon wilde wassen. Nu ze Dominic op zijn nummer had gezet, knielde ze naast Merlinda. Ze bestudeerde Merlinda's gezicht, terwijl ze ervoor zorgde om haar niet aan te raken. Vervolgens leunde ze naar voren en ademde de lucht in bij Merlinda's mond.

Mam stond tussen Dominic en tante Amber in, klaar om in te grijpen. Ook zij had de kracht om Dominic tegen te houden, ook al wilde ze die liever niet gebruiken. Dat was ook duidelijk te zien aan haar verschrikte ogen.

"Die had je kunnen zien aankomen, Dominic." Tante Pearl kneep haar ogen tot spleetjes. "Nu snap ik ook wat Merlinda bedoelde."

"Je bluft. Merlinda heeft je nooit iets verteld over mij." Maar Dominic keek verontrust. "Toch?"

Tante Pearl hield een vinger tegen haar mond. "Mijn lippen zijn verzegeld. Ik zal nooit iemands vertrouwen beschamen. Merlinda heeft me alles verteld over jouw plannetjes, dus ik zou me maar rustig houden."

Dominic werd rood. Hij deed zijn mond open, maar bedacht zich en deed hem weer dicht zonder verder nog iets te zeggen.

Tante Amber keek op en zag er zorgelijk uit. "Ik weet zeker dat Merlinda vergiftigd is."

Tyler beëindigde zijn telefoongesprek en deed zijn telefoon weer in zijn broekzak toen hij terug de hal in kwam. "Oké, iedereen hier weg, naar de woonkamer. Behalve jij, Brayden. Wij verplaatsten Merlinda naar de studeerkamer en doen de deur op slot totdat de arts hier is."

Brayden knikte, maar hij leek een beetje misselijk en was niet erg happig om de nu levenloze Merlinda te moeten aanraken.

Dominic protesteerde, maar werd snel de mond gesnoerd door Brayden op zijn bekende botte manier. "Tyler heeft gelijk, Dominic. We kunnen Merlinda niet hier in de hal op de vloer laten liggen. We moeten haar verplaatsen."

Oma Vi zweefde naast Brayden. Natuurlijk konden alleen wij heksen haar horen, maar ze zei het toch. "Ieder zichzelf respecterende heks kan een afgesloten ruimte in. En we zijn met best een aardig groepje hier."

Precies waar ik bang voor was.

HOOFDSTUK 16

*I*k liep achter Mam, Gail en de anderen aan de woonkamer in, terwijl Dominic net om de hoek van de deuropening met zijn rug tegen de muur zat. Hij was niet eens meer opgestaan, bang dat tante Amber hem weer zou aanvallen. Zijn blik flitste heen en weer naar tante Amber in de woonkamer en naar Tyler en Brayden in de hal. De twee mannen waren aan het overleggen hoe ze het beste Merlinda's levenloze lichaam naar de studeerkamer konden tillen.

Ergens voelde ik ook wel wat medelijden voor Dominic, maar ik vond hem ook verdacht. Niet alleen vanwege zijn verrassingsbezoek aan Westwick Corners, dat toevallig eindigde met het plotselinge overlijden van zijn kersverse -en jonge- echtgenote. Ook die geheime bruiloft riep vragen op. Wat zou Merlinda's dood hem eigenlijk opleveren, financieel gezien of op een andere manier. Wat de omstandigheden ook waren, Dominic had nog best wel wat uit te leggen.

Ik was er wel van overtuigd dat Dominics verdriet niet gespeeld was. Hij draaide zich om en keek over zijn schouder de hal in. Vrijwel onmiddellijk barstte hij in tranen uit. Zijn hele lichaam schokte terwijl hij maar bleef huilen.

"Kan iemand hem laten ophouden?" Oma Vi zweefde langs. "Het voelt alsof ik in een heel slechte soapaflevering zit."

"Ik kan echt niet geloven dat dit mij nu allemaal overkomt. Ik had thuis moeten blijven." Gail zat op de leuning van de met te veel kussens gevulde leunstoel, ook al was er nog genoeg plek vrij op de loveseat en de bank.

Ik vond ook dat ze thuis had moeten blijven, maar als ik dat zou zeggen zou ze helemaal woedend worden.

Gails opmerking was enorm egoïstisch nu er net iemand was gestorven. Op de een of andere manier was het Brayden gelukt om een partner te vinden die net zo egocentrisch was als hijzelf. Aan de andere kant had Gail waarschijnlijk ook niet verwacht dat ze met haar vriendje Kerstavond zou vieren bij zijn ex-verloofde thuis.

Ik vroeg me af hoe Gail dacht over mijn idiote familie. En over mij. Brayden had haar waarschijnlijk verteld dat we allemaal gestoord waren. Maar, wat kon het me eigenlijk schelen. Ergens hoopte ik inderdaad dat Gail spijt had van het aannemen van tante Pearls verdachte last-minute uitnodiging. Maar ja, egoïstisch of niet, Gail had er natuurlijk ook niet om gevraagd om in deze situatie te belanden.

Ik keek even opzij en kon mijn ogen niet geloven. Iedereen zat zwijgend en behoorlijk ontdaan te wachten, maar Gail rommelde in haar handtas. Ze begon haar nagels te vijlen en de berichten op haar telefoon te checken. Blijkbaar was een plotseling overlijdensgeval niet genoeg om haar daarvan af te houden.

De kamer was verlicht met een vreemde gloed, vanwege Gails telefoon en de brandende kaarsen. De lange schaduwen zorgden voor een extra spookachtige sfeer.

Tante Pearl verbrak de stilte: "Waarom krijg ik eigenlijk altijd overal de schuld van? Ik weet gewoon zeker dat er niks mis was met mijn thee. Geloof mij maar, als ik iemand vergiftig, dan gebeurt het heel snel. Gewoon zo." Ze knipte met haar vingers om haar woorden kracht bij te zetten.

"Hoe bedoel je, *als* je iemand vergiftigt?" tante Ambers mond viel open. "Heb je dat wel eens gedaan dan?"

Als bestuurslid van de 'WICCA' was tante Amber verplicht om alle misstanden op heksengebied te melden; iets wat tante Pearl heel goed wist. Tante Pearl speelde een gevaarlijk spelletje en we konden weleens allemaal de dupe worden van haar roekeloze beweringen.

"Ze meent niet wat..." Mams stem stierf weg toen ze doorkreeg hoe ernstig het was wat Pearl zojuist had gezegd.

"Natuurlijk meen ik het," snauwde tante Pearl. "Ik zal niet verder in detail treden, maar laten we zeggen dat als iemand mij dwars zit, die daar heel erg veel spijt van zal krijgen."

Tante Pearl wilde er nog altijd niets van weten dat Merlinda's plotselinge dood misschien wel veroorzaakt kon zijn door een foutje in haar theerecept. En toch insinueerde ze nu dat ze iedereen die haar dwars zou zitten, zou vermoorden.

"Je liegt. Je zou heus niet iemand expres vergiftigen." Ik keek de hal in. Brayden stond bij Merlinda, maar Tyler zag ik niet. Dat was maar goed ook. Tante Pearls belastende opmerkingen over vergiftigen zouden hem alleen maar dwingen om nog grondiger onderzoek te doen.

"Dat hangt ervan af."

Ik zuchtte. "Ik weet niet waarom je ons nog meer van streek probeert te maken, zo vlak na deze vreselijke gebeurtenis. Geef nou toe, tante Pearl, je hebt een fout gemaakt. Iedereen maakt wel eens fouten. Het is voor ieders bestwil dat je het gewoon toegeeft."

Tante Pearl stond op en kruiste haar broodmagere armen voor haar borst. "Ik zeg niets meer, want het zou alleen maar tegen me gebruikt kunnen worden. En ik geef mijn geheimen niet prijs, dat geldt ook voor mijn geheime theerecept. En wat dat gif betreft... daar hoeven jullie echt niet bang voor te zijn."

"Hoezo 'geheim' recept?" Tante Amber tikte op een papiertje. "Hier is nog een kopietje van jouw recept. Het lag gewoon op het aanrecht."

"Hè? Nee, dat kan niet." Tante Pearl trok een opgevouwen stuk papier uit haar beha. Ze zuchtte opgelucht. "Dat is alleen maar nog een ander lokrecept. Ik verander altijd de ingrediënten voor het geval het recept in verkeerde handen valt." Ze griste het papier uit tante Ambers handen.

"Oh, hou nou toch op, Pearl en beken nou gewoon dat je een fout hebt gemaakt!" Tante Amber wees naar de hal. "Geef het nou alsjeblieft toe voordat Tyler vermoedt dat iemand is vermoord. En vertel vooral niet verder dat je weleens iemand opzettelijk zou willen vergiftigen."

"Ik heb Merlinda niet vergiftigd. Ik blijf het zeggen: met mijn thee was niks mis. Ik heb hem zelf ook gedronken en kijk naar mij: ik mmm...mankeer niks." Haar stem trilde.

"Nee, dat blijkt! Je tanden klapperen helemaal." Tante Amber fronste. "Ik weet niet waarom je probeert ons op een zijspoor te zetten, maar het is niet echt respectvol naar Merlinda toe, om het zachtjes uit te drukken. Wil je dan niet dat de sheriff het tot op de bodem uitzoekt? Hij denkt nu dat haar dood misschien een misdrijf is. Jij zorgt ervoor dat een tragisch ongeluk een moordonderzoek aan het worden is."

"Dat doe ik helemaal niet!" brieste tante Pearl. "Sheriff Gates kan zelfs in een gevangenis nog geen moordenaar vinden. Hou eens op om mij steeds de schuld te geven en focus op Merlinda's ware moordenaar. We weten allemaal dat het de sheriff nooit zal lukken."

"Houd je mond over Tyler," fluisterde ik. "En praat wat zachter. Ik wil niks te maken hebben met wat voor boosaardig plan je ook bezig bent."

"Cen heeft gelijk, Pearl," zei Mam. "Tyler is een heel goede sheriff en je wil hem niet tegen je hebben. Geef je fout gewoon toe."

"Schei toch uit, Ruby. Er is helemaal niks mis met mijn thee. Sheriff Gates probeert mij te erin te luizen. Misschien heeft híj Merlinda wel vermoord."

Ik liep naar tante Pearl toe en hield de kandelaar met de kaarsen vlak bij haar gezicht. Ze zag bleek en op haar voorhoofd stonden kleine zweetdruppeltjes. Zelfs in het gedempte licht waren haar vergrote pupillen zichtbaar.

Ik veronderstelde dat de pupillen van een zeventigplusser sowieso wel groter werden bij kaarslicht, maar die van tante Pearl waren opvallend groot. Misschien kwam het door alle opwinding en de schok die Merlinda's dood had veroorzaakt. Of kwam het misschien doordat haar pupillen op iets anders reageerden, zoals gif bijvoorbeeld?

Ik kwam nog iets dichterbij. "Weet je zeker dat je je goed voelt, tante Pearl? Je ziet er namelijk niet zo uit."

Tante Pearl hield haar hand voor haar ogen. "Allemachtig, Cen, schijn niet zo in mijn gezicht. En hou eens op met al die vragen. Die ondervraging is echt te gek voor woorden. Wat komt er nog, gaan jullie mij waterboarden?"

Ik wilde iets zeggen, maar hield me in. In ieder geval was ze nog net zo chagrijnig als vanouds. Dat was wel een goed teken en ik wilde haar niet nog verder op stang jagen. Maar toch zag ze er helemaal niet goed uit. Ik zette de kandelaar op de salontafel. "Mam, help me even."

"Ooh, ik ben zo moe opeens. Ik moet echt even gaan zitten." Tante Pearl voelde met een trillende hand aan haar voorhoofd.

Mam en ik hielpen tante Pearl naar de bank en we waren nog maar net op tijd.

Tante Pearls benen begaven het en ze zakte in elkaar op de bank. Ze greep naar haar maag en ging langzaam naar een liggende positie. "Ik voel me niet goed."

Plotseling werd de kamer hel verlicht, maar dat kwam niet doordat de elektriciteit weer werkte.

Het was Merlinda. Ook al was ze er niet meer, haar tropische schudbol gloeide nog altijd. De gloed nam toe en weer af en zorgde voor een spookachtig licht in de verduisterde woonkamer. Ze was zo'n machtige heks geweest dat er ook na haar dood nog een deel van haar krachten doorwerkten.

Dat was heel raar. Heel griezelig ook. Het was een duidelijk bewijs voor Merlinda's bovennatuurlijke krachten. Maar, ondanks haar enorme kracht was iemand haar toch te slim af geweest.

"Cen?" Tante Pearl kwam overeind zitten en haar stem kraakte. "Hoelang duurt het voordat iemand is vergiftigd? Jij bent een expert in dat soort dingen."

Al zou ik het weten, dan kon ik nu echt geen antwoord geven. Ik was sprakeloos, compleet in de ban van Merlinda's bol die nu steeds helderder werd. Het licht pulseerde en de bol leek wel te leven. Het was prachtig.

Mijn jaloersheid op Merlinda leek nu echt heel onnozel. In de afgelopen maanden had ik best meer moeite kunnen doen om vriendinnen met haar te worden. Ze was alleen geweest in een vreemd land, ver weg van haar eigen familie en vrienden. En ik had erg mijn best gedaan om haar te ontlopen, terwijl ik haar had kunnen beschermen. Maar nu was het te laat en ik had spijt dat ik zo kinderachtig had gedaan.

"Ik weet helemaal niets van het vergiftigen van mensen," antwoordde ik tante Pearl. "Probeer nu niet om mij de schuld in de schoenen te schuiven."

"Oh Cen, relax." Tante Pearl slaakte een diepe zucht. "Iedereen weet wel dat je niks voorstelt als heks en dat je nog geen vlo kan vergiftigen al zou je leven er van afhangen. Ik dacht alleen maar dat jij, met je journalistieke achtergrond, wel iets zou weten over gif in het algemeen. Ik wilde alleen je kennis daarover testen. Maar, dat je het even weet, je hebt dus weer gefaald."

Tante Pearl leek wel weer helemaal hersteld van waardoor ze nog maar zo kort geleden leek te zijn geveld. Misschien deed ze gewoon alsof.

"Kunnen we weer even focussen op Merlinda?" Ik richtte me weer tot tante Amber. "Kun jij niet zorgen dat ze meewerkt?"

Tante Amber haalde haar schouders op alsof ze geen enkele verantwoording wilde nemen voor haar zus. Het was duidelijk dat ze bang was om tante Pearl nog bozer te maken. Ze wees naar het lege theekopje. "Beetje laat nu."

"Zoals gewoonlijk overdrijf je weer, Cen." Tante Pearl klaarde helemaal op. "Ik doe gewoon een terugdraaispreuk. Dan komt Merlinda weer terug, niemand eet of drinkt meer iets en alles is weer in orde."

"Doe niet zo raar," antwoordde tante Amber. "Je kunt helemaal geen terugdraaispreuk uitspreken over jezelf."

"Goed, Amber. Jij denkt dat je alles beter weet, dus doe jij het dan maar." Tante Pearl keek naar tante Amber en hield haar armen ter overgave omhoog. "Draai mijn tijd terug."

Ik keek net de hal in waar Tyler in de deuropening verscheen. Hij en Brayden hadden tijdens onze verhitte discussie Merlinda verplaatst. Maar Brayden zag ik nergens meer.

Tyler stapte de woonkamer binnen en bleef naast Dominic staan. "Niemand draait hier ook maar iets terug."

"Hij heeft gelijk, Pearl. We moeten het ongeluk niet proberen te verbergen," snoof tante Amber.

"Hoe vaak moet ik het nog zeggen: het was geen ongeluk!!" Tante Pearl sprong op van de bank, plotseling weer kiplekker. "Jullie luisteren niet naar me!"

Dominic fronste. Hij stond op en liep de hal in.

Earl was ook nog steeds weg en ik vroeg me af wat hij aan het doen was. Tyler had gezegd dat we allemaal in de woonkamer moesten blijven, maar dat was nadat Earl was verdwenen.

Ik zag Brayden ook niet meer in de hal, maar ik vermoedde dat hij even wat tijd voor zichzelf nodig had, nadat hij Tyler had moeten helpen. Aan de andere kant was het ook vreemd dat hij niet naast Gail op de bank zat om te proberen mij jaloers te maken of zoiets.

Tante Amber keek vragend. "Nog één ding, Pearl. Als Merlinda is vermoord, zoals jij zegt, hoe zou je dan alles kunnen terugdraaien? Voor de terugdraaispreuk zijn te weinig details bekend. Of is er soms iets wat wij nog niet weten?"

Gail keek even op van het vijlen van haar nagels. "Waar hebben jullie het in godsnaam over?"

Iedereen negeerde haar.

Tante Pearl stampte op de grond en zei kwaad: "Verander niet iedere keer van onderwerp, Amber. Ik blijf het zeggen; ik weet zeker dat er niets mis was met mijn thee, het was moord."

"Dat zal ik wel bepalen." Tyler pakte met zijn gehandschoende hand het theekopje op en deed het in een plastic zak.

"Arresteer mij en je zal het bezuren, Sheriff Gates."

Tyler rolde met zijn ogen. "Jij weet nooit wanneer je op moet houden, Pearl."

Tante Pearl zwaaide een schriele arm door de lucht. "Waarom hou jij er zelf niet mee op, Sheriff Gates? We hebben jou hier niet nodig."

Hij knipoogde naar tante Pearl. "Ik denk dat jullie mij hier best nodig hebben. Ik hou jullie uit de problemen."

"Niemand houdt mij ergens uit en zeker jij niet, Sheriff! Jij weet nog zoveel niet van mij. Doe jezelf vooral niet te veel eer aan."

"Tante Pearl, hou eens op met ruziemaken..." begon ik, maar ik werd onderbroken door Earl.

"Ik heb mijn maatbeker gevonden." Earl stond zwetend en met een rood hoofd in de deuropening. Zijn kerstmanpak was half open, waardoor een geruit overhemd zichtbaar werd. Zowel het overhemd als zijn pak waren bedekt met een dun laagje wit poeder. "Hij is bijna hetzelfde als die van Ruby, maar in degene die ik gebruikt heb voor het rattengif zat een barst."

"Oh nee! Dat is ook de maatbeker die ik gebruikt heb! Ik herinner het me nu," riep Mam, terwijl ze opsprong van de bank en naar de eetkamer rende.

Mijn hart maakte een sprongetje toen ik achter Mam aanrende.

Ik staarde naar de eettafel. De schaal met de kerstcake was leeg. Er was nog geen kruimeltje over, maar er lag wel iets anders.

Twee dode muizen.

"Oh mijn god!" schreeuwde Mam. "We gaan allemaal dood!"

HOOFDSTUK 17

Ik sloeg mijn arm om Mam heen en kneep even in haar schouder om haar te troosten. "Die muizen waren misschien al voordat ze op de tafel waren geklommen vergiftigd door Earls brouwsel." Ik draaide me om naar Earl en stelde de meest voor de hand liggende vraag: "Lagen ze al op die schaal, of heb jij ze daar neergelegd?"

"Natuurlijk heb ik dat niet gedaan! Waarom zou ik?" Earl veegde zijn zweterige voorhoofd af. "Ik wilde me omkleden, want dit stomme kerstpak is zo vreselijk warm, en toen zag ik die dode muizen op tafel."

"Waarom zit je onder de bloem?" vroeg tante Amber, terwijl ze wantrouwend met toegeknepen ogen naar Earl keek. De hele bovenkant van zijn kerstpak zat onder het witte poeder. "Of was je weer in de war met rattengif?"

Earl schudde zijn hoofd en hief afwerend zijn handen op. "Nee, helemaal niet. Maar ik wilde weten of Ruby echt haar maatbeker had verwisseld met die van mij. Ik werd er gek van en kon het echt niet verdragen als dat was gebeurd, dus ik ben de keuken weer in gegaan om dat te testen."

"Hoe kun je in vredesnaam een lege maatbeker testen op gif?" vroeg tante Amber.

"Ik heb ook niet gezegd dat ik het gif kon testen," zei Earl, terwijl hij naar de enorme gesp op zijn kerstpak keek. "Maar ik kon wel testen of het om mijn rattengif ging."

"Hoe dan?" vroeg ik.

"Ik heb de lege maatbeker gevuld met water. Het bruiste niet, dus daardoor wist ik dat het alleen maar bloem was geweest in de maatbeker van Ruby." Hij fronste even toen hij zag dat we zijn logica niet konden volgen. "Mijn zelfgemaakte rattengif bruist als je er water bij doet."

"Maak je je eigen gif?" Ik huiverde even bij de gedachte dat zelfgemaakt gif ook iets zou zijn voor tante Pearl. Misschien hadden ze toch wel iets met elkaar gemeen. Ik vroeg me af hoeveel dodelijke recepten er nog meer in huis waren.

Earl rolde met zijn ogen. "Natuurlijk maak ik dat zelf. Ik ben boer, dus ik improviseer weleens wat. Ik heb meel gebruikt, suiker, zuiveringszout en pindakaas. O ja, en een klein beetje warfarine."

Ik trok een wenkbrauw op. "De bloedverdunner?"

Earl knikte. "Een lage dosis is al giftig voor knaagdieren. De hoeveelheid die ik gebruik kan geen kwaad bij mensen, net als de andere ingrediënten. De beestjes worden aangetrokken door de pindakaas, meel en de suiker, waarna ze doodgaan van het zuiveringszout en de warfarine, omdat ze last krijgen van gassen en maagzweren. Mensen kunnen winden laten om het gas kwijt te raken, maar muizen en ratten kunnen dat niet en daarom gaan ze dood. De warfarine is een extra maatregel, maar het werkt instantaan." Earl knipte met zijn vingers om dat te benadrukken.

"Dus mijn cake was toch niet giftig?"

Earl schudde zijn hoofd. "Nee hoor, tenzij je zelf een knaagdier bent dat geen winden kan laten."

Mam duwde haar handpalmen tegen elkaar als bij een dankgebed. "Godzijdank heb ik dus niemand vermoord."

Ik haalde mijn schouders op. "En nu zijn we weer terug bij af."

Tante Pearl keek me koeltjes aan.

"Bij jouw thee." Het was voor een deel grappig bedoeld, omdat het gekwetste ego van tante Pearl wel vaker ingrijpende acties tot gevolg had. Als ik af moest gaan op de verhalen over de cargocult en mijn eigen ervaringen met de sneeuwbol, dan was Merlinda nu al een betere heks geweest dan tante Pearl. Uiteindelijk had Merlinda er in haar eentje voor gezorgd dat een heel land in de Zuid-Pacific door haar hekserij in de maling was genomen. Zelfs voor de meest doorgewinterde heksen geen kleine opdracht.

Ik staarde naar haar sneeuwbol, die nu nog feller leek te gloeien dan een paar minuten eerder.

"Je wordt bedankt, Earl," zei tante Pearl kwaad. "Ik dacht dat we iets bijzonders hadden samen."

"Natuurlijk hebben we dat, Pearl," antwoordde Earl. "Maar we maken allemaal wel eens fouten. Ik maak er best veel, daarom heb ik dubbel gecheckt om er zeker van te zijn dat ik het goed had gedaan met mijn eigen ingrediënten en dat ik niet per ongeluk Ruby's ingrediënten heb vervuild door dezelfde maatbeker te gebruiken. Ik heb het zelfs op mezelf getest om er zeker van te zijn. Iedereen maakt fouten. Als je denkt dat je Merlinda per ongeluk hebt vergiftigd, dan moet je dat gewoon zeggen."

Mam knikte. "Ik weet dat het moeilijk is om fouten toe te geven, maar we maken ze allemaal. Zelfs mijn perfectionistische zus."

Tante Pearl begroef haar gezicht in haar handen. "I-ik weet het gewoon niet meer. Ik ben altijd zo voorzichtig, maar nu met alle drukte heb ik misschien toch wel wat ingrediënten door elkaar gehaald."

Tante Pearl was altijd erg bezig met details. Het was moeilijk voor te stellen dat ze een fout gemaakt had, zelfs als ze het toegaf. Mariadistel en maretak leken namelijk totaal niet op elkaar. Als er iets in de thee-ingrediënten was veranderd, dan was dat opzettelijk geweest en niet per ongeluk.

Aan de andere kant, ze was ook hevig verliefd en de laatste tijd had ze ook veel andere dingen aan haar hoofd. Bovendien werd ze ook wat ouder. Misschien sloeg de vergeetachtigheid toe. Ik dacht weer aan mijn eigen sneeuwbol-avontuur. Tante Pearl kon weleens gemeen zijn, maar ze zou me nooit in de ijzige kou achterlaten om dood te vriezen. Zeker niet als er anderen bij waren. Nee, als tante Pearl iets recht wilde zetten, deed ze dat zonder vreemden erbij.

Was ze te ver gegaan met Merlinda? De meeste docenten waren blij met de vorderingen van hun studenten, zelfs als ze beter werden dan hun docent. Maar tante Pearl zou het vreselijk vinden als Merlinda haar met haar toverkunsten voorbijgestreefd had. Zou ze dat kunnen verdragen?

In één woord: nee.

Ik keek weer naar Merlinda's tropische schudbol. Hoewel je het niet zou verwachten, scheen de bol steeds feller en pulseerde van de energie. Wat een krachtige magie.

HOOFDSTUK 18

$\mathcal{I}$k wendde mijn blik af van Merlinda's bol en keek weer naar tante Pearl. Tante Ambers constante gezeur over de thee was zeker irritant, maar tante Pearl kon haar fout inderdaad maar beter gewoon toegeven.

We konden haar thee niet uitsluiten totdat hij was getest op gifstoffen. Ik vermoedde dat ze per ongeluk maretak had toegevoegd in plaats van mariadistel. Eigenlijk wilde ik gewoon dat tante Pearl zich realiseerde dat niemand perfect is, zelfs zij niet.

Als we de verkeerde conclusies zouden trekken over tante Pearls thee, Mams cake, of over wat dan ook, zou dat het onderzoek de verkeerde kant op sturen. Het werd de hoogste tijd om orde op zaken te stellen.

Dominic verscheen weer in de woonkamer, met zijn laarzen en jack in zijn handen.

"Je kan niet zomaar weggaan!" riep tante Amber.

"Jullie kunnen me niet dwingen om te blijven. Iemand heeft net mijn vrouw vermoord en de sheriff doet er niks aan. Ik mag van hem niet in haar buurt komen, maar ondertussen loopt er wel een moordenaar vrij rond." Dominic trok zijn jas aan en liep terug naar de hal. "Ik ga hier niet zitten wachten totdat de moordenaar ons één voor één te pakken neemt."

"Tyler kan nu nog niet veel doen, Dominic," zei ik. "Hij kan geen incident onderzoeken waar hij zelf bij betrokken is. Dat is belangenverstrengeling. Hij moet het onderzoek overdragen aan de politie van Shady Creek. Maar voor het zover is, moet hij in elk geval de plek van de misdaad veilig stellen. Dat houdt in dat niemand weg mag."

Mam haalde hoorbaar adem. "Cen heeft gelijk. Tyler, ik bedoel, Sheriff Gates weet precies wat er moet gebeuren. Hoe dan ook, je kan toch die storm niet in. Je zou doodvriezen!"

Dominic ritste zijn jack dicht. "Ik neem het risico wel, liever nog dan hier te blijven."

Tante Amber schudde haar hoofd. "Nee, je moet hier blijven. Niemand loopt verder gevaar, want er is geen moordenaar hier. Merlinda's dood was een ongeluk. Pearl ging de fout in met haar dodelijke thee."

"Hou op mij van moord te beschuldigen, Amber," bitste tante Pearl. "Waarom zou ik in vredesnaam Merlinda iets willen aandoen?"

"I-ik heb nooit gezegd dat je het expres hebt gedaan, Pearl." Tante Amber keek wat ongemakkelijk. "We weten nog niks. Misschien kwam het door jouw thee, of door Ruby's cake. Merlinda is ergens door gestorven, en we weten allemaal dat het een vreselijk ongeluk was. Maar niemand hier is een moordenaar."

"Tuurlijk joh," snoof Dominic. "De moordenaar bevindt zich in deze kamer! Ik ga hulp halen."

"Maar waar dan?" vroeg Mam. "De wegen zijn nog dicht, dus je komt niet eens naar Shady Creek. We mogen blij zijn dat Sheriff Gates hier is om ons te beschermen."

"Nou, wat een feest," mompelde tante Pearl binnensmonds.

"Hmpf," klonk Brayden, die er geen geheim van maakte dat hij Tyler niet kon uitstaan en geen vertrouwen in hem had. Als het had gekund, had hij hem direct ontslagen. Maar het was onmogelijk om een vervanger te vinden en als hij Tyler zou ontslaan, zou hij er als burgemeester ook niet populairder door worden. Geen enkel zinnig persoon wilde de wet handhaven in Westwick Corners.

"We vermoedden dat het de kerstcake was, Dominic. Jij hebt er toch ook van gegeten?" Ik probeerde verontrust te kijken.

"Maar, je zei net nog dat de cake..." Mam keek heen en weer naar tante Amber en mij.

Tante Amber knikte. "Cen heeft gelijk, Dominic. Je hebt heel veel cake gegeten. Je kunt niet zomaar alleen weggaan voordat de cake is getest. Als je vertrekt en net zo ziek wordt als Merlinda, dan kan niemand je helpen."

Ondanks dat wij de cake al min of meer hadden uitgesloten, wist Dominic dat niet. Hij was niet in de kamer geweest toen Earl had bevestigd dat de ingrediënten van zijn rattengif geen kwaad konden bij mensen.

Hij lachte schamper. "Daar ben ik niet bang voor."

"En waarom niet, Dominic?" Tante Pearl wees met een benige vinger naar hem. "Is het soms omdat jij Merlinda vermoord hebt? Met dat rare groene poeder dat je over haar aardappels strooide!"

Tyler schudde zijn hoofd. "Nee. Ik heb die pot onderzocht. Het groene spul is gewoon een voedingssupplement."

"Jou werd niks gevraagd," snauwde tante Pearl.

"Ik zou Merlinda nooit iets aandoen," protesteerde Dominic. "Ik hield van haar."

"Waarom heb je dan ineens zoveel haast om je vrouw hier achter te laten?" vroeg tante Amber.

Normaal gesproken zouden onschuldige echtgenoten niet hun pas overleden vrouwen achterlaten alsof het om wat extra bagage ging. Zijn woorden kwamen daarom vreemd over.

Tyler ging voor Dominic staan en hield hem tegen. "Niemand vertrekt hier totdat dit is opgelost en dat geldt ook voor jou."

"Maar...," Dominic hief protesterend zijn arm omhoog.

"Het is gevaarlijk buiten." Tyler maakte een hoofdbeweging in de richting van het raam. "Ik besef goed dat dit geen ideale situatie is. Maar we zitten hier allemaal vast totdat de storm is gaan liggen. De arts uit Shady Creek kan op z'n vroegst hier morgenochtend pas zijn, vanwege de storm. Totdat zij hier is, blijven we allemaal hier."

"Tyler heeft gelijk, Dominic." Mam wees naar het raam. "Kijk naar buiten. Je kunt niet eens lopen, zo diep is de sneeuw, laat staan rijden."

De wind had hoge sneeuwduinen gevormd, waardoor het onmogelijk was om van de parkeerplaats weg te kunnen rijden. Dominics Escalade stond in het midden van de oprit, bedolven onder een gigantische berg sneeuw. Misschien was het niet alleen luiheid geweest waardoor hij niet even een klein stukje verder de parkeerplaats was opgereden. Misschien was hij aldoor van plan geweest om snel te vertrekken.

Met een hand op Dominics schouder manoeuvreerde Tyler hem naar de bank. "Je kunt maar beter even gaan zitten en een en ander verklaren, zodat we dit met z'n allen kunnen oplossen. Ik wil alles weten over Merlinda en haar familieproblemen thuis. Het is voor je eigen bestwil om mee te werken, want op dit moment ziet het er niet best voor je uit."

"Ben ik een verdachte?" Dominic bleef naast de bank staan, armen gekruist. "Ga je me arresteren of zo?"

Tyler wreef even over zijn kin voordat hij Dominic antwoord gaf. "Iedereen is nu verdacht, totdat we meer weten. Als haar echtgenoot ben je verdachte nummer één, totdat het tegendeel is bewezen. En ik arresteer je zodra je er probeert vandoor te gaan, Dominic, dus doe geen moeite."

"Ik wist het," mompelde tante Pearl binnensmonds.

Tot dusver had Tyler nog niet veel tegen ons gezegd. Ook tegen mij niet, terwijl hij me anders wel altijd details over allerlei onderzoeken vertelde. Ik voelde een knoop in mijn maag, toen ik me realiseerde dat ik nu zelf onderdeel was van een onderzoek en ook een mogelijke verdachte, net als de anderen. Niemand was nog uitgesloten. Tyler kon niet met mij overleggen, ook al zou hij het willen.

Gail lachte sarcastisch. "Stoer hoor, Tyler. Je hebt het er maar druk mee. Wacht je totdat de echte politie komt?"

Dominic staarde Gail aan. "Zeg, sorry hoor, maar Merlinda is net overleden en jij zit een beetje te geinen? Wat ben jij voor iemand?"

"Duidelijk geen moordenaar, zoals jij," zei Gail op bittere toon. "Je hebt vast een torenhoge verzekering op het leven van je vrouw afgesloten voordat je haar vermoordde."

Brayden hield zijn handen tegen zijn oren. "Iedereen koppen dicht! Ik krijg gewoon hoofdpijn van jullie. Doe gewoon wat Tyler zegt." Brayden had graag burgemeester willen worden, omdat hij graag de leiding had. Hij was er alleen niet zo goed in. Conflicten meed hij als de pest. Dus Tyler moest als sheriff alle vuile klussen opknappen en Brayden ging dan met de eer strijken. En als dingen uit de hand liepen, kreeg Tyler de schuld.

Ik wist even niet wat me het meeste verbaasde: Braydens uitbarsting of het feit dat hij het voor Tyler opnam.

"Je hoeft mij niet te commanderen, Brayden," tierde Gail.

Brayden liet een diepe zucht ontsnappen. "Ik was niet... laat ook maar. Luister gewoon naar de sheriff."

"Sheriff, je bent gestoord," Dominic wees naar tante Pearl. "Het komt door haar rare thee. Wat als die ouwe taart nog iemand anders vergiftigt?"

"We zorgen er wel voor dat niemand die thee meer drinkt, heel simpel." Tyler vertrok zijn mond tot een smalle streep.

Tante Pearl vloekte en haar lichaam schokte van woede. Haar boosheid was zelfs bij kaarslicht duidelijk te zien. "Jullie waren allemaal al lang dood geweest als ik jullie had willen vergiftigen."

Brayden keek naar Dominic. "Jij kijkt te veel misdaadseries. Pearl kan zoiets helemaal niet."

Tante Pearl zwaaide met haar vuist. "Jij hoeft mij niet te vertellen wat ik wel of niet kan! Ik kan jullie allemaal vermoorden zonder een vinger uit te steken!"

"Pearl!" schrok Mam. "Zeg dat nou niet!"

Het schoot me opeens te binnen dat gif wel het meest voor de hand lag als moordwapen voor kleine oude dametjes, maar ik zei er niets over.

Tante Pearl stormde naar Dominic en stompte hem in zijn maag. Hij was zeker dertig centimeter langer dan zij, dus haar stompen landden ergens tussen zijn buik en borstkas. "Waarom moest je hier zo nodig naartoe komen?"

"Je hebt me zelf uitgenodigd, weet je nog? Hou daarmee op." Dominic greep tante Pearls magere polsjes en hield haar van zich af.

"Ik heb je alleen maar hier uitgenodigd omdat ik wist dat je het toch niet zou redden. En Merlinda zou naar huis gaan. Ik rekende erop dat je niet zou komen, maar je kwam wel!"

"Ze is mijn vrouw, Pearl. Ik heb geen uitnodiging van jou nodig om haar op te zoeken."

"Oh ja? Nou, ik weet anders toevallig dat Merlinda al tegen jou had verteld dat ze terug zou vliegen naar Vanuatu. Het is tien uur vliegen, dus hoe kon je verwachten dat ze hier nog zou zijn? Je kon niet vooraf geweten hebben dat haar vlucht was geannuleerd."

"Natuurlijk wist ik dat wel. Ik heb de weersverwachting bekeken en het was zeker dat het zou gaan stormen." Dominic klonk niet heel erg overtuigend. "Wetenschap gaat altijd boven magie. En daardoor kreeg ik nog een goedkoop ticket ook."

Tante Pearl snoof. "Leugenaar. Niemand krijgt goedkope tickets in de kerstperiode."

"De voorspelling voor de storm kwam pas een paar uur voordat Merlinda zou vliegen," merkte Mam op. "Dus hoe had je kunnen weten dat ze hier zou stranden? Er gaat maar één vlucht per dag naar Vanuatu en dat is in hetzelfde vliegtuig waarmee jij zogenaamd hiernaartoe bent gevlogen."

Tante Amber knikte instemmend. "Jouw verhaal klopt niet helemaal, Dominic. Je moet hier al eerder dan vandaag zijn aangekomen." Ze prevelde iets binnensmonds.

Opeens verdween Dominics woede. Zijn gezicht werd slap en zijn oogleden vielen dicht. Hij wankelde even en leunde tegen de muur voor houvast. Toen zakte hij door zijn benen en kwam zittend op de vloer terecht.

Tante Amber glimlachte. "En dat is één."

Brayden sprong op van de bank en haastte zich naar Dominic. "Dominic! Wat gebeurt er?"

Hij gaf geen antwoord.

"Wat is er aan de hand?" Gail kwam achter Brayden aan en leunde over Dominic heen. "Voel je je ook niet lekker?"

Dominic knikte en toen viel zijn hoofd voorover op zijn borst.

Tante Amber herhaalde haar toverspreuk en binnen een paar tellen waren Gail en Brayden betoverd, net als Dominic. Alle drie hingen ze tegen de muur, met Gail tussen de twee mannen in. Ze zakten tot een grote hoop in elkaar.

"Krijg nou..." Tyler draaide zich om.

"Je bent al net zo erg als tante Pearl," zei ik terwijl ik naar onze drie bewusteloze gasten staarde.

"Later zul je me dankbaar zijn," zei tante Amber. "Ze zorgen voor te veel afleiding. We moeten terug naar waar het echt om gaat: Pearls thee."

"Je moet echt ophouden, Amber!" woedend stampte tante Pearl op de grond. "Ik wil niet opdraaien voor iets wat ik niet heb gedaan!"

Tyler schudde zijn hoofd. "Oké, nu moet iedereen even goed luisteren. Je kunt niet zomaar willekeurig allerlei mensen betoveren, Amber. Zo weten we toch niet wat tovenarij is en wat echt?"

"Dat is precies waarom ik ze stil heb gezet," verklaarde tante Amber. "Alle ruis is verdwenen, dus nu kunnen we de zaak ten minste oplossen."

Tyler schudde weer van nee. "Laat mij me nou maar druk maken over het oplossen van deze zaak. Ondertussen moeten jullie stoppen met je overal mee te bemoeien."

"Het gaat mij net zo aan als jou, Tyler. We kunnen niet al onze heksengeheimen prijsgeven, of riskeren dat de Shady Creek recherche op een dwaalspoor wordt gezet omdat ze hier allerlei bovennatuurlijke dingetjes vinden die ze niet kunnen thuisbrengen. Er mag geen enkel snufje magie meer te vinden zijn hier."

"Daar zorg ik wel voor," zei Tyler. "Maar ondertussen: overal afblijven. En zorg dat die mensen weer bij bewustzijn komen."

Ik rilde even bij de gedachte dat Brayden zou ontdekken dat hij was geveld door een toverspreuk van tante Amber. De hel zou losbarsten. En zonder twijfel zou Tyler er op de een of andere manier wel de schuld van krijgen.

"Je realiseert je toch wel dat Merlinda's bovennatuurlijke talenten er misschien wel juist de oorzaak van zijn dat ze is gedood?' vroeg tante Pearl. "Naar alle waarschijnlijkheid is een van deze indringers de dader en niet een van ons. Dus, of jij doet er iets aan, of ik, sheriff. Voordat iemand anders het loodje legt."

Tante Pearl leek niet langer onder invloed te zijn van de verfoeide thee. De blauwe waas op haar huid was verdwenen en ze stond weer stevig op haar benen.

"Relax, Pearl," zei Mam. "En dat geldt ook voor jou, Amber. Laat de sheriff gewoon zijn werk doen."

Dominic, Gail en Brayden lagen alle drie vredig te slapen in een kakofonie van gesnurk en gesnuif.

Iedereen was Earl vergeten. Hij stond met een vertwijfeld gezicht in de deuropening. Hij had zijn kerstmanpak verruild voor een flanellen overhemd en een overall. "Pearl, wat gebeurt er in vredesnaam allemaal? Je had me beloofd dat er geen gekkigheid zou zijn vanavond."

Earl bedoelde tante Pearls hekserij.

"Niet waar. Ik heb alleen gezegd dat ik niks bij jou zou doen." Ze zag onze vragende gezichten. "Bemoei je met je eigen zaken!"

"Dankzij jou zijn dit nu onze eigen zaken, tante Pearl". Ik schudde verslagen mijn hoofd. Dankzij haar was het een vreselijke puinhoop geworden. Want dat Merlinda nog had geleefd als tante Pearl niet zulke waanzinnige plannen had gehad voor ons feestelijke diner op kerstavond, was wel zeker.

HOOFDSTUK 19

*N*iemand maakte zich nog druk om Merlinda. Tyler en tante Amber discussieerden over de beste onderzoekstechnieken en onze drie gasten lagen te snurken op de grond in de woonkamer.

Tyler probeerde tante Amber op zijn hand te krijgen door middel van wat omgekeerde psychologie. "Je hebt helemaal gelijk, Amber. We moeten onze verdachten uitschakelen terwijl we de zaak oplossen."

Tante Amber glimlachte. "Oké, kom maar op."

"Effe wachten, sheriff," riep tante Pearl. "Je kan Dominic of wie dan ook niet tegen zijn wil vasthouden. Wat ben jij nou voor agentje? En je hebt ons ook nog niet eens ergens concreet van beschuldigd. Je hebt ons zelfs nog nauwelijks ondervraagd."

"Dat doet de politie van Shady Creek," antwoordde Tyler. "Ik kan geen deel zijn van het team, want ik was hier toen Merlinda stierf, dus ik moet ook als verdachte worden behandeld."

"Waarschijnlijk ook zo schuldig als wat," mompelde tante Pearl.

Tante Amber rolde met haar ogen. "Ik denk dat we heus wel weten wie dit Merlinda heeft aangedaan, Pearl. Ongelukjes gebeuren nu eenmaal en hoe sneller jij..."

"Hou op met die beschuldigingen, Amber! Ik heb die thee zelf ook gedronken en met mij is niks mis." Tante Pearl wendde zich tot Tyler. "En wat jou betreft, sheriff, al zou je ons allemaal mee willen nemen en op willen sluiten, dat lukt je toch niet. De gevangenis in Westwick Corners is veel te klein en er kunnen maar twee mensen in. Daar heb je niet aan gedacht hè, jochie?"

Tyler negeerde tante Pearls respectloze opmerkingen en wees naar de snurkende hoop tegen de muur. "Zij gaan voorlopig nergens naartoe. Amber, hoe lang...?"

"Ze slapen zo lang als nodig," zei tante Amber. "Ik zal ze alleen wakker maken als het van jou moet."

"Wat gebeurt hier eigenlijk?" Earl zag er bezorgd uit. "Hebben zij ook gedronken van Pearls thee?"

Tante Pearl stampte van woede. "Hoe vaak moet ik het jullie nog uitleggen? Mijn thee is niet de oorzaak! Ik heb geen idee waar dat receptje vandaan kwam en hoe het in mijn zak is beland. En ook niet het papiertje dat Amber op het aanrecht vond. Iemand probeert mij erin te luizen. Ik heb me niet vergist in de ingrediënten, wat Amber ook mag beweren."

"Het recept is in jouw handschrift, Pearl. Dat herken ik uit duizenden." Tante Amber zwaaide met het papier onder tante Pearls neus. "Geef toe, jij zat fout."

"Het is een vervalsing, Amber. Hoe durf je mij te beschuldigen..."

"Ach, hou toch op met dat gekibbel allebei!" Mam ging tussen haar twee zussen in staan en hield haar armen gespreid. "Ik ben blij dat er niks mis was met de thee van Pearl. En juist daarom is het belangrijk dat we dit tot op de bodem uitzoeken. We moeten erachter zien te komen wat er met die arme Merlinda is gebeurd en door met elkaar ruzie te maken komen we nergens."

Tante Pearl en tante Amber stapten allebei een paar passen naar achteren en keken verschrikt naar Mam.

Ik was zo trots dat Mam het opnam tegenover haar kordate zussen.

Toen doorbrak een harde snurk de stilte.

Het was meer gesnuif eigenlijk.

Bij Dominic ging heel kort even een oog open en daarna viel hij weer in slaap.

Bij het horen van een volgende luide snurk giechelde tante Amber. Deze kwam bij Brayden vandaan.

Ik geeuwde en voelde me opeens slaperig. Nu viel me pas op hoe lusteloos iedereen er eigenlijk uitzag, met dichtvallende oogleden en vechtend tegen de slaap. Ik kreeg mijn gedachten niet geordend, terwijl ik juist alert moest zijn. Was ik soms ook betoverd?

Ik wreef over mijn ogen en keek naar tante Pearl. "We moeten dit echt oplossen voordat zij weer wakker worden."

"Zeg dat maar tegen je sheriff-vriendje daar. Wij hoeven zijn werk toch niet te doen? vroeg tante Pearl.

Ik keek even naar Tyler. Hij hurkte neer in de hal en stopte met een gehandschoende hand iets in een plastic zakje.

Ik wendde me weer tot tante Pearl. "Het is niet zo dat we zijn werk doen. We helpen hem alleen maar met het uitsluiten van nutteloze aanwijzingen. Als we dat in ieder geval doen, dan kan hij tegenover de Shady Creek politie bewijzen dat wij het niet hebben gedaan. We moeten bewijzen hebben dat wij onschuldig zijn, in plaats van elkaar steeds te beschuldigen."

"Cen heeft gelijk," knikte tante Amber instemmend.

We keken allemaal naar de snurkende lichamen die voor ons lagen.

"Een van hen moet de moordenaar zijn," zei Mam.

"Nonsens," verzuchtte tante Pearl. "Ik zou willen dat het waar was, want ik kan ze geen van allen uitstaan. Maar helaas is jouw kerstcake de oorzaak, Ruby."

"Ja hoor, nu ligt het aan mijn cake!" Mam legde een hand op haar borst. "Hoe dan? Jullie hebben er allemaal van gegeten."

Tante Pearl schudde haar hoofd. "Nee, Ruby. We hebben gedaan alsof we hem opgegeten hebben. Net als we de afgelopen twintig jaar hebben gedaan tijdens iedere verdomde Kerst."

"Wat zeg je? Jullie vinden mijn cake niet lekker?? Dan kan niet; jullie eten steeds zo veel dat ik amper genoeg kan bakken." Mam draaide zich om naar mij. "Cen, je bent gek op mijn kerstcake, toch?"

"Eh, nou ja, ik eet nog maar weinig koolhydraten, dus..."

Mam begon het te vatten. "Je hebt er niets van gegeten vanavond?"

Beschaamd keek ik weg.

Mam vroeg aan Amber: "Jij zit zeker ook in dit hele cake-complot?"

Tante Amber haalde verontschuldigend haar schouders op. "Ik moet erg op mijn figuur letten, Ruby. Ik ben nog single en..."

"Sorry, Mam. We weten dat je er altijd zo veel moeite voor doet... We probeerden je gevoelens te ontzien." Ik voelde me schuldig. Het spelletje was uit en Mam was diep gekwetst. Alleen maar omdat jarenlang niemand ooit de moed had gehad om haar de waarheid over haar vreselijke cake te zeggen. Ik kon er niet meer om liegen.

"Dat zijn jouw woorden, juffie." Tante Pearl stampte richting de hal. "Ik zal dit voor eens en voor altijd oplossen."

"Wacht! Je mag niet weggaan." Tyler blokkeerde haar de doorgang. "Niemand gaat ergens heen."

"Sheriff of niet, jij kunt me hier niet tegen mijn wil vasthouden," brieste tante Pearl. "Misschien dat je Dominic kunt opsluiten, maar een heks hou je niet tegen. Al moet de onderste steen boven komen, maar ik zal deze moord oplossen en de moordenaar ontmaskeren. Iemand moet het doen. En het is duidelijk dat jij het niet aankunt."

Tyler rolde met zijn ogen en glimlachte.

Dit maakte tante Pearl woedend. "Probeer me maar tegen te houden."

Maar Tyler deed niks.

Tante Pearl was volkomen in verwarring. Haar ogen schoten heen en weer van Tyler naar de voordeur.

"Sheriff, ga je me nog tegenhouden, of hoe zit dat?" Ze kruiste haar armen en ging wijdbeens voor hem staan.

Ik rende de hal in, gevolgd door Mam en tante Amber.

Ik riep naar mijn tante: "Echt, tante Pearl, je kunt nergens heen in deze storm?"

Tante Pearl stapte naar achteren, totdat ze tegen de deur aanstond. Ze zag er hulpeloos uit, als een dier dat in het nauw gedreven was.

"Dat gaat jullie niks aan," snauwde ze, maar haar lichaamstaal kwam niet overeen met haar pinnige woorden. Voor het eerst zag ze er behoorlijk onzeker uit.

En bang.

HOOFDSTUK 20

Vanaf dat moment gebeurde alles in sneltreinvaart.

Tante Pearl nam met haar rug tegen de voordeur een gevechtshouding aan.

"Tante Pearl! Leg het pistool neer!" Instinctief hield ik mijn armen omhoog. Ze zou ons vast niet doodschieten, maar ik was er niet zeker van of ze misschien niet in mijn voet, arm of been zou schieten als ik niet deed wat ze zei. De schade zou ze wel weer goedpraten en teniet doen met wat hekserij, maar ik durfde die gok niet te nemen.

"Hé, dat is Tylers pistool! Wel verd..." Ook tante Amber hield haar armen omhoog toen ze doorkreeg wat er gebeurde. "Pearl, waar ben je in godsnaam mee bezig?"

Mijn hartslag ging rap omhoog. Ik zocht in de hal naar Tyler, maar die was nergens te bekennen. Nog geen minuut geleden had hij pal naast tante Pearl gestaan. Afgezien van zijn pistool; wat had ze met hem gedaan?

"Er is hier een moordenaar in huis en Sheriff Gates heeft heel slordig zijn pistool laten slingeren," zei tante Pearl. "Dus iemand moest hier de leiding nemen." Ze knikte in de richting van de vloer. Tylers holster lag precies daar waar hij net nog had gestaan.

Ik probeerde kalm te klinken. "En die iemand ben jij zeker?"

Ik was er heel zeker van dat Tyler zijn holster met daarin het pistool gewoon om had gehad. Bovendien was hij altijd erg voorzichtig met wapens. Als hij zijn pistool niet droeg, ook al was het maar voor even, dan deed hij het achter slot en grendel. En dat hij het nu niet droeg, kon maar één ding betekenen.

Tante Pearl had het met wat tovenarij in handen gekregen.

En Tyler zat in moeilijkheden.

Mijn hart klopte in mijn keel. Waar *was* Tyler eigenlijk?

Tante Pearl ontspoorde nu helemaal en ik moest haar tegenhouden voordat het te laat was. Als ik nu doordraaide, dan zou de hele situatie uit de hand lopen. Ik had een plan nodig om het wapen snel van haar af te kunnen pakken.

Tante Amber en ik keken elkaar aan. Ze dacht precies hetzelfde. Heel zachtjes sloop ze naar achteren om niet de aandacht van tante Pearl te trekken en dook de woonkamer in.

"Doe dat pistool weg, Pearl," klonk Mam achter mijn rug.

Ik had tante Pearl er niet toe kunnen zetten om het pistool neer te leggen, maar Mam kon het misschien wel. Zij nam het zelden op tegen haar zus, maar de huidige situatie zorgde ervoor dat er iets moest gebeuren. Mam stond achter mij, letterlijk en figuurlijk. Ik hoopte maar dat het niet allemaal verder uit de hand zou lopen. Rivaliteit tussen zussen was wel een dingetje, maar bovennatuurlijke rivaliteit tussen zussen helemaal.

Ik zei verontrust: "Het is helemaal niets voor Tyler om zijn holster af te doen, behalve dan als we…" ik voelde allemaal ogen op me gericht en maakte mijn zin niet af.

"Behalve als jullie wat precies?" Tante Pearl grijnsde, terwijl ze het pistool goed vasthield. "Misschien wil je ons meer vertellen?"

"Nee," zei ik met vaste en kalme stem. "Laat maar. En doe dat ding naar beneden."

Tante Pearl richtte het pistool omlaag, net toen tante Amber weer terugkwam, gevolgd door Tyler. Hij zag er moe en wat verward uit, maar verder leek hij in orde. Het was overduidelijk dat tante Pearl hem met hekserij zo had bewerkt dat ze zijn pistool van hem af had kunnen pakken.

"Hé, dat is mijn pistool!" Tyler haalde uit naar tante Pearl en had haar binnen een paar seconden ontwapend. Hij stopte zijn pistool terug in zijn holster en deed hem weer om. Vervolgens wees hij naar mijn twee tantes. "Jullie twee, naar de woonkamer. Amber, zorg ervoor dat ze daar blijft."

Tante Amber pakte tante Pearl bij haar magere schouders en dirigeerde haar naar de deuropening.

"Dat wordt een rechtszaak, Sheriff. Ik word geïntimideerd door de politie." Tante Pearl bleef even staan in de deuropening en vloekte binnensmonds.

Tyler negeerde haar.

"Kom op nou, Pearl." Tante Amber trok tante Pearl mee de woonkamer in.

Tante Pearl riep naar de deuropening: "Jij hoeft mij niet te commanderen, Sheriff. Ik doe waar ik zelf zin in heb."

"Helemaal niet," zei tante Amber terwijl ze tante Pearl in ijzeren greep naar de bank leidde, waar ze allebei gingen zitten.

Ik was opgelucht dat Tyler niks mankeerde, maar ik was wel bang dat tante Pearl nu tot extreme maatregelen was overgegaan door Tyler te betoveren, terwijl we een moordenaar in ons midden hadden. Hekserij en wapens waren een dodelijke combinatie. Tante Pearl wist heel goed dat ze veel te ver was gegaan. Wat had haar in vredesnaam bezield?

"Ze gaat nergens heen, hoor!" riep tante Amber naar Tyler in de hal en wendde zich vervolgens tot tante Pearl. "De sheriff heeft je niet gearresteerd, maar dat betekent niet dat ik het niet doe. Je bent gearresteerd volgens de 'WICCA' regels, Pearl."

"Arresteer je nu je eigen zus?" Oma Vi zweefde boven de kast in de eetkamer. Ze keek misprijzend naar haar dochters. "Echt, Amber... je misbruikt je macht. Kunnen jullie meisjes nou niet eens één keertje goed met elkaar overweg?"

Ondanks de ernst van de situatie glimlachte ik. In de ogen van Oma Vi bleven mijn bejaarde tantes altijd jonge meisjes.

Door al het gekibbel werd Brayden wakker, maar Dominic en Gail bleven vredig doorslapen.

Brayden wreef over zijn slapen en fronste. Hij had stukjes van de gesprekken gehoord. "Heeft Tyler jou zijn pistool gegeven?"

Tante Pearl knikte. "Maar hij heeft hem niet aan mij gegeven, ik heb hem afgepakt."

"Tyler! Kom hier," blafte Brayden.

Tyler verscheen in de deuropening. "Wat?"

Brayden draaide zich naar hem om. "Klopt het wat Pearl zegt? Was een klein, oud vrouwtje je te slim af?"

Tante Pearl keek naar Brayden. "Ik ben niet oud."

Tyler wilde wat zeggen, maar werd onderbroken door tante Amber.

"Laat Tyler erbuiten," zei tante Amber. "Je weet heel goed waar Pearl toe in staat is, Brayden. En afgezien daarvan: iemands pistool afpakken is niet de grootste misdaad die hier heeft plaatsgevonden. In de verste verte niet."

"Heb je het over Merlinda? De sheriff had dat moeten voorkomen. Merlinda is gewoon onder zijn ogen vermoord." Brayden schudde vol walging zijn hoofd.

"Je was er zelf ook bij. Wij allemaal." Ik zei maar niet dat Brayden zelf net nog bewusteloos was geweest. Omdat dat was veroorzaakt door een toverspreuk, was hij zich daar zelf helemaal niet bewust van.

"Dat kan zijn, maar ik heb helemaal niets gedaan wat iets te maken had met deze tragedie vanavond." Brayden maakte zich in de eerste plaats vooral zorgen om zichzelf en in de tweede plaats om zijn politieke carrière. Verder kwam alles en iedereen met afstand op een derde plaats. Wat hem betrof was Merlinda's vreselijke dood zijn probleem niet. Door haar dood was hij meteen genezen van zijn verliefdheid.

"Dat ben ik helemaal niet met je eens. Zonder jou was dit allemaal niet gebeurd, Brayden," zei tante Pearl. "Je hebt Dominic uit zitten dagen en daarna heeft hij Merlinda uit jaloersheid vermoord."

"Dat lieg je. Merlinda is me nauwelijks opgevallen." Er bewoog een spiertje bij Braydens oog; een teken dat hij loog.

Ik keek even naar Gail en Dominic, die nog steeds bewusteloos en heel onhandig in elkaar verstrengeld tegen de muur lagen.

Maar Earl zag ik nergens. Hij moet zich meteen uit de voeten hebben gemaakt toen tante Pearl Tylers pistool te pakken kreeg.

"Probeer niet steeds van onderwerp te veranderen, Pearl," zei Tyler. "En blijf van mijn pistool af. We hebben wel genoeg ellende gehad voor een avond."

"Dan moet je de volgende keer je pistool niet zo laten slingeren, sheriff," bitste tante Pearl. "Het is niet mijn schuld dat jij zo'n sloddervos bent."

"Maar ik heb niet... ach, laat ook maar." Tyler draaide zich om. "Ik heb belangrijkere dingen te doen dan met jou te discussiëren, Pearl. Ik weet in ieder geval dat ik zelf mijn holster of mijn pistool niet heb afgedaan."

"Als je Tyler niet verder met rust laat, krijg je met mij te maken, Pearl. Hoor je dat?" zei Mam bozig.

"Jaja," zuchtte tante Pearl verslagen. Voor de verandering hadden haar twee zussen deze slag gewonnen.

Oma Vi zweefde over Tyler heen. Ze knipoogde naar me en fluisterde: "ooh, geweldig..."

Ik negeerde haar. "Laten we het over Merlinda hebben. We zaten met z'n allen aan tafel en hebben voornamelijk allemaal hetzelfde gegeten. Niemand is van tafel gegaan, behalve Merlinda. Dus hoe kan ze zijn vergiftigd? Door iets wat pas heel laat werkt? Als dat zo is, dan moet ze het al veel eerder gegeten of gedronken hebben."

Mam gaf me een nerveuze blik. Ik wist dat ondanks Earls verklaring, ze nog steeds bezorgd was over de bloem die ze had gebruikt voor haar kerstcake. Maar Mam had helemaal geen voordeel van Merlinda's dood. En wel heel veel te verliezen, met een gast die in ons hotel overlijdt. Ze kon vast heel snel worden uitgesloten als verdachte.

Aan de andere kant was Mam een expert als het ging om kruidendrankjes, waarvan sommige zeker giftig waren. Ze was ook de kok van het hotel en had alle maaltijden gemaakt die Merlinda had gegeten. Ze had dus de middelen én de gelegenheid gehad om Merlinda te vergiftigen, maar geen motief. De politie zou haar ook onderzoeken, zeker als ze geen andere aanwijzingen zouden hebben. We moesten zelf alle andere opties nagaan, om haar te kunnen uitsluiten.

Ik dacht terug aan het groene poeder dat Dominic aan Merlinda had gegeven. Hij had best iets toegevoegd kunnen hebben aan het voedingssupplement. Het was misschien vervuild geraakt door een ander, geheim ingrediënt, net zoals bij Mams kerstcake.

Bij Dominic zou zijn poeder waarschijnlijk niet vervuild zijn geraakt door zoiets onschuldigs als pindakaas. En als Merlinda's echtgenoot had hij zeker een motief.

Ik keek naar Tyler. "Hoe zit het met Merlinda's kamer? Misschien is daar iets te vinden waardoor ze ziek is geworden?"

"We gaan kijken." Hij klom de trap op, met Mam en mij achter zich aan.

 ien minuten later stonden Tyler, Mam en ik in de deuropening van Merlinda's kamer. We hadden haar kamer doorzocht, ervoor zorgend dat we niets aanraakten. Haar kamer was brandschoon en er was niks persoonlijks te vinden. Het enige wat op Merlinda wees was haar tas, die op haar netjes opgemaakte eenpersoonsbed stond. En op wat toiletspullen en kleding in de lades na, was er weinig bewijs dat de kamer bezet was, laat staan dat je kon zien dat Merlinda er al drie maanden woonde.

In ieder geval moesten Tyler en ik de bovennatuurlijke sporen nagaan, zodat de politie van Shady Creek niet op een dwaalspoor werd gebracht. Het was wel niet helemaal volgens het boekje, maar wel noodzakelijk, met vier heksen en een geest in het gezelschap.

"Het is eigenlijk best wel raar dat Merlinda helemaal geen foto's of andere dingetjes van Dominic had." Tyler rommelde in Merlinda's handtas. Hij pakte haar telefoon en bekeek het scherm. Toen liet hij hem aan ons zien. "Op haar startscherm staat een foto van een andere man. Niet Dominic, haar kersverse echtgenoot. De meeste mensen hebben toch wel een aandenken aan hun wederhelft bij zich als ze zo ver van huis zijn."

"Misschien heeft ze andere foto's die op haar computer staan, omdat ze er geen vragen over wilde?" Ik kon me voorstellen dat ze de foto's van haar geheime bruiloft ook geheim hield, maar er was in de hele kamer geen enkele foto van Dominic te vinden. Daarentegen had ze hem ook geheim gehouden voor ons.

Tyler schudde de inhoud van Merlinda's tas op het bed. Met handschoenen aan onderzocht hij haar portemonnee. Verder vond hij niets anders dan een lippenstift, een beetje kleingeld en een paspoort uit Vanuatu. "Hier zit ook geen foto van de bruiloft in. Als die tenminste echt heeft plaatsgevonden."

"Misschien waren ze nog niet zo serieus als Dominic beweerde. Merlinda heeft misschien het spelletje over de bruiloft gewoon meegespeeld." Ik dacht terug aan Merlinda's vreemde gedrag. "Misschien is die hele bruiloft er nooit geweest!"

Merlinda had niet bepaald een stapelverliefde indruk gemaakt. Eigenlijk leek ze behoorlijk geschrokken toen Dominic ineens opdook. Misschien was het slechts een schijnhuwelijk, maar dan kon alleen Dominic ons uitleggen waarom dat was. En hij kon nu niets zeggen.

We onderzochten de rest van de kamer; of eigenlijk deed Tyler dat, terwijl ik hem filmde met mijn telefoon. Het enige wat hij nog vond, was een leeg kopje met daarin de overblijfselen van vochtige theeblaadjes. Dat moest tante Pearls thee zijn geweest, van eerder die dag. Tyler deed het kopje voorzichtig in een plastic zakje.

Ik kon gewoon niet snappen wie Merlinda uit de weg had willen ruimen. Toch zeker niet tante Pearl? Haar briljante studente was een wandelende advertentie voor *Pearl's Charm School*. In de korte tijd die Merlinda in Westwick Corners had doorgebracht, volgde ze vooral lessen op Pearls school en de rest van de tijd was ze erg op zichzelf geweest. In het dorp had ze geen vrienden gemaakt en tot vanavond had ze nauwelijks met iemand gesproken. Zelfs Brayden had ze vanavond pas voor het eerst ontmoet. Ik kwam toch steeds weer uit bij Dominic. Op de een of andere manier moest hij erbij betrokken zijn.

"Wat voor soort gif werkt het langzaamst?" vroeg ik.

Tyler haalde zijn schouders op. "Dat weet ik niet. Wat ik wel weet is dat iets wat dodelijk is, normaal gesproken ook snel werkt, al binnen een paar minuten. Bij een gif dat langzaam werkt, duurt het langer voordat er symptomen merkbaar zijn. Het zou niet zo'n plotselinge reactie geven als Merlinda had."

"Dat klopt," zei Mam. "Een kruidentinctuur werkt ook zo."

"Toen we gingen eten mankeerde Merlinda nog niks," zei ik. "Ze had nergens last van."

Er was nog iets wat me dwars zat. Merlinda was van plan geweest om op Kerstavond naar huis te vliegen en was pas op het laatste moment bij ons gebleven. Ze was hier dus alleen maar omdat haar vakantieplannen in duigen waren gevallen. Als het ging om een gelegenheidsmisdrijf, wie had er dan baat bij gehad?

Niemand van ons, behalve misschien Dominic. Hij was haar kersverse echtgenoot en daarom waarschijnlijk ook haar erfgenaam. En Merlinda's familie was ongelooflijk rijk.

Nu ik er langer over nadacht, was Westwick Corners eigenlijk de perfecte plek om van Merlinda af te komen. Er waren maar weinig mensen die haar kenden, en degenen die wel van haar bestaan wisten, zouden aannemen dat ze naar huis was vertrokken voor de feestdagen. Alleen de mensen in dit huis wisten dat ze haar vlucht had gemist.

We gingen terug naar de hal. Toen ik Merlinda's deur achter me sloot, viel hij met veel meer kracht dicht dan ik had gebruikt. Tegelijkertijd voelde ik een windvlaag langs ons heen gaan. Ik rende naar de trap, snel gevolgd door Tyler en Mam.

Tyler en ik wisselden snel een blik toen we beneden aan de trap naar de voordeur keken. De deur stond wijd open en sloeg door de wind hard tegen de muur. De wind waaide naar binnen en de kranten die in de hal op tafel lagen, waaiden naar buiten op de lege veranda.

Er was een nieuwe storm op komst en ik zou hem niet kunnen stoppen.

HOOFDSTUK 22

Samen met Mam en Tyler stond ik op de veranda. Het sneeuwde niet langer, maar het was nog steeds ijskoud en er stond een snijdende wind.

"Hé, kijk daar eens," wees ik naar de voetstappen die op de veranda begonnen en de trap af gingen. Het waren voetstappen van een vrouw. En aangezien Mam naast me stond, konden ze alleen van Gail of van een van mijn tantes zijn.

De Cadillac Escalade van Dominic stond er ook niet meer.

Tante Pearl.

Ik rende naar de woonkamer en vond daar tante Amber die worstelde om zichzelf te kunnen bevrijden. Ze was met een snoer kerstlampjes vastgebonden aan een stoel.

Op hetzelfde moment kwam Earl ook de woonkamer in. "Wat gebeurt hier nu weer?

Ik keek de kamer rond en mijn hart maakte een sprongetje toen ik zag dat Gail wakker was en in de leunstoel zat. Maar Dominic was verdwenen.

In tegenstelling tot tante Amber was Gail niet vastgebonden. Ze was bezig met een spelletje op haar telefoon en was er zo door in beslag genomen dat ze niet eens opkeek. Of ze negeerde ons gewoon expres.

"Wat is er gebeurd?" Ik maakte snel tante Ambers handen en voeten los, terwijl Tyler, Earl en Mam in huis op zoek gingen naar tante Pearl en Dominic.

"Pearl heeft me vastgebonden en toen ging ze er vandoor." Tante Amber stond op en zei boos tegen Gail: "Je wordt bedankt, Gail."

Gail reageerde onverschillig. "Waarom zou ik jou helpen? Dankzij jou was ik bewusteloos." Ze keek weer op haar telefoon.

"Waar is Dominic?" vroeg ik.

Tante Amber haalde haar schouders op. "Geen idee. Hij moet wel bij Pearl zijn. Ze maakte me bewusteloos voordat ze me vastbond, dus ik kon niet zien wat er gebeurde. Hij was ook verdwenen voordat ik er erg in had."

Mijn mond viel open. "Heeft ze hem ontvoerd?"

"Ja, of hij haar. Of ze spelen samen onder één hoedje." Tante Amber zuchtte. "Ik weet het gewoon niet meer. Pearl gedraagt zich zo vreemd."

Ik vond het ook nogal vreemd dat tante Pearl een snoer met kerstlampjes had gebruikt om tante Amber vast te binden in plaats van tovenarij. Aan de andere kant was het misschien effectiever om het zo te doen dan een toverspreuk te gebruiken die tante Amber had kunnen weerspreken. Ondanks dat tante Pearl beweerde dat zij iedereen kon betoveren, inclusief tante Amber. Dat ze nu fysieke middelen gebruikte, klopte niet helemaal.

Tante Amber volgde me toen ik terugliep naar de veranda.

"Pearl weet gewoon dat het door haar thee komt," zei ze. "Je hebt ook gezien dat ze er zelf ziek van werd. Ze is echt zo schuldig als wat."

"Dat was echt een vergissing." Ik kon gewoonweg niet geloven dat tante Pearl Merlinda van het leven had willen beroven, of het nu expres was of per ongeluk. Ik dacht terug aan haar theerecept met mariadistel, of eigenlijk maretak. Ze had de meeste symptomen verborgen weten te houden, maar uiteindelijk was ze er zelf ook ziek van geweest. "Maar als ze het per ongeluk heeft gedaan, waarom gaf ze het dan niet gewoon toe?"

"Dat zal ze nooit doen, Cen," verzuchtte tante Amber. "Ze gaat liever op de vlucht voor de politie."

Buiten adem verscheen Mam weer op de veranda en bevestigde waar we al bang voor waren. "Ze is echt weg. We hebben boven gekeken, beneden, overal. We moeten haar zien te vinden."

Tante Pearl was er vandoor. Ze had geprobeerd het onderzoek te dwarsbomen, had ons zelfs onder schot gehouden, en was nu voortvluchtig.

Het was een domme zet. Door haar onzorgvuldigheid zouden zich geen nieuwe studenten meer aanmelden zodra dit bekend werd. En nu ze vermist werd, zou dat niet lang meer duren.

Op deze manier zou haar gedrag alleen maar meer tegen haar werken, omdat het nu leek alsof ze haar studente expres vergiftigd had.

Brayden kwam bij ons staan. "In de kelder is Pearl ook niet. Ze kan overal zijn. Door op de vlucht te slaan, lijkt ze nu juist schuldig."

Brayden had zeker gelijk, maar ik was vooral ook bang of tante Pearl dit wel zou overleven. Ze was verzwakt door de vergiftigde thee en had nauwelijks vet op haar botten, waardoor ze in deze vrieskou niet lang in leven zou blijven.

Maar wat me pas echt zorgen baarde, was dat tante Pearl tante Amber zo had vastgebonden. Was dat een teken dat haar bovennatuurlijke krachten door de thee verdwenen waren? Als ze zich had moeten behelpen met maatregelen die gewone mensen nemen om iemand vast te binden, dan was haar toverkracht misschien tijdelijk uitgeschakeld of misschien zelfs wel voorgoed weg. Of wat nog erger was: misschien waren door het gif haar toverspreuken wel compleet ontregeld en hadden ze nu onbedoeld heel gevaarlijke en misschien zelfs dodelijke gevolgen.

"Ik vrees dat tante Pearl ze niet helemaal meer op een rijtje heeft, als je tenminste begrijpt wat ik bedoel," zei ik tegen Mam.

Mam was furieus: "Ik ben bang van wel. Pearl denkt niet meer logisch na. Wie drinkt er nu zijn eigen gif op, alleen maar om je gelijk te halen?"

Tante Amber zuchtte. "Zo is Pearl nu eenmaal. Ze wil ondanks alles altijd gelijk hebben. Zelfs als ze er zelf aan ten onder gaat." Ze rilde en trok haar sjaal steviger om haar schouders.

Ook Tyler en Earl kwamen naar buiten. Tyler gaf via zijn mobiele telefoon de details van tante Pearls ontsnapping door aan de politie in Shady Creek. Daarna deed hij de telefoon in zijn zak. "Ik heb de politie gewaarschuwd, maar ik betwijfel het of het iets oplevert. De wegen zijn nog steeds afgesloten, dus ze komt niet ver met de auto."

Earl schudde zachtjes zijn hoofd. "Ik kan me niet voorstellen dat ze met de Escalade weg is. Jullie weten dat ze autorijden haat."

Het klopte wat Earl zei. Afgezien van de onbegaanbare wegen, was de auto niet tante Pearls favoriete transportmiddel. Ook dat baarde me zorgen. Teleporten terwijl je beïnvloed bent door die thee zou verstrekkende gevolgen kunnen hebben. Het idee dat ze door de lucht vloog vol wraakgevoelens was op z'n zachtst gezegd nogal verontrustend. Tante Pearl kon nu overal zijn.

Tyler keek me aan en hij zag er ongerust uit. Ook al was hij een geweldige sheriff, tegen een wanhopige heks op de vlucht kon hij niet veel doen.

"We vinden haar wel," stelde ik hem gerust. Als heks kon tante Pearl zich op heel veel manieren verplaatsen. Daardoor was het niet erg waarschijnlijk dat ze dood zou vriezen, maar ze kon nog steeds wel diep in de problemen komen.

"Dat ze nu is gevlucht, maakt het er niet makkelijker op," zei Mam. "Ik had nooit gedacht dat Pearl op de loop zou gaan voor de politie."

Tante Amber was het ermee eens. "Ik ook niet. Maar wat doen we eraan?"

Tyler gaf Mam een geruststellend schouderklopje, maar zag er zelf nog steeds verontrust uit. "Ik denk niet dat Pearl dit van tevoren had gepland, dus ze gaat vast niet heel ver weg. We vinden haar wel. De politie van Shady Creek heeft al een opsporingsbericht verstuurd."

"Misschien zit er ergens iemand die ook in het complot zit op haar te wachten." Braydens poging om te helpen lukte niet erg. Hij deed zijn best, maar door zijn suggestie raakten we alleen maar meer van slag. Bovendien was hij er toch al van overtuigd dat ze schuldig was.

Earl zag er verslagen uit. Pearl had hem tenslotte ook achtergelaten. "Ik zat eigenlijk in het complot, maar niets liep zoals gepland was."

"Hè?" Tyler fronste zijn wenkbrauwen. "Wat voor complot bedoel je?"

"Dacht je dat ik uit mezelf dat stomme kerstmanpak had aangetrokken?" Earl schudde zijn hoofd. "Dus niet. Pearl wilde dat. Ze zei dat iedereen verkleed zou zijn op het feestje. Maar ik was dus de enige. Ze heeft me er gewoon ingeluisd."

Mam knikte. "Daar is ze goed in: mensen iets laten doen wat ze eigenlijk niet willen. Maar, ik moet wel zeggen dat je er heel geloofwaardig uitzag, Earl."

Earl slaakte een diepe zucht. "Heb ik soms iets verkeerds gezegd? Het ene moment was ze er nog en een tel later... hop, verdwenen!"

Mam klopte even op zijn arm. "Het ligt niet aan jou, Earl. Zulke dingen doet ze altijd. Je went er wel aan."

Ondanks dat Earl zijn hele leven op de boerderij aan de rand van Westwick Corners had gewoond, was hij pas sinds kort bevriend met tante Pearl. Die vriendschap was heel snel overgegaan in een relatie. Ze waren een vreemd stel. Tante Pearl was een beetje knorrig en nogal druk en Earl was heel rustig, romantisch en makkelijk in de omgang. Waarschijnlijk was dit een voorbeeld van tegenpolen die elkaar aantrekken.

"Hoe dan ook, ze is verdwenen." Brayden wees naar de kleine voetstappen in de sneeuw, die over de oprit liepen.

De sporen waren niet gestopt bij de plek waar Dominics Escalade had gestaan, maar gingen verder over de oprit. Misschien waren de voetstappen en de verdwenen SUV slechts bedoeld als afleidingsmanoeuvre. Haar toverkracht was misschien dan wel aangetast door de giftige thee, maar daar konden we niet zeker van zijn.

Zo lang tante Pearl nog normaal functioneerde, kon ze overal zijn. Ze kon met weinig moeite en wat magie allerlei soorten doorgangen passeren. Ik betwijfelde of ze echt ver weg was, eigenlijk. Het zou me niks verbazen als ze ons gewoon stond te begluren.

Ik scande de tuin en de oprit af naar een spoor van haar, maar zag niks.

Het spelletje op haar telefoon was klaar en Gail kwam bij ons staan op de veranda. Ze sloeg haar arm om Braydens middel en trok hem mee naar een paar meter verderop, op veilige afstand van tante Amber.

"Pearl weet heel goed dat iedereen weleens fouten maakt," zei Mam. "Ze maakt zichzelf alleen maar meer verdacht door te vluchten. Ik wou maar dat ik dat tot haar kon laten doordringen." Ze sprak met luidere stem dan normaal. Waarschijnlijk vermoedde ze net als ik dat tante Pearl zich misschien wel vlak bij ons had verstopt.

Brayden snoof minachtend. Hij wees met zijn duim in Tylers richting. "Beetje laat. Hoe heeft hij haar nou zo kunnen laten ontsnappen?"

"Jij had haar anders ook tegen kunnen houden," wees ik hem terecht. "Jij zag haar weggaan."

Brayden haalde zijn schouders op. "Niet mijn taak. Ik ben hier niet de sheriff."

"Ach, hou toch op, Brayden! Doe ook eens wat!" protesteerde tante Amber. "We zitten toch allemaal in hetzelfde schuitje."

"Helemaal niet! En je hoeft mij niet de les te lezen, Amber. Ik wou dat Gail en ik hier nooit naartoe waren gekomen, naar jou en die rare familie van je..." Brayden maakte een afweergebaar en duwde vervolgens Gail in de richting van de deur. "Kom, Gail, we gaan naar binnen."

Braydens onverschilligheid sloeg alles. Hij was zo ontzettend egocentrisch, zelfs nu, na het overlijden van Merlinda. Het leek hem totaal niet te kunnen schelen dat tante Pearl vermist was en misschien wel ergens zou doodvriezen. De enige om wie hij gaf, was zichzelf. Hij schold Tyler uit, bekritiseerde tante Pearl en stak nauwelijks een vinger uit om ons te helpen. En dan te bedenken dat ik bijna met hem was getrouwd! Ook al was ik blij dat ik daar niet was ingetrapt, ik was woedend omdat Brayden zo onredelijk was.

Brayden stopte even bij de deur. Hij liet Gail los en gebaarde dat ze alvast naar binnen moest gaan.

Ik deed erg mijn best om mijn woede in de hand te houden, maar ik was zo ontzettend boos dat ik, voordat ik er erg in had, binnensmonds de transportspreuk prevelde. Ik wilde Brayden en zijn zelfingenomenheid gewoon weg hebben.

En ver weg ook, naar Vanuatu bijvoorbeeld. Dat zou hem wel leren. Ik zag een plaatje voor me waarbij hij vol verwarring schreeuwend om hulp heen en weer over het strand rende.

Deze spreuk kende ik uit mijn hoofd. Ik had hem al honderden keren geoefend, maar zonder succes. Daarom kon het vast geen kwaad, omdat ik de spreuk toch niet goed uitgevoerd kreeg. Ik sprak hem vaak uit als een soort van vloek. Ik stuurde al mijn woede naar een bijna gedachteloze bezwering:

Verdwijn en maak jezelf uit de voeten

Treuzel niet, anders zul je ervoor boeten

Verder en verder zul je gaan

Ver weg, naar een nieuw bestaan

Tante Amber hapte naar adem. "Cendrine, waar ben je in 's hemelsnaam mee bezig?"

"Hé, wat is..." Gails stem stierf weg. Haar lippen bewogen nog, maar kwam er geen geluid meer uit.

De timing klopte niet helemaal, omdat Brayden Gails arm nog vast had op het moment dat ik mijn spreuk uitsprak. We zagen hun verschijning steeds vager worden en toen: *Plof*

Ze waren weg.

Zomaar ineens.

"Oh nee! Het is me nog nooit eerder gelukt!" Ik stond versteend en keek naar de deuropening waar Brayden en Gail net nog hadden gestaan.

Honderden keren had ik die spreuk geoefend, zonder succes. En nu, terwijl ik niet eens heel hard mijn best had gedaan, lukte het gewoon. En het was niet alleen gelukt, maar ook bij twee personen tegelijk. Ik was stomverbaasd.

Earl sprong achteruit, verbazend lenig voor een zeventigjarige. "Zagen jullie dat? Brayden en Gail losten gewoon op! Allemachtig, waar zijn ze gebleven?"

"Cendrine, haal ze terug!" smeekte Mam, maar het was al te laat.

"D-dat kan ik niet! Ik weet niet eens hoe ik het precies heb gedaan.

Het is nooit eerder gelukt, dus ik moet nu iets anders hebben gedaan, maar ik weet alleen niet wat."

Ik was nog steeds zo bezig met het feit dat de toverspreuk deze keer had gewerkt, dat ik hem herhaalde om erachter te komen wat er mis was gegaan.

Plof! Plof!

Hetzelfde geluid als daarnet, maar het stel was nergens te bekennen.

Als ik er niet achter kon komen wat ik had gedaan, hoe zou ik ze dan ooit terug kunnen halen?

HOOFDSTUK 23

*E*arl wreef over zijn ogen en schudde zijn hoofd. "Wat zat er in vredesnaam in jouw eierpunch, Amber? Ik voel me opeens helemaal niet goed. Jullie zagen het ook, toch?" Hij keek ons vragend aan, zoekend naar een verklaring.

Maar iedereen zweeg. Wij wisten het ook even niet meer.

Earl zuchtte. "Geweldig. Ik begin ook spoken te zien, geloof ik."

Het baarde me zorgen dat we drie potentiële vergiftigde gerechten of drankjes hadden, die alle drie bij mijn eigen familie vandaan kwamen. Ik was eigenlijk de enige heks die niet in verband kon worden gebracht met iets dat mogelijk giftig was.

De giftige thee van tante Pearl, de pittige eierpunch van tante Amber en de met gif gebakken kerstcake van Mam zorgden voor meer vragen dan antwoorden. En die antwoorden begonnen bij tante Pearl, die nu spoorloos verdwenen was. Ik was bang voor waar die antwoorden naartoe zouden leiden, maar de waarheid moest nu eenmaal boven water komen.

We waren teruggegaan naar de woonkamer, zodat we niet dood zouden vriezen terwijl we er probeerden achter te komen waar Brayden en Gail precies waren gebleven.

Earl masseerde zijn slapen. "Zagen jullie niet wat ik gezien heb? Ik had een heel vreemde hallucinatie. Ik zag Brayden en Gail gewoon oplossen, in het niets!" Hij knipte even met zijn vingers voor het effect. Het is grappig hoe gewone mensen tovenarij interpreteerden als er geen andere logische verklaring was.

"Heel vreemd." Mam klonk onverschillig, maar haar mondhoeken gingen onwillekeurig even omhoog als in een glimlach.

Stiekem was Mam best trots op me, ook al probeerde ze het niet te laten blijken. Zelf was ik ook best tevreden. Ik had een toverspreuk voor gevorderden succesvol uitgevoerd, zonder enige hulp. Ik kon er alleen nu niet van genieten, want ik moest ervoor zorgen dat Brayden en Gail terugkwamen.

"Waar zijn ze gebleven?" Earl keek de woonkamer rond. "Ik heb het me niet verbeeld hè, of wel?"

"Eh, nee." Ik wist niet meer wat ik moest zeggen en de anderen kennelijk ook niet.

"Merlinda gaat dood, Pearl verdwijnt, en nu zijn Brayden en Gail ook ineens weg," zei Earl terwijl zijn stem brak. "Tjee, ben ik soms de volgende?"

Mam schudde haar hoofd. "Welnee, Earl. Er gebeurt je niks. Maar blijf wel voorlopig binnen, voor het geval dat, oké?"

Ik gaf Earl een arm en begeleidde hem naar de bank. "Mam heeft gelijk, Earl. Kom, ontspan maar een beetje."

Earl trok een wenkbrauw op en ging zitten. "Ik maak me zorgen om Pearl, Cen. Je weet dat ze soms van die gekke ideeën heeft. Wat nu als ze doordraait en echt iets gevaarlijks doet?" Zijn zorgen om die nukkige tante Pearl waren aandoenlijk. Ze was bijna een heilige in zijn ogen.

"Ik weet zeker dat ze wel weer opduikt, Earl. Maak je maar geen zorgen," zei Mam op kalmerende toon. "Ze is weer terug voordat je er erg in hebt."

Met de rug van zijn hand veegde Earl zijn voorhoofd af. "Geen drank meer voor mij, de rest van dit jaar. Het doet rare dingen met mijn hoofd."

Het was maar goed ook dat Earl dacht dat hij zelf iets had gezien in plaats van dat hij getuige was geweest van wat hekserij. Maar daar zou hij wel aan gaan twijfelen als ik Brayden en Gail niet snel terug toverde. Je zou denken dat wij drieën, Mam, tante Amber en ik, wel konden uitvogelen hoe we mijn spreuk konden terugdraaien. Maar blijkbaar waren drie heksen samen niet machtiger dan eentje.

De spreuk moest ongedaan gemaakt worden, met een terugdraaispreuk bijvoorbeeld. Het probleem was dat de spreuk niet teniet kon worden gedaan door een andere heks. Doordat heksen niet met andermans spreuken konden rommelen, expres of per ongeluk, werd je eigen spreuk altijd beschermd.

Zoals nu bij mij.

Het enige probleem was dat ik geen idee had hoe ik dit moest oplossen. Ook al had ik deze spreuk eindeloos geoefend, hij was nooit eerder gelukt. In de verste verte niet. Kleine aanpassingen in de originele spreuk moesten ook worden gedaan bij de terugdraaispreuk. En die had tante Pearl me nog niet eens geleerd.

Tante Pearl.

We moesten haar vinden en snel ook. Wat als ze op de een of andere manier ook door mijn spreuk was getroffen? Als ze vlakbij had gestaan en ik had dat niet gezien... Nee, dat kon niet. De anderen hadden veel dichter bij Brayden en Gail gestaan en die waren er nog. Ik wist totaal niet waar ik ook maar moest beginnen om hen te zoeken.

Tante Amber ijsbeerde door de woonkamer. "Vertel me wat je precies hebt gedaan, Cen. Ieder detail. Misschien, heel misschien kan ik je helpen om alles terug te draaien. Ik heb mijn twijfels, maar ik kan het proberen."

Het was verontrustend dat ze er zo weinig vertrouwen in had. Een andere heks kon deze spreuk niet teniet doen, dus ze zou mij moeten leren hoe ik het moest doen. Ik had de spreuk uitgesproken, dus alleen ik kon hen terugtoveren. Dus ik moest de terugdraaispreuk zelf onder de knie krijgen, maar hoe zou dat lukken in zo korte tijd? Ik moest nu in een paar minuten leren waar je normaal een paar maanden voor nodig had.

"Ik heb geen idee wat er is gebeurd," zei ik. "Het enige wat ik heb gedaan is de woorden uitspreken die ik had geleerd van tante Pearl.

En ik deed niet eens heel erg mijn best, want ik verwachtte toch niet dat het zou werken." De reden dat de spreuk deze keer wel had gewerkt, kan allerlei oorzaken hebben gehad. Een oogbeweging, of hoe ik mijn hand hield, of misschien wel hoe ik de woorden had uitgesproken. Het enige wat me was bijgebleven was dat ik met mijn gewicht meer op mijn rechtervoet had geleund dan op mijn linker. Maar dat kon het toch niet geweest zijn. Ik wist gewoon absoluut niet wat ik deze keer anders had gedaan vergeleken bij al mijn eerdere mislukte pogingen.

Ik liep naar de kerstboom en staarde naar Merlinda's tropische schudbol. Ik kneep mijn ogen samen en gluurde er tegen beter weten in naar binnen. Brayden en Gail zag ik niet. Tante Pearl evenmin. Het tropische paradijs zag er nog net zo uit als eerder vandaag: de oceaan met een wit zandstrand en hier en daar wat palmbomen. Dat was zorgelijk, want ik had gedacht dat ik Brayden en, per ongeluk ook Gail, hier naartoe had gestuurd, maar ze waren hier niet. Maar waar waren ze dan wel??

"Je hebt je best gedaan en dat is wat telt, schat." Mam probeerde me zelfs in deze ellende op te beuren. "Probeer hen voor je te zien op het moment dat ze verdwenen en concentreer je op hun gezichten. Je kan het."

"Dus jij hebt ze echt laten verdwijnen?" Earl zat met gekruiste armen op het puntje van de bank. Voor het eerst viel het me op dat zijn haar alle kanten op stond en dat hij eruit zag alsof hij net een bomaanslag had overleefd. Hij was helemaal van slag. "Al die gekkigheid zit zeker in de familie! Pearl doet rare dingen, maar dit slaat alles."

"Maak je maar niet druk, Earl," zei tante Amber. "Cen weet wat ze doet."

Tante Amber leunde naar me toe en zei: "Ik hoop maar dat je weet wat je doet!"

Maar ik wist het echt niet en ik voelde me rot omdat ik Earl de stuipen op het lijf had gejaagd. Ik wist niet hoe ik hem kon geruststellen, maar doordat hij vaak bij tante Pearl in de buurt was, zou hij toch een beetje voorbereid moeten zijn. Ik probeerde me weer te concentreren op de noodsituatie. "Oh, ik heb het nu echt goed verpest, hè? Hoe vinden we ze ooit terug?"

"We moeten zien uit te vinden wat er mis is gegaan met jouw spreuk, Cen," zei Mam. "Waar had je ze naartoe willen toveren?"

"Naar Merlinda's bol. Tijdelijk natuurlijk." Toen ik naar de bol staarde, werd ik me bewust van zijn vreemde kracht, die me tegen leek te houden. Het voelde als het tegenovergestelde van een magneet. Eigenlijk leek het op de kracht die je voelt als je twee magneten tegen elkaar probeert te duwen. De bol had ook een afwerende kracht. Iedere keer als ik in de buurt van de bol kwam, werd ik door die vreemde kracht weggeduwd.

Ineens schoot me te binnen dat er met mijn spreuk helemaal niets mis was geweest. Die had het prima gedaan, maar werd alleen tegen-gewerkt door iets wat nog krachtiger was: Merlinda. Ik vermoedde dat ik niet de eerste was bij wie dit was gebeurd.

Tante Pearl had helemaal niet de bedoeling gehad om mij de sneeuwstorm in te jagen waar ik dood kon vriezen. Ze was juist iets totaal anders van plan geweest. Alleen was haar toverspreuk net als die van mij ook op diezelfde vreemde kracht gestuit.

Tante Pearl was van plan geweest om mij naar Merlinda's schudbol van Vanuatu te sturen, toen iets of iemand ertussen kwam. Het was eigenlijk logisch. Zoals iedere gevorderde heks had Merlinda een beschermend schild om haar tropische schudbol gemaakt om te voor-komen dat iemand er zonder toestemming in zou kunnen komen.

Dit beschermende schild had er niet alleen voor gezorgd dat niemand haar schudbol in kon, maar ook was het zo sterk dat het iedereen die er dichtbij in de buurt kwam zo ver weg duwde dat je de tegengestelde richting op ging. Ik was gewoon nog niet eerder zo dicht bij de bol in de buurt geweest om die kracht op te merken.

Wat Merlinda tekort kwam aan jarenlange hekserij-ervaring werd meer dan genoeg gecompenseerd door de enorme kracht van haar magie. Het was zelfs zo dat haar toverkracht niet alleen sterk genoeg was om tante Pearls toverspreuk tegen te werken, maar ook om mij in een totaal andere richting te sturen.

Ik was gewoon op de verkeerde plek beland, toen ik buiten in de vrieskou terecht was gekomen. En hetzelfde moet bij Brayden en Gail zijn gebeurd. Tante Pearl had achteraf niets willen zeggen over waar ik terechtgekomen was, omdat ze zich te veel schaamde om toe te geven dat haar toverspreuk niet helemaal goed was gegaan.

Maar het had niet aan haar spreuk gelegen. Die was tegengewerkt door Merlinda's magische krachten.

Ik rende naar het raam en zocht in de tuin en op de oprit naar een teken van leven van het stel. Ze moesten ergens buiten in de buurt zijn.

Ik keek vooral dezelfde richting op waar ik eerder vandaag dankzij de toverspreuk van tante Pearl was beland.

In mijn ooghoek zag ik iets bewegen, maar het was weg voordat ik het beter had kunnen bekijken. Ik zag het niet meer. Mijn hartslag ging omhoog. "Iemand zit verstopt bij de kerstversieringen in de tuin."

"Ik hoop dat het Pearl is, ik ga kijken." Earl sprong van de bank af en rende naar buiten.

Al snel was hij terug, met een rillende tante Pearl aan zijn arm. "Kijk eens wie ik gevonden heb! Ze was hier gewoon vlakbij."

"Ik zei nog dat je niks moest verraden." Tante Pearl trok zich los uit Earls greep, maar leek stiekem wel blij dat hij haar gevonden had. Haar groenfluwelen broekpak was drijfnat en zorgde voor een plasje water bij haar voeten. "Nu heb je alweer de boel in de war gestuurd!"

"Pearl! Doe niet zo lelijk tegen Earl! Hij heeft je net van de bevrie-zingsdood gered," zei Mam verontwaardigd.

Earl wuifde Pearl weg. "Je kunt me overal van beschuldigen, Pearl, maar jij was degene die vroeg of ik buiten de arrenslee kon neerzet-ten. Dat was niet mijn fout."

"Wacht, wat gebeurde er toen?" vroeg ik aan tante Pearl. "Was het zo dat Merlinda jouw spreuk overtroefde?"

"Helemaal niet!" Tante Pearl zat op de bank haar broekspijpen op te rollen. "Er is niks misgegaan met mijn spreuk. Het was helemaal niet de bedoeling dat Earl bij de arrenslee zou staan. Daarom is alles verkeerd gegaan."

Het begon me te dagen toen ik naar Earl keek. "Jij was de kerstman buiten bij de slee!"

Earl haalde zijn schouders op. "Ik deed alleen maar wat Pearl me vroeg. Ik wilde zelf in de tuin nog wat dingetjes toevoegen voor de sfeer."

"Gisteren, Earl. Het was de bedoeling dat je gisteren de kerstversiering buiten al klaar zou hebben." Pearl moest altijd het laatste woord hebben.

Allebei onze toverspreuken waren dus veranderd vanwege onschuldige personen die vlakbij waren geweest toen er werd getoverd. In mijn geval was de bedoeling van tante Pearls transportspreuk geweest om mij naar Merlinda's schudbol te toveren. In plaats daarvan was ik in de tuin beland, waar Earl nog bezig was geweest met de arrensleeversiering. Ik vermoedde dat tante Pearl op het moment van haar spreuk even aan Earl had gedacht.

Maar hoe zat het met mijn spreuk? Ik kon me niet herinneren dat ik ergens anders aan dacht dan het wensen van Brayden naar Vanuatu, en Gail was meegestuurd omdat ze vlak naast hem had gestaan.

In Merlinda's schudbol zat een bescherming ingebouwd die alles afweerde. Zo kon niemand haar tropische schudbol binnendringen. Maar het hield niet alleen iedereen tegen. Dankzij haar betovering stuurde het alle potentiële indringers een compleet andere richting op.

Als dat echt zo was, waar waren Brayden en Gail dan? Kennelijk niet in de tuin, waar tante Pearl en ik terecht waren gekomen.

Iemand hier loog en ik twijfelde er niet aan wie dat was. Maar dat was nu even niet belangrijk. We moesten nu Brayden en Gail zien te vinden, voordat het te laat was.

HOOFDSTUK 24

"Ga je me nu opsluiten, sheriff?" uitdagend stond tante Pearl met gekruiste armen voor Tyler.

"Nah," lachte Tyler. "Geen zorgen, hoor. Je bent een slechte ontsnappingsartieste."

"Help me om Brayden en Gail te vinden, tante Pearl," smeekte ik. "Wat moet ik doen?"

"Geen idee, Cen. Wat levert het op?" tante Pearl tikte ongeduldig met haar voet, terwijl ze op antwoord wachtte.

Maar ik hapte niet.

Ik was het helemaal zat om met tante Pearl steeds in hetzelfde kringetje rond te draaien, zonder dat het ergens toe leidde. Ik zou Brayden en Gail wel terugvinden, met of zonder haar hulp. Ik rende de hal in en gebaarde Mam en tante Amber om me te volgen. Er was geen tijd te verliezen.

"Ben je er klaar voor, Cen?" tante Amber hield een papier voor me omhoog. "Ik heb het helemaal voor je uitgeschreven. Het enige wat je hoeft te doen is hen te visualiseren terwijl je de woorden uitspreekt."

Ik kneep mijn ogen stijf dicht en sprak de terugdraaispreuk uit, terwijl ik me voorstelde dat Brayden en Gail weer bij de voordeur stonden. De concentratie die ervoor nodig was zorgde samen met de kater die ik had vanwege alle kerstdrankjes, meteen voor een knallende hoofdpijn. Als dit zou werken, dan zou ik nooit meer een toverspreuk uitvoeren, beloofde ik. Ze waren heel moeilijk om weer ongedaan te maken en ze leverden alleen maar problemen op. Ik was er gewoon niet geschikt voor om een heks te zijn.

Tante Pearl vloekte binnensmonds. "Bel de hulptroepen maar weer af, sheriff. Wees blij dat ik heb besloten om mee te werken, zodat je niet wordt ontslagen."

Tyler haalde zijn schouders op. Hij zei zachtjes iets tegen zijn telefoon en stopte hem vervolgens in zijn borstzak. Hij keek de voortuin in en wees naar een plek vlak bij de arrensleeversiering in de tuin. "Hé, wat is dat? Ik zag iets bewegen."

"Het zijn Brayden en Gail!" Mam klapte blij in haar handen. "Cen, het is je gelukt, ze zijn terug!"

Ik volgde Tylers blik naar de arrenslee. Brayden en Gail waren daar inderdaad. Ze waren inclusief de slee omhuld door een enorme glazen bol. De grootte van die bol was enorm! Maar, er was geen tijd om blij te zijn over mijn prestaties.

Gail zat naast de arrenslee, terwijl Brayden even verderop op het glas bonsde.

"Nou, ze zijn in ieder geval terug in de tuin. Nu moeten we ze nog uit de bol zien te krijgen," zuchtte ik.

Ze zwaaiden met hun armen en duwden tegen een onzichtbare glazen wand, terwijl ze van alles naar ons riepen wat we niet konden horen. Net als ik eerder vandaag, zaten ze gevangen in de magische glazen bol, die ook alle kerstversieringen in de tuin omvatte. Zo dichtbij en toch ook zo ver weg.

Dat de glazen bol weer terug was, had ook als voordeel dat we hen weer konden zien. En daardoor was de kans groter dat we ze ook konden bevrijden uit hun glazen gevangenis.

Ik bedacht opeens dat tante Pearl niet in de glazen bol had vastgezeten. Als dat zo was geweest, had Earl haar niet uit de tuin kunnen redden. De glazen bol waar Brayden en Gail nu in gevangen zaten, was intact en één toverspreuk betekende één glazen bol.

Waarom had tante Pearl gedaan alsof zij ook door mijn toverspreuk was weggetoverd? Ik wist het niet. Wat ik wel wist, was dat tante Pearl uiteindelijk niet dankzij mijn spreuk was teruggekomen. Bovendien waren mijn toverkrachten net sterk genoeg om de glazen bol terug te toveren en niet om Brayden en Gail eruit te verlossen.

Ik werd er moedeloos van. Als ik tante Pearl niet had gered, hoe zou ik dan ooit Brayden en Gail kunnen redden?

HOOFDSTUK 25

We stonden in de woonkamer bij de kerstboom. Merlinda's sneeuwbol leek ons vanuit de kerstboom uit te dagen. Hij gloeide nog steeds, maar de magie leek een beetje verdwenen. Nu zag hij er alleen nog wat spookachtig en triest uit.

Mam keek me meelevend aan. Tante Pearl en tante Amber negeerden de bol en leken zich er niet bewust van te zijn dat zijn schoonheid wegvloeide.

Ik weerstond de verleiding om de bol van dichterbij te bekijken. Ik hoefde niet te zien wat er in Vanuatu gebeurde. Nu Merlinda er niet meer was, leek dat ook niet belangrijk meer.

Zo aardig mogelijk vroeg ik: "Tante Pearl, zou je me alsjeblieft kunnen helpen om de rest van de spreuk terug te draaien?"

"Je zal het nooit leren als je het niet zelf probeert, Cen," antwoordde ze. "Je kunt niet altijd verwachten dat ik alles maar voor je oplos."

Ik was doodmoe van tante Pearl en haar tegendraadse gedrag. "En Brayden en Gail dan? We kunnen hen toch niet buiten in die bol laten zitten? Ze zullen doodvriezen."

Tante Amber schudde haar hoofd. "Nee, ze zitten daar wel goed; ze kunnen best wel een paar minuten wachten. Maar Pearl heeft ons nog iets te zeggen, nietwaar, Pearl?" Verwachtingsvol keek ze naar haar zus.

"Nee hoor." Tante Pearl keek met haar armen gekruist naar het plafond en tikte met haar voet op de grond. "Geen idee waar je het over hebt."

"Dat weet je best en je gaat het tegen Tyler zeggen ook. Sheriff Gates bedoel ik. Alle plannetjes die je met Merlinda hebt bekokstoofd." Tante Amber hikte waardoor haar strenge blik verloren ging. Ze kreeg de hik door de alcohol in haar eierpunch, waarmee ze verder was gegaan toen Brayden en Gail weer terecht waren.

Tante Pearl deed alsof ze haar mond dichtritste. "Mijn lippen zijn verzegeld. Voordat ik nog meer zeg wat tegen me gebruikt kan worden."

"Aha! Dus je geeft eindelijk toe dat er iets mis was met je thee." Net als een pitbull liet tante Amber ook nooit los.

"Doe niet zo raar." Tante Pearl stopte even met praten en zei toen: "Oké. Misschien heb ik wat geestverruimends gebruikt, maar niks dodelijks, hoor."

Ik hapte naar adem. "Je hebt Merlinda expres vergiftigd!"

"Tjonge, Cen. Als je het zo zegt, klinkt het wel erg akelig. Alles wat ik heb gedaan, áls ik al iets heb gedaan, was Merlinda een beetje uit de puree helpen."

"Vertel dan eens wat je precies hebt gedaan," beval Tyler. "Als je niks verkeerds hebt gedaan, hoef je ook niks te vrezen."

Tante Pearl schudde haar hoofd. "Echt niet. Ik vertrouw je voor geen cent, sheriff. Bovendien heb jij niks te maken met wat er tussen mij en Merlinda is gebeurd."

"Maar Merlinda leeft niet meer," zei ik. "Je bent ons wel een verklaring schuldig, tante Pearl. En ik heb je hulp nodig om Brayden en Gail uit de bol te bevrijden voordat het te laat is."

"Eén ding tegelijk," zei tante Amber tegen Tyler. "Als Pearl niets zegt, dan doe ik het wel. Ze heeft me alles verteld."

Verbijsterd keek tante Pearl naar haar zus. "Ik ga hier echt niet naar jouw verzinsels zitten luisteren, Amber. Zeker niet als je stomdronken bent."

"Jij gaat helemaal nergens heen, Pearl," zei Tyler. "Wij moeten eens even praten."

"Ik doe wat ik zelf wil. Je kunt me toch niet tegenhouden." Tante Pearl draaide zich om.

"Hij misschien niet, maar ik wel." Mam knipte met haar vingers en prevelde iets met zachte stem.

Tante Pearl geeuwde en schuifelde naar de bank waar ze ging zitten. Binnen een paar seconden was ze, al snurkend, diep in slaap.

Oma Vi zweefde bij ons. "Goed gedaan, Ruby. Ik heb haar nooit eerder zo vredig gezien."

Ik schudde mijn hoofd. "Maar, wat doen we nu met Brayden en Gail? Ik heb nog steeds tante Pearls hulp nodig om hen uit die sneeuwbol te halen!"

Tyler keek me vragend aan. Hij kon de geest van mijn oma niet zien of horen.

"Oh, doe nu maar rustig, Cen," zei oma Vi. "Je hebt Pearl heus niet nodig. Ik ben dan wel een geest, maar ook nog steeds de allerbeste heks hier. Van wie denk je dat Pearl alles geleerd heeft?"

"Dus jij wil me wel helpen?" Het kon me niet meer schelen of Tyler en Earl mij konden horen of niet. Laat ze maar denken dat ik als een idioot in mezelf aan het kletsen was. Als hierdoor Brayden en Gail teruggehaald konden worden voordat het te laat was, dan moest dat maar.

Ik had nog nooit gezien dat Oma Vi haar toverkunsten vertoonde, ook niet toen ze nog leefde. Ze was met pensioen gegaan voordat ik was geboren. Ze liet altijd haar dochters, met name Pearl, alles voor haar doen. Oma Vi deed vaak beloftes waar ze zich niet aan hield en ik hoopte maar dat dat nu niet het geval was.

"Ik denk erover na," aldus Oma Vi. "Wat levert het mij op?"

Ik besloot er niet verder op in te gaan om Tyler niet verder te verontrusten. In plaats daarvan zei ik tegen tante Amber: "Oké, vertel op, wat speelde er tussen tante Pearl en Merlinda?"

Een kwartier lang vertelde tante Amber achter elkaar door. Toen ze klaar was, waren we allemaal te zeer geschokt om wat te kunnen zeggen. Van haar had ik al helemaal niet verwacht dat ze allerlei schokkende onthullingen zou doen.

Ik voelde me verraden. Tante Pearl had plannen gehad om wereldwijd allerlei vestigingen van *Pearl's Charm School* op te richten, met Merlinda als haar partner. Het was niet iets wat ik graag had willen doen, maar ik was toch teleurgesteld dat ze mij niet had gevraagd.

"Jullie wisten allemaal van de plannen van Pearl en Merlinda en jullie hebben de hele tijd niets gezegd?" Tyler fronste terwijl hij iets in zijn opschrijfboekje schreef. Hij leunde naar voren en wachtte tot tante Amber verder zou vertellen.

"Moet je me nu niet vertellen wat mijn rechten zijn?" Tante Amber keek heen en weer van Tyler naar mij, bang over wat haar te wachten stond. "Ga je me arresteren?"

Tyler zuchtte. "Nee, tenzij je een misdaad gepleegd hebt. Heb je dat?"

"Natuurlijk niet, hoe kan je dat nou zeggen!" Tante Amber probeerde haar woede te beheersen. "Ik heb Pearl gesmeekt om het je te vertellen. En omdat zij het niet deed, zat ik in tweestrijd. Moest ik mijn eigen zus verraden? Of haar verklikken en zelf van moord worden beschuldigd?"

"Niemand beschuldigt je van moord. Maar je bent misschien wel medeplichtig." Ik voelde dat tante Amber nog niet alles had verteld. Ik keek even naar tante Pearl die nog vredig lag te slapen op de bank.

"Omdat ik Pearl geholpen heb?" Tante Amber schudde haar hoofd. "Ik had niets met haar plan te maken. Niet rechtstreeks ten minste. Ik zie niet waarom ik iets verkeerds zou hebben gedaan omdat Pearl niet meewerkt."

Ik voelde dat ik rood werd. "Er gebeurt niets met je, als je de waarheid maar vertelt, tante Amber. We moeten er toch achter komen wat er aan de hand is. Vertel Tyler gewoon wat je weet, dan kom je heus niet in de problemen."

"Wat Cen zegt," zei Tyler. "We moeten dit tot op de bodem uitzoeken."

"En daarna wil je me hopelijk helpen om Brayden en Gail te bevrijden," zei ik hoopvol.

Tante Amber haalde haar schouders op. "Ik kan het proberen, maar in dit soort dingen ben ik niet zo goed."

Het was wel duidelijk dat tante Amber hier helemaal geen zin in had. Ik kon het haar ook niet kwalijk nemen. Zodra tante Pearl wakker zou worden, zou ze meteen wraak willen nemen vanwege het verraad van haar zus. Maar er zaten buiten nog twee mensen gevangen. Ik moest ze zien te redden, maar hoefde niet te rekenen op mijn tantes. Zoals gewoonlijk gedroegen ze zich weer als een stelletje pubers. Als de situatie niet zo ernstig zou zijn, was het bijna grappig.

"Het had wel fijn geweest als je iets eerder had verteld over het plan van Pearl en Merlinda," zei Tyler.

Zenuwachtig keek tante Amber naar haar slapende zus. "Dat wilde ik wel, maar... Pearl heeft me laten zweren dat ik het geheim zou houden. Ze heeft me er zelfs voor laten tekenen. Daarom kon ik niets zeggen over hun zakelijke overeenkomst. Maar meer details ken ik ook niet. Pearl zou het plan tijdens het etentje bekendmaken. Eigenlijk vlak voordat Merlinda..." Haar stem brak terwijl ze naar de hal keek.

"Gezien de omstandigheden had je toch beter wel iets kunnen zeggen," zei ik.

Tante Amber schudde haar hoofd terwijl ze een traan van haar wang veegde. "Oh, Pearl zou furieus geweest zijn als ik haar verrassing had verpest. Daarom had ze Brayden ook uitgenodigd voor het etentje. Hij had wat financiële voordelen beloofd als de hoofdvestiging van *Pearl's Charm School* in Westwick Corners zou blijven."

"Wacht even, wat zeg je? Zelfs Brayden wist eerder van de zakelijke plannen van tante Pearl voordat wij het wisten?" Ik was zo boos dat ik hem eventjes in de sneeuwbol wilde laten zitten.

Tante Amber knikte instemmend. "Brayden en Pearl waren van plan om begin januari samen een artikel naar de pers te sturen."

In Westwick Corners was ik was de enige 'pers' en het openen van een magie-school op een of ander ver eiland was niet bepaald lokaal nieuws. Wat me nog het meeste kwaad maakte, was dat iedereen het al leek te weten, behalve ik. Als tante Amber het wist, dan wist Mam er ook al van. Brayden wist het, en Merlinda had het ongetwijfeld al tegen Dominic verteld. Het leek wel een samenzwering. Iedereen wist het, behalve Tyler en ik. En misschien Earl ook niet.

"Niet iedereen." Oma Vi zweefde vlak voor me en onderbrak mijn gepeins. Ik haatte het hoe ze altijd mijn gedachten kon lezen.

Ik wilde nog wat zeggen, maar hield mijn mond. Ik wilde tegenover Tyler, die Oma Vi niet kon zien of horen, niet nog meer als een idioot klinken.

Ik zei tegen tante Amber: "Waarom zijn financiële voordelen voor tante Pearl 'nieuws'?" Ik maakte aanhalingstekens in de lucht. "Voor het dorp is het juist slecht nieuws, want de belastingbetaler zal er weer voor opdraaien."

Ik begreep niet waarom dit een voordeel zou zijn voor ons dorp. Net als ik al had vermoed, had tante Pearl Brayden niet uitgenodigd voor het familiekerstdiner omdat ze zo aardig was. Ze had het alleen gedaan om financiële redenen.

Tante Amber haalde haar schouders op. "Dat moet je niet aan mij vragen. Je weet dat ik een hekel heb aan al die cijfertjes. Mijn hoofd tolt ervan. Ik heb alleen maar gedaan wat Pearl had gevraagd."

Tyler keek me aan. "Ik bedenk ineens iets: Merlinda is niet alleen met Pearl een belangrijke overeenkomst aangegaan, maar ook met Dominic."

"Natuurlijk, de geheime bruiloft!" zei ik. "Is het niet vreemd dat ze als pasgetrouwd stel helemaal niets hadden besproken over Merlinda's vlucht terug naar huis? Als Dominic ervan af had geweten, waarom was hij dan als verrassing naar Westwick Corners gekomen?"

"Precies," zei Tyler. "Zeker als je bedenkt dat ze het dorp al uit zou zijn geweest, als haar vlucht niet was geannuleerd vanwege de storm. Hij kan dat echt niet van tevoren al geweten hebben. Bovendien had hij ook ruim van tevoren zijn vlucht geboekt moeten hebben vanwege Kerst."

Ik knikte instemmend. "Alle vluchten van en naar het vliegveld van Shady Creek waren vanmorgen vanwege de storm geannuleerd, net als die van Merlinda. Er komt in Shady Creek maar één vlucht per dag aan. Die van vandaag kwam niet, dus Dominic moet al eerder hier zijn aangekomen."

Tante Amber schudde haar hoofd. "Westwick Corners is heel klein. Iemand van buiten het dorp, zoals Dominic, zou zeker opvallen. Iedereen kent elkaar hier. En ze roddelen ook allemaal."

"Misschien logeerde hij in Shady Creek?" opperde ik. De opvallende gehuurde Cadillac viel enorm uit de toon tussen de pick-up-trucks en bestelbusjes die hier in de omgeving rondreden. Zijn tatoeages zouden ook zeker in het oog springen.

Ik draaide me om naar Tyler, maar hij was alweer aan het bellen. Hij zei iets wat ik niet helemaal kon verstaan en hing toen op. Nadat hij zijn telefoon weer had opgeborgen zei hij tegen ons: "Het lijkt erop dat Dominic al een week logeerde in een motel in Shady Creek."

"Dus hij was hier al in de buurt en heeft niks tegen Merlinda gezegd?" tante Ambers ogen werden groot. "Dat lijkt me geen normaal gedrag voor pasgetrouwden. Waarom zou hij zo lang hebben gewacht voordat hij haar kwam opzoeken?"

"Tegen mij had hij gezegd dat tante Pearl hem had uitgenodigd om Merlinda te verrassen. Het lijkt mij erg vreemd dat hij wel gesproken heeft met tante Pearl en niet met Merlinda." Ik dacht terug aan het moment dat Dominic hier was verschenen. Hoe had tante Pearl kunnen weten dat Merlinda haar vlucht naar huis zou missen?

Tenzij zij zelf een of ander plan had gesmeed. Ik vond het al heel vreemd dat ze de nieuwe vestiging in Vanuatu zo wilde aankondigen, laat staan dat ze andere mensen zou uitnodigen om met ons Kerst te vieren. Ze was boosaardig, onvoorspelbaar en geniepig. Maar ergens was iets verkeerd gegaan, want volgens mij zou ze Merlinda nooit iets aandoen.

Ten minste, dat dacht ik. Maar iemand had Merlinda vermoord. Ik wist vrij zeker dat tante Pearl nooit iemand zou kunnen doden, maar ik denk dat ze wel zou proberen om iets te verbloemen. Bovendien gaf ze het niet graag toe als ze fout zat. Hoever zou ze gaan om de waarheid verborgen te houden?

Eerst hadden we al die mislukte thee, daarna die geheime afspraak met Brayden en nu weer dit stiekeme gedoe met Dominic. Het verklaart wel waarom deze twee mannen bij ons familie-etentje waren, maar het was niet helemaal hoe tante Pearl normaal gesproken in elkaar zat. Iedere keer kwam ik toch weer bij hetzelfde terug: Tante Pearl maakte geen fouten met toverspreuken of toverdrankjes. Maar het verdachtst was nog dat ze nooit en te nimmer iemand uitnodigde, om wat voor reden dan ooit. Never nooit niet.

Tante Pearl was absoluut ergens schuldig aan. Maar moord kon het toch niet zijn? Toch?

erwijl ik mijn hoofd brak over waar tante Pearl nou echt toe in staat was, schoof Oma Via druk heen en weer door de woonkamer. Ze zag er erg ongerust uit.

"Cendrine, hoe kun je zoiets zelfs maar denken? Pearl zou nooit iemand iets aandoen."

Ik weet niet meer wat ik moet denken, Oma. Niemand heeft precies gezien wat er met Merlinda is gebeurd, dus ik ga alle mogelijkheden af. Heb jij iets gezien?

Oma Vi schudde langzaam van nee. "Ik had het veel te druk met medelijden te hebben met mezelf, terwijl jullie lekker zaten te eten."

Maar, wacht even, jij kunt iedereens gedachten lezen, toch? Degene die Merlinda vermoord heeft, moet erover nagedacht hebben.

"Zo werkt het niet, Cen. Als ik iemands gedachten lees, dan hoor ik alleen iets als ik er erg op gefocust ben. Met andere woorden: ik moet er wel mijn best voor doen. Met zoveel mensen in dezelfde kamer en iedereen die praat en denkt, is het praktisch onmogelijk om de gedachten van één persoon er duidelijk uit te filteren. Als ik geweten had wat er zou gebeuren... Sorry, ik kan je niet helpen."

"Dus als de omstandigheden anders zouden zijn..." Het was misschien nog niet te laat. Misschien dacht de moordenaar nu ook nog aan de moord. We hoefden er alleen maar voor te zorgen dat de moordenaar in dezelfde kamer zou zijn als Oma Vi.

Tyler keek me bedenkelijk aan. "Cen, waar heb je het over?"

"Niks... eh, misschien is het een goed idee om iedereen apart te ondervragen." Ik aarzelde even, zodat ik het woord 'verdachten' niet hoefde te noemen, maar eigenlijk waren we dat natuurlijk. Tyler zelf ook. Net als ik.

Iemand moest dit echt tot op de bodem uitzoeken. Of ik nu gelijk had of niet, ik wist dat ik mijn familieleden niet kon uitsluiten als moordenaars. Maar de mogelijkheid bestond ook dat een van hen misschien een tragisch ongeluk had veroorzaakt.

Hoe tante Pearl hier ook bij betrokken was; hoe eerder we dat oplosten, des te beter. Als ze haar kruidenthee per ongeluk had verpest, dan zou ze dat moeten toegeven. Als het iets veel ernstigers was, dan wilde ik daar nu niet over nadenken. Bij de gedachte alleen al draaide mijn maag zich om.

Tante Amber keek bezorgd. "Cen, je gelooft toch niet serieus dat Pearl Merlinda heeft vermoord, of wel? Ik bedoel, ja, ze heeft zich vergist met haar thee, maar dat was een ongelukje."

Tante Pearl opende haar ogen bij het noemen van haar thee. "Ik heb je al gezegd, Amber, er was helemaal niks mis met mijn thee. We komen er nooit achter wie de moordenaar is als je zo blijft doorzaniken." Ze geeuwde en ging weer lekker liggen op de bank.

Ik verdrong de gedachte aan een moordenaar en zei tegen tante Pearl: "Vertel eens wat meer over je geheime zakelijke plannetjes?"

Op hekserij na, was het grootste doel in het leven van tante Pearl om zo veel mogelijk zakenmensen het dorp uit te jagen. Dat ze nu een zakelijke deal wilde sluiten was op zich al alarmerend.

De ogen van tante Pearl werden groot en ze zette een onschuldig gezicht op. "Wat voor zakelijke plannetjes? Ik heb geen idee waar je het over hebt."

"De nieuwe vestiging van *Pearl's Charm School*," zei ik.

Tante Pearl keek me vragend aan. "Welke vestiging?"

"Merlinda, die je zakenpartner zou worden in Vanuatu." Zelfs tante Pearl wilde geld verdienen aan Merlinda. "Wat levert het jou op?"

"Oh, bedoel je dat." Tante Pearls magere schouders tekenden zich af in haar groenfluwelen broekpak toen ze met haar vinger naar tante Amber wees. "Ik wist wel dat jij je mond weer voorbij zou praten. Luister, alles wat ik heb gedaan was Merlinda gratis onderdak geven, uit de goedheid van mijn hart. In ruil daarvoor zou ze mij een deel geven van haar bedrijf in Vanuatu. Ik heb dat geweigerd, maar ze bleef aandringen."

"Dus je hebt mij uit mijn eigen huis gezet, alleen maar om gratis en voor niks een kamer aan een vreemdeling te geven?" De geest van Oma Vi kleurde naar diepdonkerrood. Ze was woedend. "Je zei dat we geld konden verdienen door de kamer te verhuren. Je hebt mij verraden!"

Oma Vi woonde nu samen met mij in een apart bijgebouw op ons terrein. Ons ruime boomhuis was modern, comfortabel en had voldoende privacy: een perfect onderkomen voor een geest. Toen we ons familiehuis verbouwden tot een boutique hotel, was Oma Vi bij mij ingetrokken, dat was lang voordat Merlinda de oude kamer van Oma Vi had gekregen. De verhuizing van Oma Vi was nodig geweest, want we konden niet riskeren dat ze zou gaan spoken bij onze gasten. Het zat haar kennelijk nog steeds dwars.

"Niemand heeft je eruit gezet," zei tante Pearl. "Zo is het helemaal niet gegaan."

"Nou, hoe is het dan wel precies gegaan?" eiste Oma Vi. "Hoe het ook zat, dit hadden we niet afgesproken. Ik wil mijn geld terug. En mijn oude kamer."

Iedereen negeerde haar.

"Waarom wilde Merlinda in Vanuatu gaan werken? Ik dacht dat ze juist weg had willen vluchten." Ik werd er gek van dat er iedere keer iets nieuws op de proppen kwam. En ik was gekwetst omdat Oma Vi het blijkbaar niet leuk vond om met mij samen te wonen.

Tante Amber onderbrak me. "Het klopt dat Merlinda eigenlijk voorgoed weg wilde uit Vanuatu, maar Pearl heeft haar omgepraat. Pearl wilde dat Merlinda haar talenten zou benutten en er geld mee zou verdienen."

Tante Pearl gooide haar handen de lucht in. "En daar gaan we weer. Ik had het net zo goed van de daken kunnen schreeuwen, Amber, jij kunt echt niks geheim houden."

"Dus dit verhaal klopt?" Ik wist het antwoord al.

Tante Amber knikte. "Ze hadden samen het plan om een vestiging van *Pearl's Charm School* te openen in Vanuatu."

Het sloeg nergens op. De enige vestiging van *Pearl's Charm School* was al nauwelijks winstgevend met maar één student. Om hetzelfde te doen op een of ander afgelegen eiland zou een financieel drama worden. Aan de andere kant was Merlinda een bovennatuurlijk harde werker, wat blijkt uit de magie-verhalen over de cargo cult. Misschien had tante Pearl ook wel misbruik van haar willen maken.

"Hou je mond eens, Amber," riep tante Pearl. "Ik kan het best zelf vertellen."

"Nou, ga je gerust je gang, hoor," zei tante Amber liefjes. Ze vond het kennelijk leuk om haar zus op stang te jagen.

Tante Pearl was inmiddels weer klaarwakker. "Leuk geprobeerd, maar ik laat me niet in de val lokken door al mijn zakelijke geheimen op tafel te gooien. Dan raak ik de voorsprong op mijn concurrenten nog kwijt ook."

Tante Amber haalde haar schouders op. "Dan doe ik het wel. De bedoeling was dat Pearl na de Kerst ook naar Vanuatu zou gaan om Merlinda te helpen om de vestiging op te zetten, in ruil voor een percentage van het collegegeld. Merlinda was haar protegé."

"Praat niet over me alsof ik er niet zelf bij ben," protesteerde tante Pearl. "De helft van wat je zegt is niet eens waar."

"Welke helft precies?" vroeg Tyler.

"Wat maakt het uit?" mokte tante Pearl.

Tante Amber keek teleurgesteld. "Wees eens serieus, Pearl. Ik heb gewacht tot je zelf iets zou zeggen en een verklaring zou geven, maar je hebt steeds je mond gehouden."

"Ik ga het niet doen ook. Ik wil een advocaat." Tante Pearl schoof rusteloos heen en weer op de bank. De betovering was helemaal verdwenen.

Ik fronste. "Als Merlinda juist zo bang was dat haar vader zou profiteren van haar bovennatuurlijke talenten, zou de nieuwe school hem dan niet nog bozer maken?"

"Dat is juist waarom Pearl er ook moest zijn," verklaarde tante Amber. "Twee heksen kunnen meer dan één en haar vader zou niet tegen hen op kunnen. In het begin zouden ze *Pearl's Charm School* samen runnen en na verloop van tijd zou Merlinda het alleen doen. De eilandbewoners zouden dan zien dat Merlinda degene was die de magie van de cargocult uitvoert, en niet haar vader of iemand anders. Hiermee zou ze aan zijn greep ontkomen. Pearl zou haar back-up zijn als haar vader het haar lastig zou maken."

Tante Pearl kon erg overtuigend zijn. Misschien dat Merlinda zich onder druk gezet voelde om mee te gaan in het plan. "Ik snap het niet. Merlinda wilde toch juist van die hele vertoning met de John Frum cargocult af? Dit houdt het alleen maar in stand."

Tante Amber vertelde verder. "Pearl had Merlinda ervan overtuigd dat ze haar talenten moest laten zien en zelfs ook de lokale bevolking moest aanmoedigen om hun bovennatuurlijke talenten te ontwikkelen. Pearl kan bijna iedereen leren om heks te worden. Als ze zich maar aanmelden."

Tante Pearl glom bij het horen van het compliment. "Ik zei het toch, Cen."

Ik rolde met mijn ogen bij deze steek onder water. Ik was het helemaal zat om steeds een slechte heks genoemd te worden.

Tante Amber gaf me een schouderklopje. "Trek het je niet persoonlijk aan, Cen. Pearl zag de potentie in Merlinda en ook hoe ze hier geld aan konden verdienen. Ze had bedacht dat als alle mensen die in de cargocult geloofden zich zouden aanmelden, zij niet langer uitgebuit zouden worden. Met een paar eenvoudige toverspreuken dacht ze hen te kunnen verleiden om zich bij de school aan te melden."

"Je bedoelt, beheksen om zich aan te melden. Dat is bedrog." Het kwam op mij over dat het een hoop gedoe was dat weinig zou opleveren. Om het nog niet eens te hebben over dat het tegen de WICCA-regels was. Maar ja, tante Pearl was nu eenmaal een opportunist.

"Maar als die andere eilandbewoners geen heksen zijn, hoe zouden ze dan kunnen toveren?" vroeg Oma Vi. "Dat kan toch helemaal niet?"

Tante Pearl grinnikte. "Het kan allemaal dankzij ons geheime plan. Alles is mogelijk, als je maar in jezelf gelooft."

Hier klopte helemaal niks van en dat zei ik ook. "Ik snap het al. Je gebruikt die arme zielen gewoon en belooft hun iets wat onmogelijk is. En jij denkt dat omdat zij geloven in die cargocult en John Frum, dat je het collegegeld van hen kunt afpakken en hun kunt laten geloven dat ze zelf heksen kunnen worden."

"Tjonge, Cen, als je het zo zegt klinkt het best wel gemeen."

"Dat is het ook. Jij doet ook alles voor een paar centen."

"Wel veel," lachte tante Pearl. "Of voor een vatu. Dat is de munteenheid van Vanuatu."

HOOFDSTUK 27

Ondertussen was het pijnlijk duidelijk geworden dat niemand me ging helpen om Brayden en Gail terug te halen. Het was wel een kleine troost dat tante Amber en Oma Vi niet veel beter waren in toveren dan ik. Nu kon verder niemand me instructies geven. Nou ja, bijna niemand.

Mam was hier wel veel beter in dan ik, maar ze beperkte zichzelf tot slechts een stuk of tien spreuken. Waarschijnlijk had ik mijn gebrek aan toewijding van haar. De enige die me nu echt had kunnen helpen was tante Pearl, maar ze had me duidelijk gemaakt dat ik het zelf moest oplossen. Of Brayden en Gail nog een toekomst hadden, lag geheel in mijn handen.

Mijn boek met toverspreuken lag nog in mijn boomhuis en het zou veel te lang duren als ik door de sneeuw moest ploegen om het te halen. Er zou ondertussen te veel mis kunnen gaan terwijl Brayden en Gail vast zaten en dat kon ik niet riskeren.

Plotseling herinnerde ik me dat Mams toverboek hier in huis lag. Ik rende naar de keuken en rommelde door de troep in de onderste lade van het bureau waar Mam haar WICCA-toverspreukenboek bewaarde. Daar was het, stoffig, omdat Mam er tegenwoordig nauwelijks nog in keek. Ze was vooral bezig met haar kruidenrecepten en die kende ze uit haar hoofd.

De leren kaft voelde geruststellend aan tegen mijn hand toen ik het boek opende. Ik bladerde door de dunne perkamenten bladzijdes en vond al snel de transportspreuk en de bijbehorende terugdraaispreuk. Toen ik de eerste regel las, wist ik de woorden weer.

Maar toen ik verder las, viel ik bijna om van schrik. De woorden die werden gebruikt in de wat oudere uitgave van Mams boek, waren anders dan wat ik had gelezen in mijn eigen spreukenboek. Niet heel veel, maar genoeg om me er druk over te maken. Waren de woorden anders omdat het een modernere uitgave was, of klopten de woorden in de oude uitgave niet meer?

Ik nam mijn toverspreuken altijd heel letterlijk en had altijd moeite om ze uit te voeren. Wat als de verschillen in de oudere uitgave nu betekenden dat de oude spreuk niet meer werkte? Of erger nog: dat hij gevaarlijk was geworden? Het kleinste foutje kon grote gevolgen hebben voor Brayden en Gail.

Uiteindelijk moest ik de gok nemen, want ik had geen andere keus. Met het boek opengeklapt rende ik naar de veranda buiten. Ik moest me nu heel goed concentreren en kon geen afleiding gebruiken van mijn tantes of iemand anders. Ik kon het ook niet riskeren dat ze zich ermee zouden bemoeien. Daarom moest ik nu heel snel zijn, voordat iemand naar buiten kwam om te kijken wat ik aan het doen was en ik moest alleen zijn om me te kunnen focussen.

Ik herlas de bladzijde en keek naar Brayden en Gail in de sneeuwbol in de tuin. Ze bonsden niet langer op het glas. In plaats daarvan bewogen ze nauwelijks nog en lagen ze dicht tegen elkaar aan om warm te blijven.

Ik mocht dit niet verprutsen.

Een paar keer herlas ik de woorden, totdat ze in mijn geheugen gegrift zaten. Vervolgens stuurde ik al mijn krachten naar de glazen bol in de tuin en sprak de volgende woorden:

Kom terug, kom terug,

Kom terug naar mij,
Van waar je ook komt,
En je bent weer vrij,

TAP, *tap, tap*
Op het glas
Neem een grote stap
En je bent weer terug.

De spreuk was kort maar krachtig en veel simpeler dan ik had gedacht. Hij was tegenovergesteld aan de originele transportspreuk. Het enige wat ik hoefde te doen, was duidelijk spreken en Brayden en Gail visualiseren.

Maar er gebeurde niets.

Ik herhaalde de spreuk nog een keer of zes.

Niets.

Was het nu anders omdat ze in een glazen bol zaten? Waren er verschillende soorten bollen? Ik had geen flauw idee. Ik dacht terug aan eerder vandaag, toen ik zelf vastzat in de sneeuwbol. Ik kon me niet meer precies herinneren hoe ik was ontsnapt, maar toch was ik er op de een of andere manier uit gekomen. Dat moest bij Brayden en Gail toch ook lukken. Het moest gewoon!

Volgens tante Amber was tante Pearl de laatste zin vergeten van de spreuk die ze voor mij had gebruikt. Ik keek in het boek en herlas de laatste regel. Die was precies hetzelfde zoals ik me kon herinneren van mijn eigen spreukenboek. Het leek niet uit te maken dat tante Amber tussenbeide was gekomen en de laatste zin van tante Pearls spreuk had uitgesproken. Het leek erop dat iedereen de spreuk kon uitspreken, of het nu de ene heks was of de andere. Er moest een andere reden zijn waarom mijn spreuk niet werkte en waarom ik hen niet terug kon toveren.

Het laatste wat ik me nog kon herinneren van mijn eigen sneeuwbolgevangenis was een gerommel, een geluid alsof de rendieren op de grond trappelden. Daarna brak het glas en was ik eindelijk weer vrij.

Brute kracht zou de spreuk ook teniet kunnen doen. Als het niet met toverkracht lukte, dan moest ik iets vergelijkbaars verzinnen. Ik had genoeg kracht nodig om het glas te breken, zonder daarbij Brayden en Gail te verwonden. En als het me lukte om die kracht van binnenuit te laten komen, dan kon ik ze bevrijden.

Ik leunde tegen het huis, terwijl ik met halfbevroren vingers door Mams spreukenboek bladerde. Er waren een paar spreuken die ook zouden kunnen werken: een aardbevingsspreuk, of eentje voor een apocalyps... Dat kon ook, maar was misschien wat drastisch. Bij zo'n totale ondergang zouden we er allemaal aan gaan. Bovendien zou de kans groot zijn dat het nog slechter zou aflopen, zeker als ik het moest doen.

Het bracht me weer terug bij de terugdraaispreuk. Ik sprak hem opnieuw uit, zorgvuldig sprekend, langzaam en duidelijk.

Niets.

Zoals Einstein al had gezegd: waanzin is steeds hetzelfde opnieuw doen en dan toch een verschillende uitkomst verwachten.

Maar ik deed het vooral uit wanhoop, omdat ik geen idee meer had wat ik nog kon doen.

Ik had me net weer omgedraaid om het huis in te gaan toen de enorme kracht van de ontploffing me omver blies. Ik gleed uit over de rand van de met ijs bedekte veranda en viel achterover. Toen werd alles zwart.

HOOFDSTUK 28

Ik opende mijn ogen en staarde in het bezorgde gezicht van Tyler. Hij kneep in mijn hand. "Cen, wat is er gebeurd? Brayden vond je liggend op de veranda. Je was helemaal knock-out."

Brayden? Maar als hij niet meer in de bol zat, dan had mijn spreuk gewerkt! Misschien was de magnetische kracht van Merlinda's bol uitgewerkt. Of misschien had ik eindelijk mijn heksentalent gevonden. Hoe dan ook, ik voelde me zowel opgelucht als trots.

"Ik kan me niet herinneren..." Ik zat tegen een paar kussens geleund op de bank in de woonkamer en wist niet hoe ik daar was gekomen. Het laatste wat ik wist, was dat ik buiten op de veranda de spreuk steeds stond te herhalen. Van wat er daarna gebeurd is, weet ik niets meer. Ik ging rechtop zitten en keek de kamer rond.

Mam, tante Pearl en tante Amber stonden in de deuropening naar de hal.

Brayden zat in de met kussens gevulde stoel bij de haard. Hij glimlachte en zag er opgelucht uit. "Hoe is het, Cen? Je hebt me aardig laten schrikken."

Het leek alsof Brayden helemaal niets meer wist van de sneeuwbol.

Tante Pearl lachte. "Cendrine West! Je hebt een aardige show weggegeven! Zie je nu wat je kunt doen als je een beetje je best doet?"

Ik knikte. Ik masseerde mijn slapen en dacht terug aan de toverspreuk. Het enige wat ik nog wist, was dat ik de laatste regel van de spreuk uit Mams boek uitsprak. Mams boek! Ik keek om me heen, maar zag het nergens liggen. Waarschijnlijk lag het nog buiten op de veranda, ongetwijfeld ondertussen doorweekt en beschadigd. Ik schoot overeind. "Ik moet het boek halen."

"Rustig maar, Cen." Mam tikte op haar spreukenboek. "Ik heb het hier, maak je maar geen zorgen."

"Waar zijn de anderen?" Ik bedoelde eigenlijk Gail, maar wilde niet specifiek naar haar vragen.

"Als je mijn persoontje zoekt, ik ben gewoon hier, hoor" riep Oma Vi ergens boven mijn hoofd. "Poeh, dat was heel nipt! Je had mij ook bijna te pakken. Heb je me gemist?"

Ik keek een beetje omhoog, voor haar net genoeg om het te zien.

Ze zakte naar beneden en zweefde boven de leuning van de bank. "Heb ik je al verteld dat je mijn favoriete kleindochter bent?"

Ik ben je enige kleindochter!

Tyler lachte. "Weet je echt niets meer, Cen? Je hebt Brayden en Gail buiten gevonden, bijna doodgevroren. Nog een paar minuten langer en ze hadden blijvende verwondingen overgehouden door bevriezing."

Oma Vi slaakte een overdreven kreet. "Oooh! Je bent echt een heldin, Cendrine!"

Bij het horen van haar naam dook Gail plotseling op. Ze had haar natte kleren uitgetrokken en een douche genomen. Om haar hoofd zat een handdoek gewikkeld en ze droeg Mams badjas. "Heeft iemand kleren voor mij?"

Iedereen keek naar mij.

Ik schudde mijn hoofd. "Sorry, maar al mijn spullen liggen in het boomhuis. Ik vrees dat je gewoon moet wachten tot je eigen kleren weer droog zijn." Ik vond het stiekem wel leuk dat haar met pailletten bezaaide minirok en leren jack niet in de droger konden.

In Mams badjas kon ze er in elk geval niet zomaar vandoor gaan, wat goed uitkwam, want ik had nog een heleboel vragen.

Tante Amber had er ook een.

"Weten jullie of je ook echt uit elkaar kunt ploffen van woede?" vroeg tante Amber.

Ik wist niet zeker of ze dit zei omdat ik Merlinda's bol had opgeblazen of iets dergelijks, maar we moesten ons niet laten afleiden. "Heeft dat nog ergens mee te maken, tante Amber?"

Ze haalde haar schouders op. "Oh, eigenlijk niet. Of misschien wel. Ik heb het gevoel dat alles ieder moment kan ontploffen."

Ik had geen idee waar tante Amber op doelde, maar ik wist wel iets anders. Ik had Brayden en Gail bevrijd uit hun gevangenis en wilde daar nu iets voor terug. Oké, ik had er ook wel voor gezorgd dat ze in de glazen bol verzeild waren geraakt, maar het had veel slechter kunnen aflopen als ik hen niet had bevrijd.

Gail had haar haar drooggewreven en keek op. "Niets is wat het lijkt, inderdaad. Kijk maar naar Merlinda. Waarom was iedereen zo idolaat van haar? Ze was heus geen lieverdje."

De keukendeur viel hard dicht en er klonken zware voetstappen. Dominic verscheen in de deuropening van de eetkamer. Hij was nat en zag er verfomfaaid uit, alsof hij van buiten kwam. "Hé, pas op met wat je zegt over Merlinda. Toon wat respect, zij is hier het slachtoffer, hè."

"Echt niet," schamperde Gail. "Ze was een verwend nest dat jankte als ze haar zin niet kreeg."

Ik bekeek hem van top tot teen en vroeg me af of tante Pearl iets te maken had met zijn rommelige uiterlijk. "Wat is er met jou gebeurd?"

Dominic negeerde me. Kwaad riep hij naar Gail: "Wat weet jij ervan? Je hebt Merlinda niet eens een kans gegeven."

Ik wisselde een blik met Tyler. Waar hadden ze het in vredesnaam over? Die boosheid tussen Gail en Dominic kwam op mij erg vreemd over, aangezien ze elkaar vanavond pas hadden ontmoet.

Gail opende haar mond om iets te zeggen, maar deed hem wijselijk weer dicht.

"En daar is de ontploffing." Tante Amber glimlachte. "Alsjeblieft."

HOOFDSTUK 29

"Jullie kenden elkaar al, of niet soms?" Ik keek eerst naar Gail en toen naar Dominic.

Gail keek me niet aan en begon weer verwoed met de handdoek haar haren te drogen.

Haar woedende blik wees erop dat ik een gevoelige snaar had geraakt. Dominic en Gail bleken elkaar gewoon te kennen. Weer een geheim boven tafel.

"Ja, het klopt," zei Dominic zachtjes. "Maar ik had liever gewild van niet."

Braydens ogen werden groot. "Hoe kan dat dan? Dominic komt net uit Vanuatu en jij woont in Shady Creek?"

Gail haalde met een uitgestreken gezicht haar schouders op.

Brayden keek Gail strak aan. "Je hebt tegen me gelogen."

Gail snoof. "Helemaal niet. Ik heb alleen niks gezegd omdat ik wist dat je kwaad zou worden."

"Waarom zou ik kwaad worden?" zei Brayden terwijl hij in verwarring van Gail naar Dominic keek. Langzaam begon het hem te dagen dat ze misschien meer waren geweest dan alleen kennissen.

Gail greep Braydens hand en trok hem naar zich toe. "Ik kan het uitleggen, Bray. Dominic en ik hadden iets samen, maar het was heel,

heel lang geleden, nog voordat hij naar Vanuatu verhuisde. Maar nu ben ik met jou en dat is het enige wat telt."

Braydens mond viel open. "Maar waarom heb je het dan voor mij verzwegen? Wat is hier aan de hand, Gail?"

"Ik heb niets verzwegen. Je hebt er nooit naar gevraagd," antwoordde Gail liefjes.

Brayden zag er verbijsterd uit. "M-maar waarom zou ik ernaar vragen? Jullie deden allebei alsof je elkaar nu pas voor het eerst ontmoetten!"

Gail wuifde Brayden weg. "Je hoeft toch niet alle kleine details van mijn leven te kennen, Brayden. En omdat ik niks te verbergen heb: Dominic zijn een paar maanden met elkaar omgegaan. Ik heb expres niks gezegd, omdat ik weet dat je jaloers zou zijn. Precies zoals nu."

Brayden had veel slechte eigenschappen, maar hij was zeker niet jaloers. Dat wist ik maar al te goed, aangezien ik zelf ooit zijn vriendin was en het hem toen ook niet erg kon schelen. Hij was te veel met zichzelf bezig om op anderen te letten. Dat deed hij dus niet. Toch had ik wel een beetje medelijden met hem. Hij verdiende het niet om zo te worden gekleineerd door Gail.

"Eh, ja, dat klopt." Dominic zag er zichtbaar opgelucht uit. Hij zei tegen Brayden: "Het is al zo lang geleden! Heb je daar problemen mee?"

Er schoof een flits van twijfel over zijn gezicht en Brayden moest even slikken. "Eh, nee, denk ik. Nu alleen vrienden, toch?"

"Yep," zei Dominic. "Niks aan de hand."

Ik dacht even terug aan het diner en aan hoe woedend Gail naar Merlinda had gekeken. Mensen zijn wel vaker jaloers, maar hier was toch meer aan de hand. Iets wat erger was dan jaloezie. Iets heel onheilspellends. Zelfs in Mams badjas zag ze er afschrikwekkend uit. Een stemmetje zei me om haar nooit de rug toe te keren.

"Als ik met een andere man wil praten, dan doe ik dat, Brayden," zei Gail. "Ik ben je eigendom niet, dus hou op met dat bezitterige gedoe." Ze had het tegen Brayden, maar keek boos naar Dominic.

"Maar, ik... ik had gewoon verwacht dat je wel iets had gezegd."

Brayden zag er gekwetst uit. Hij was door Gails onthulling compleet van zijn stuk gebracht. "Ik bedoel, we vieren toch Kerst met z'n allen."

"Dus jullie hadden wat samen? Wanneer was dat?" vroeg ik Gail.

"Het gaat jou echt niks aan, Cendrine," snauwde Gail.

Brayden kruiste zijn armen. "Maar mij wel. Als er niks is tussen jou en Dominic, hoef je er ook niet geheimzinnig over te doen. Dus, hoe zit het, Gail?"

Gail vloekte binnensmonds, maar gaf verder geen uitleg.

Ik ging verder tegen Gail: "Volgens mij is jouw relatie met Dominic veel minder lang geleden dan je ons wil laten geloven. En dat jullie elkaar hier tegenkomen, is vast geen toeval. Dat je nu met Brayden omgaat, was vast een list om met Kerstavond hier te kunnen zijn."

"Ik zei tegen Brayden dat hij een date mocht meenemen. Ik had alleen niet verwacht dat dat een stalker zou zijn," zei tante Pearl.

Ik staarde tante Pearl aan.

"Klopt het wat Cen zegt?" vroeg Brayden aan Gail.

Gail gaf geen antwoord.

Dominic schraapte zijn keel en staarde ongemakkelijk naar de vloer.

Hun zwijgen zei al genoeg.

Alle puzzelstukjes vielen op hun plaats en het werd me helemaal duidelijk. "Geef het maar toe, Gail. Je was jaloers op Merlinda. Niet omdat Brayden zijn ogen niet in zijn zak kon houden, maar het was Dominics relatie met Merlinda waar je zo de pest over in had."

"Waarom zou ik jaloers zijn op haar? Het kan mij niet schelen met wie Dominic om gaat." Haar onverschillige woorden kwamen niet overeen met haar boze gezicht. Ze spuugde de woorden bijna uit.

"Oh, maar het kan je wèl schelen," zei ik. "Je hebt Brayden net zo lang gemanipuleerd totdat hij met je uit wilde. Geef maar toe, Gail. Jullie stormachtige romance was alleen maar een truc om in de buurt van Dominic en Merlinda te komen."

"Waarom zou ik dat willen? Ik heb al een vriend." Gail keek naar Brayden voor bevestiging.

"Of dat nog steeds zo is, weet ik even niet," antwoordde Brayden.

"Ik voel gewoon dat je me nog niet alles hebt verteld. En ik hou er niet van om te worden gebruikt."

De brutale Gail paste totaal niet bij de behouden en carrièrebeluste Brayden. Ook al had Brayden Gail meegenomen naar ons etentje om mij jaloers te maken, hij was er de persoon niet naar om anderen te gebruiken. In plaats daarvan was hij juist het slachtoffer geworden van Gails leugens en manipulatie.

Brayden en Gail waren niet het enige stel dat totaal niet bij elkaar paste. Bij Dominic en Merlinda leek het net zo, ook al kende ik Merlinda eigenlijk niet zo goed. Maar Gail en Dominic samen, dat leek veel logischer. Sterker nog, ze verdienden elkaar gewoon. De puzzelstukjes pasten perfect.

"Ik kan alles uitleggen, Bray," zei Gail terwijl ze Braydens hand pakte. "Kom, we gaan even praten op een rustig plekje."

Brayden rukte zijn hand los. "Nee. Ik weet wel genoeg."

Dominic zei tegen Gail: "Oké, als Brayden het toch heeft uitgemaakt, zal ik dan meegaan? We hebben een hoop bij te praten."

Niet te geloven. Merlinda was nog maar net overleden en Dominic wilde het weer aanleggen met Gail.

Gail keek woedend naar Dominic. "Hufter, ik heb jou niets te zeggen. Ik dacht dat ik je goed kende, maar wat heb ik me vergist!"

Dominic deed afwerend zijn hand omhoog. "Gail, ik kan je uitleggen..."

Ze deden niet langer alsof ze elkaar niet kenden.

Gail hield haar handen over haar oren. "Vertel het maar tegen iemand die het wel wil horen."

"Maar je moet echt even naar me luisteren," Dominic slikte hoorbaar. "Ik had gewoon niet verwacht dat..."

"Je hebt me bedrogen, Dom. Ik dacht dat we samen een toekomst hadden!" Haar stem brak en haar onderlip trilde. Bijna barstte ze in tranen uit en van haar stoere houding was niets meer over.

Brayden schudde zijn hoofd. "Ik kan het gewoon niet geloven. Wat een sukkel ben ik, zeg."

"Ja, omdat je dat mens hier mee naartoe hebt genomen," aldus Oma Vi, die boven Braydens hoofd zweefde.

"Eens," zei tante Pearl.

Dominic zuchtte. "Ik kan het net zo goed vertellen ook, want het komt toch wel uit. Gail zal het wel niet willen toegeven, maar ook zij komt uit Vanuatu."

Gail maakte een afwerend gebaar. "Doe niet zo idioot. Ik heb geen idee wat hij bedoelt."

"Wacht even..." Brayden fronste zijn wenkbrauwen en zei tegen Gail: "Als jij uit Vanuatu komt, waarom heb je dan geen accent?"

"Omdat ze net als ik ook gewoon uit Amerika komt," verklaarde Dominic. "We hebben allebei in de duikshop gewerkt in het hotel van Merlinda's familie."

Achteraf gezien was het overduidelijk dat ze een stel waren. Ze waren ongeveer van dezelfde leeftijd. Allebei waren ze nogal verwaand en een beetje simpel. Het was me alleen niet eerder opgevallen dat ze een relatie hadden, omdat ze allebei met een andere partner waren gekomen, voor zover die nog meetelden.

"Ze heeft je in de maling genomen, Brayden," zei tante Pearl. "Je bent te dom om te snappen dat Gail je gewoon gebruikt heeft. Ze was helemaal niet in jou geïnteresseerd. Jij bent veel te saai."

"Tante Pearl!" riep ik. Haar eerlijkheid was al net zo erg als haar gebruikelijke leugens.

"Maar... ik..." Braydens gezicht werd vuurrood.

Ik had medelijden met mijn ex-verloofde. Brayden was niet dom. Hij was alleen te veel met zichzelf bezig om door te hebben wat Gail eigenlijk was: een koude, berekenende en manipulatieve bitch, die hem gebruikt had om te krijgen wat ze wilde hebben.

Brayden zag er verslagen uit. Voor het eerst in lange tijd had hij ons nodig en ik zou hem niet in de steek laten.

Eigenlijk wilde ik hem een knuffel geven.

In plaats daarvan ging ik over tot wat lekker ouderwetse toverkunsten.

Wraak is namelijk zoet.

 $\mathcal{M}$ ijn slaapspreuk werkte. Misschien zelfs wel een beetje té goed, aangezien ik eigenlijk alleen Gail en Dominic bewusteloos had willen maken en niet ook Brayden. Brayden was ook getroffen, omdat hij te dicht bij Gail had gestaan toen ik mijn spreuk uitvoerde.

Oeps. Het was me weer gelukt.

Mam hield zich vast aan tante Amber. "Poeh, dat was heel nipt, Cen! Bijna had je ons ook laten slapen. Geef de volgende keer eerst even een seintje."

"Sorry, Mam. Ik ging er even helemaal in op." Eigenlijk had ik niet eens verwacht dat de spreuk zou werken. Normaal gesproken lukte het niet, omdat ik altijd wel een paar belangrijke details vergat. Maar vandaag was het anders. Ik was lekker op dreef als heks.

"Goed gedaan, Cen!" tante Pearl klapte in haar handen. "Er is toch nog hoop voor je."

Ik straalde bij het horen van het dubbelzinnige compliment en bekeek onze bewusteloze gasten. Ik had Gail, Dominic en Brayden laten slapen om de spanning even weg te nemen van de hele situatie. Hun driehoeksrelatie dreigde het moordonderzoek te belemmeren, net nu we een beetje duidelijkheid begonnen te krijgen. Het laatste wat we nodig hadden was dat er nog iemand het leven liet.

Mijn toverkracht kwam bij lange na niet in de buurt van die van tante Pearl, maar het was genoeg om even een paar minuten te kunnen overleggen. Toveren was niet zo ingewikkeld als je het eenmaal door had. Ik nam me voor om me er toch wat meer mee bezig te houden en meer te oefenen. Oefening baart ten slotte kunst. Het zou mijn goede voornemen voor het nieuwe jaar worden.

Tyler fronste. "Ik hoop maar dat je een plan hebt, Cen."

"Natuurlijk," loog ik. Mijn last-minute toverspreuk had de leden van de driehoeksverhouding tijdelijk uitgeschakeld, zodat we even konden overleggen. En daarna had ik geen idee wat ik zou doen.

Earl kwam de kamer binnen en stopte abrupt bij het zien van onze tijdelijk bewusteloze gasten. Hij deed een stap achteruit, struikelde over het vloerkleed en viel achterover.

Tyler ving hem net op tijd op en hield hem vast.

"Tjee! Wat gebeurt hier in vredesnaam?" Earls stem schoot een paar octaven omhoog. "Hopelijk ben ik niet de volgende!"

Tyler schudde zijn hoofd. "Wees altijd op je hoede, Earl. Je zou de West-dames ondertussen wel moeten kennen."

Tante Pearl hief haar handen omhoog. "Luister niet naar hem, Earl. Je hoeft je geen zorgen te maken. Je weet toch dat ik je altijd zal besch..." Midden in de zin hield ze opeens op toen ze zag dat we haar allemaal aanstaarden.

Tante Amber maakte een zoenend geluid. "Aaahh, Pearl is zo gek op je, Earl. Wat is je geheim? Ik heb haar nog nooit zo tegen iemand zien doen."

"Houd je mond, Amber!" Tante Pearl bloosde.

Earl was ook in verlegenheid gebracht. De kleur van zijn gezicht paste goed bij zijn rode flanellen overhemd. Hij negeerde tante Ambers vraag en veranderde van onderwerp. Hij wees naar mijn drie tijdelijke slachtoffers die in een grote hoop op de vloer lagen. "Wat is er met hen aan de hand?"

"Eh... niks hoor." Ik probeerde snel iets te verzinnen om hun comateuze toestand te verklaren. "Ze doen een dutje terwijl wij de zaak proberen op te lossen."

"Je bedoelt wat er met Merlinda is gebeurd?" Earl zou toch genoeg tijd met tante Pearl moeten hebben doorgebracht om toch wel een beetje een idee te hebben van haar toverkrachten, en zo ook van die van mij. Over onze familie was nog heel veel uit te leggen.

Earl was makkelijk in de omgang, maar ook slim. Daarom was het een mysterie waarom hij zich tot tante Pearl aangetrokken voelde. Maar misschien was juist haar slimheid. Haar zonnige karakter kon het toch niet zijn.

"Klopt. Het duurt maar een paar minuten," knikte ik.

Tante Pearl glimlachte breeduit. "Wat Cen eigenlijk bedoelt, is dat we een spelletje doen wie het langst kan spelen alsof hij dood is. Dat heb je gemist, toen je even de kamer uit was."

Tante Amber hield haar adem in. "Niet echt een leuk spelletje nu, Pearl."

Tante Pearl rolde met haar ogen. "Je snapt wel wat ik bedoel."

Op deze manier schoten we niet op, want door de spelletjes van tante Pearl kwamen we niet aan de waarheid toe. En de waarheid was toch dat er nog steeds een moordenaar onder ons was.

Ook Earl geloofde tante Pearls nonsens over een spelletje niet. Hij haalde zijn schouders op en liep naar het raam. "Het klinkt nogal duf voor jouw doen, Pearl. Ik denk dat ik maar eens naar huis ga. De storm lijkt iets minder te zijn geworden en de afgelopen uren waren nogal heftig voor mijn hart. Ik wil geen hartaanval krijgen."

"Niemand mag hier weg," zei Tyler. "Vooral jij niet, Earl, ik heb misschien je hulp nodig."

"Nou, Earl..." tante Pearl bloosde en haar normaal zo norse stem klonk nu honingzoet: "Voor het eerst ben ik het met de sheriff eens. Thuis verveel je je toch maar. Je weet dat je het liefst lekker bezig bent. Blijf nu gewoon... Ik beloof je dat ik het je naar de zin zal maken."

"Ik weet het niet..." Earl staarde weemoedig uit het raam. "Ik ben best wel moe. Jullie zijn best wel vermoeiend soms."

Tante Pearl stampvoette, haar lieve gedrag van zonet ineens

verdwenen. "Je mag nu niet weggaan! Ik heb nog zo veel gepland, en we zijn nog niet eens echt aan het vieren van Kerst toegekomen."

"Daar ben ik juist zo bang voor." Earl wees naar de drie gevangenen. "Je kunt toch niet zomaar mensen bewusteloos maken wanneer je daar zin in hebt."

"Cen heeft dat gedaan, ik niet! En ze is vast heel lang bezig om het weer op te lossen. Zoals gewoonlijk zal ik dat wel weer moeten doen." Tante Pearl zwaaide met haar armen en mompelde iets.

Ik wilde protesteren, maar het was al te laat.

Dominic deed zijn ogen open. Vervolgens werd Brayden wakker, een paar tellen later gevolgd door Gail.

"Zie je wel, Earl? Niets aan de hand." Tante Pearl kneep even in Earls arm. "Blijf nou nog even en help mij de boel wat op gang te brengen. Je zult er geen spijt van krijgen."

Tante Pearl had in ieder geval nergens spijt van. En dat was precies wat mij zorgen baarde.

HOOFDSTUK 31

Onze drie slaperige gasten kwamen overeind. Ze waren moe, duf en verward. Bovendien zagen ze er een stuk slechter uit dan eerder vandaag.

Brayden strompelde naar de bank en stortte zich erop. Hij wreef even over zijn slapen. "Ik heb echt een barstende koppijn. Ik wou dat ik was thuisgebleven."

Opnieuw betoverde ik Brayden om hem meer ellende te besparen; zowel wat zijn hoofdpijn als wat Gail betrof. Binnen een paar tellen was hij in een diepe slaap.

"Nou, ik ga naar huis, terug naar Vanuatu." Dominic zei tegen Gail: "Wil je een lift terug naar Shady Creek? Het weer is niet meer zo slecht dus de wegen zullen nu wel weer begaanbaar zijn. Op het vliegveld wachten we dan wel tot ze open gaan en nemen dan de eerste vlucht terug."

Ik keek even naar buiten en zag dat Dominics Escalade ook weer op de oprit stond.

"Over mijn lijk, jochie," zei tante Pearl.

Gail snoof. "Dat kunnen we wel regelen, ouwe taart."

Tyler ging tussen Gail en tante Pearl in staan en hield Dominics autosleutels omhoog. "Niemand vertrekt hier totdat ik zeg dat het mag. En dat mag niet voordat we weten wat er met Merlinda is gebeurd. Dus begin maar vast met uitleggen."

"Zo is het." Earl stond achter Tyler. "Iedereen blijft zitten waar ie zit."

Gail rommelde in haar tas op zoek naar haar telefoon. "Wat mankeert jullie? Jullie kunnen ons hier niet vasthouden! Ik bel de politie."

"Dat hoeft niet hoor, Sheriff Gates is hier al," zei tante Amber liefjes.

"Ik bedoel de echte politie. Aan hem hebben we niks. De sheriff heeft niets gedaan om ons te beschermen," zei Gail. "Ik weet niet wat jullie rare types van plan zijn, maar ik blijf hier in elk geval niet, want ik wil niet dat mij hetzelfde overkomt als Merlinda."

Dominic wreef over zijn hoofd. "Ik ook niet."

Gail haalde diep adem en greep naar haar maag. "Wacht... volgens mij ben ik ook vergiftigd! Het moet die Kerstcake zijn geweest. Of de thee... Wat het ook was, ik voel me echt niet goed."

"Beschuldig je ons ervan..." Tante Pearl stopte midden in de zin. "Oh nee, echt niet. Je probeert Ruby en mij erin te luizen!"

Tante Amber pakte tante Pearl van achteren vast en deed een hand over haar mond.

Dominic leunde tegen de muur voor wat steun. "Ik voel me ook helemaal niet lekker."

Gail riep tegen hem: "We gaan allebei dood en dat is jouw schuld! Als je gewoon had gedaan wat je had moeten doen, dan zou ik hier niet eens zijn."

"Whatever. Ik ben uitgepraat met jou." Dominic zakte tegen de muur op zijn hurken.

"Hou op met tijd rekken," zei Tyler. "Het zal uiteindelijk alleen maar tegen jullie werken. Jullie houden nog steeds iets verborgen en ik wil weten wat dat is."

"Inderdaad, kom maar op," eiste tante Pearl. "Vertel ons maar wat jullie met Merlinda hebben gedaan."

Dominic hief verdedigend zijn handpalmen omhoog. "Ik heb Merlinda niets aangedaan; ik zweer het. En ik wil hier niet voor opdraaien. Ik had tegen Gail gezegd dat ik er niet mee door wilde gaan, maar ze wilde niet luisteren. Het is allemaal niet wat het lijkt en ik kan alles uitleggen."

"Houd je bek!" Gail greep Merlinda's tropische schudbol uit de kerstboom en smeet hem naar Dominic. "Jij zei dat het voor werk was. Dat aanpappen met Merlinda onderdeel was van het grote plan. Leugenaar!"

"Sorry, Gail, ik wilde niet dat..." Dominic dook omlaag toen de sneeuwbol door de lucht vloog.

Gelukkig had Gail niet zo goed gemikt. Ik sprong naar voren en strekte mijn arm uit om de glazen bol te vangen. Nu de maker ervan niet meer onder ons was, gloeide de bol nauwelijks nog. Toch voelde het niet goed om hem in scherven uiteen te laten spatten.

Mijn vingers raakten de bol maar net. Ik balanceerde onvast op een voet en had een hand onder de bol. Hij was te groot voor mijn handpalm en de bol rolde als een bowlingbal over mijn arm. Met veel kracht stootte hij tegen mijn borst en ik verloor mijn evenwicht.

Ik vermoedde dat Merlinda's bol toch nog meer kracht bezat dan ik al had gezien, maar ik wilde dat niet testen. Iedere heks tovert weer anders. Sommige verwerken zelfs boobytraps in hun betovering om sabotage door andere heksen tegen te gaan. Of Merlinda de bol op een andere manier had beveiligd dan door magnetisme wist ik niet. Maar ik zou hem zeker niet kapot laten vallen.

Ik slaakte een zucht van verlichting toen ik de bol goed vast had. Zodra ik mijn evenwicht weer terug had, drukte ik hem stevig tegen me aan.

Gail pakte een leeg wijnglas en gooide dat naar Dominic. Deze trof wel doel. "Jij, eikel! Jij zei dat Merlinda ons rijk zou maken! Maar jij werd weer te hebberig en je hebt me bedrogen. Je moest haar vermoorden, niet met haar trouwen!"

"Ze is toch dood, of niet soms? Dat wilde je toch?" Dominics stem brak bij het vechten tegen zijn emoties.

"Je werd verliefd op Merlinda." Tante Pearl keek begrijpend naar Dominic en haar stem trilde. "En toch heb je haar vermoord. Hoe kon je?!"

"I.. ik zweer dat ik haar niet gedood heb. Ik moest haar ontvoeren, maar niet vermoorden. Maar ook dat lukte me niet. Ik kon er niet mee doorgaan, omdat ik van haar hield. Ik kon het gewoon niet."

"Leugenaar!" siste Gail. "Jij weet niet wat liefde is. Je werd inhalig en besloot mij buiten te sluiten. Daarom stuurde je ook geen antwoord meer op mijn berichten. Jij ging weg terwijl ik vastzat bij de duikshop en alles moest regelen, wachtend op jou. Je hebt zelfs nooit even gebeld om te vragen hoe het met mij ging, maar nu weet ik waarom. In plaats van Merlinda te ontvoeren, zat je haar gewoon te versieren. Jij dacht dat je met haar kon trouwen om rijk te kunnen worden van haar erfenis. Nou, je hebt de kip met de gouden eieren geslacht. Ik hoop dat je in de gevangenis wegrot, jij valse bedrieger!"

HOOFDSTUK 32

$\mathcal{B}$rayden lag luid op de bank te snurken, zich totaal niet bewust van de ruzie tussen Gail en Dominic. De anderen stonden om Gail en Dominic heen. Die keken elkaar aan alsof ze elkaar elk moment naar de keel konden vliegen.

Dominic was of een gewetenloze misdadiger, of een rouwende echtgenoot die door zijn acties zijn eigen vrouw had verloren. Wat het ook was, ik had geen medelijden met hem. Hij was er gloeiend bij en leek erg zijn best te doen om de schuld op Gail af te schuiven.

Dominic zuchtte. "We wilden Merlinda ontvoeren en dan bij haar vader losgeld eisen. Zodra dat was gebeurd, zouden we een filmpje opsturen waarop Merlinda om hulp vraagt. We wisten dat haar vader het losgeld wel zou betalen, want hij had Merlinda en haar bovennatuurlijke krachten nodig in Vanuatu. Hij had haar nodig om meer vracht te toveren. Dat was ten slotte de basis van zijn hele John Frumbedrog."

"Helaas is ook dat je niet gelukt," zei Gail. "Toen je niet belde, moest ik wel hierheen komen om er zeker van te zijn dat je de klus afmaakte. In plaats daarvan ontdek ik dat je het met haar hebt aangelegd! We hadden alles samen gepland, Dom. Hoe kon je me dit aandoen?"

"Ik had toch al gezegd dat ik er niet mee door wilde gaan, maar je wilde niet luisteren." Dominic begon tegen Tyler te praten terwijl de tranen over zijn wangen stroomden. "Ik had het een tijdje geleden al uitgemaakt met Gail, dus het was niet zo dat ik haar bedroog."

Tante Pearl snoof. "Wat attent van je. Je krijgt wat je toekomt, jochie."

Ik ging naast tante Pearl staan zodat ik haar kon tegenhouden zodra ze iets tegen Dominic probeerde te doen. Ik hoopte dat het niet zo ver zou komen. "Tante Pearl…"

"Is dat een dreigement, Pearl?" vroeg Dominic. "Dat zou ik maar niet doen als ik jou was. Ik weet ook genoeg over jou."

"Je bluft, jochie," zei tante Pearl. "Je kan niets weten over mij. Ik heb niks verkeerds gedaan."

"Behalve dan misschien met de thee," kwam tante Amber tussenbeide. "Jij maakt ook weleens fouten, Pearl."

"Hou op, Amber," snauwde tante Pearl. "Je helpt niet echt."

Tante Amber schudde haar hoofd. "Het is niet verstandig om Pearl te chanteren, jongeman. Je hebt geen idee waar ze toe in staat is."

Ik tikte tante Pearl op haar arm. "Je hebt nu wel even genoeg gezegd. Laat Tyler dit maar oplossen." Dat het gesprek zo afdwaalde, zou ervoor kunnen zorgen dat we geen bekentenis kregen.

"Ik zeg wat ik wil, Cen. Dominic mag best weten wat ik te zeggen heb. En wat ik nog meer van plan ben."

"Nee, tante Pearl," protesteerde ik.

Dominic maakte een overgavegebaar. "Je hebt gelijk. Wat er ook met mij gebeurt, ik verdien het. Vanwege mijn leugens en alles. Maar niet vanwege Merlinda's dood. Ik zou haar nooit iets aan kunnen doen. Ik weet dat het er niet goed voor me uitziet, maar ik zweer dat ik met haar dood niets te maken heb. Het was gewoon een vreselijk ongeluk."

Gail staarde naar Dominic. "Je liegt. Ik had totaal geen idee van wat er speelde, totdat ik jullie vanavond samen zag. Je bent met haar getrouwd om mij buitenspel te zetten. Een huwelijk met haar was de perfecte manier om zowel van haar krachten gebruik te maken als om rijk te worden. Maar dat zal nu niet meer gebeuren, hè?"

"Dat slaat echt nergens op," zei Dominic. "Dood is Merlinda veel minder waard dan levend. Bovendien hield ik van haar en ik zou nooit misbruik van haar hebben gemaakt op die manier."

Ik was ervan overtuigd dat Gail dit plan niet zonder Dominic had bedacht. Of hij er nu uiteindelijk vandoor was gegaan of niet; hij was vanaf het begin bij dit complot betrokken geweest.

"Nou, ik wil er niet alleen voor opdraaien!" riep Gail. "Jij bent er net zo verantwoordelijk voor als ik."

Dominic wees met zijn wijsvinger naar Gail. "Aha! Dus je geeft toe dat jij haar vermoord hebt?"

Gails ogen vernauwden zich tot spleetjes. "Natuurlijk niet! Ik geef helemaal niks toe! Maar één ding weet ik wel, Dominic, en dat is dat jij een plan B hebt. Je hebt vast een torenhoge levensverzekering op dat arme meisje afgesloten."

"Ooh, dus nu is Merlinda ineens een arm meisje?" snoof tante Pearl. "Dat dacht je vast niet toen je haar vermoordde."

"Bemoei je er niet mee, Pearl." Tyler gaf aan dat tante Pearl op afstand moest blijven. "Vertel verder," zei hij tegen Dominic.

"Ik geef toe dat wij... ik bedoel: dat ik het plan had gemaakt om aan te pappen met Merlinda," aldus Dominic. "Het plan was om haar vertrouwen te winnen en haar dan te ontvoeren. Maar op Vanuatu was dat onmogelijk, want ik behoorde niet tot haar vriendengroep en ik kon met geen mogelijkheid dichter bij haar in de buurt komen om haar beter te leren kennen."

"Dus toen Merlinda Vanuatu verliet voor de eerste lesperiode op *Pearl's Charm School*, heb ik dezelfde vlucht genomen. Ik heb de vliegmaatschappij omgekocht voor een stoel naast haar in het vliegtuig en heb al mijn charmes op haar losgelaten, zodat ze een keer met me uit wilde. Ik had haar verteld dat ik een zakenman was en voor zaken naar de Verenigde Staten moest. Maar uiteindelijk moest ik wel terug naar Vanuatu vanwege mijn baan in de duikshop, terwijl zij hier in Westwick Corners studeerde. Zo zijn we begonnen met daten en sindsdien hadden we een lange afstandsrelatie."

Gail reageerde boos. "Je hebt alles zo lang weten te rekken dat ik al je smoesjes meer dan zat was. Bovendien wilde je Merlinda ook blijven zien als ze tijdens de vakanties naar huis kwam."

"Ik was niet tevreden met alleen maar een lange afstandsrelatie en zo dacht Merlinda er ook over. Daarom zijn we tijdens een van de vakanties in Vanuatu stiekem getrouwd."

Gail hield haar adem in. "Jullie zijn in Vanuatu getrouwd? Pal voor mijn neus? Hoe kon je me dit aandoen, Dominic?"

"Hij had je moeilijk voor de bruiloft kunnen uitnodigen," giechelde tante Amber.

Dominic negeerde haar en leek vastbesloten om nu alles op tafel te gooien. "We zijn in het geheim getrouwd en ik wilde bij Gail meer tijd rekken. Ik wilde namelijk niet mijn eigen vrouw ontvoeren."

Gail snoof. "Dat hoefde ook niet meer, nadat je mij buitenspel had gezet. Door te trouwen was je meteen al rijk geworden."

Dominic staarde Gail aan. "Maar alles viel in duigen toen Merlinda's vader doorkreeg dat we waren getrouwd. Ze moest kiezen: mij of Vanuatu. En ik moest kiezen tussen Merlinda en het plan van Gail."

"Oh, nu is het ineens mijn plan zeker!" Gails gezicht werd rood. "We zaten er samen in, Dom. Probeer jezelf er nu niet uit te redden. Ik ga er niet alleen voor opdraaien."

Dominic zuchtte diep en de vermoeidheid was van zijn gezicht af te lezen. "Ik heb geprobeerd om Gail te overtuigen ermee te stoppen, maar dat wilde ze niet. Dus heb ik geprobeerd om zo veel mogelijk tijd te rekken, omdat ik dacht dat Merlinda hier op school wel veilig zou zijn. Maar Gail vond dat we niet langer konden wachten en daarom ben ik nu hier. Maar ik kon er niet mee doorgaan."

"Leugenaar," zei Gail. "Je hebt haar vermoord."

Dominic schudde zijn hoofd. "Nee. Ik wilde haar alleen ontvoeren, meer niet."

Tante Amber floot zachtjes. "Hoe kun je nu je eigen vrouw ontvoeren? Dat lijkt me heel lastig. Volgens mij ben je echt niet helemaal onschuldig."

"Het was ook voor haar eigen veiligheid; om haar tegen veel ergere dingen te beschermen." Dominic slaakte een diepe zucht. "Ik weet ook niet precies wat ik wilde bereiken. Ik had gedacht dat we er samen vandoor konden gaan en misschien ergens anders een nieuwe start maken. Maar dat het zo zou aflopen had ik niet verwacht."

Tyler wees naar ons. "Komen opdraven voor een etentje is een vreemde manier om iemand te kidnappen. Wij zijn er allemaal getuige van geweest. Tenzij het onverwachte bezoekje ook bij het plan hoorde. De liefhebbende echtgenoot uithangen bij een verrassingsbezoekje en tegelijkertijd Gail buitensluiten?"

Dominic knikte langzaam. "Ik denk dat dat wel klopt. Daarvoor mag je me opsluiten. Maar ik heb haar niet vermoord."

HOOFDSTUK 33

"Dominic doet nu net alsof ik hem gedwongen heb om Merlinda te ontvoeren, maar dat is helemaal niet waar," zei Gail. "Hij had al een brief gestuurd naar Merlinda's vader om 50.000 dollar losgeld te eisen. En haar vader zou het ook betaald hebben. Dat bedrag is een schijntje van wat haar vader heeft verdiend dankzij Merlinda's toverkunsten. Hij had haar magische krachten juist nodig."

Ik keek naar Dominic. "Klopt dat?"

Gail hield haar telefoon omhoog. "Ik heb hier een foto van de losgeldbrief."

Dominic hield protesterend zijn handen omhoog. "Ik geef toe dat ik de losgeldbrief heb geschreven, maar ik heb hem nooit verstuurd! Allemachtig, ik heb Merlinda niet vermoord, ik hield van haar!"

"Tuurlijk joh," snoof Gail. "Je zei ook dat je van mij hield. Maar, misschien is het nog niet te laat voor ons. Merlinda is er niet meer, maar we kunnen vast deze toverkolletjes hier vragen om wat kunstjes waar wij van kunnen profiteren."

"Ja, doei," tante Pearl keek naar Gail. "Je mag blij zijn dat we onze krachten niet langer op jou loslaten."

Tante Amber keek vol ongeloof eerst naar tante Pearl, vervolgens naar Mam en toen naar mij. "Wacht eens even, Gail. Weet jij dat we heksen zijn? Wie heeft haar dat verteld?"

Alsof dat het belangrijkste was nu.

Alsof we niet al de hele avond bezig waren met hekserij met dat gepraat over Merlinda's cargocult en alles eromheen.

"Natuurlijk wist ik dat!" riep Gail. "Jullie zijn zo doorzichtig. Jullie denken dat jullie zo slim zijn en dat niemand iets weet over jullie 'speciale trucjes'!" Ze maakte aanhalingstekens in de lucht. "En ik wist ook dat Merlinda allerlei spullen tevoorschijn kon toveren. Net zoals jullie kunnen. Dat was het hele idee van het John Frum-project. En nu heb ik iemand nodig die de plaats van Merlinda inneemt. Als een van jullie mee wil doen; ik zal zorgen dat het de moeite waard is."

"Wij toveren geen..." ik hield midden in de zin op.

Gail haalde een pistool uit haar tas en richtte dat op mij. "Volgens mij heb ik een nieuwe manier gevonden om geld te verdienen, Dom. Pak jij die ouwe besjes, dan neem ik deze. We beginnen hier in Westwick Corners onze eigen cargocult!"

"Jij kunt echt niet tegen de Westwick-heksen op, juffie!" Opeens sprong tante Pearl tussen Gail en mij in en duwde Gail met verbazingwekkend veel kracht op een stoel die op wonderbaarlijke wijze ineens achter haar was verschenen. Binnen een paar seconden had een paar onzichtbare handen Gails handen en voeten vastgebonden aan de stoel, met een net zo op magische wijze verschenen touw.

Tante Pearl deed alsof ze haar handen waste na het afmaken van een of ander naar karweitje. "Volgens mij ben jij niet zo slim als je zelf denkt."

Gail vloekte. "Nee, ik ben slimmer dan jullie allemaal bij elkaar! Jullie zijn zo bezig om te bedenken hoe geweldig jullie zijn, maar feit is dat jullie zo met jezelf bezig zijn dat jullie anderen niet eens zien."

"Of hun gemene spelletjes." Tante Amber zuchtte. "Ik had in ieder geval nooit verwacht dat iemand een moord zou plegen waar ik zelf bij was. Ik zie alleen niet in hoe mij dat egocentrisch maakt."

Gail rolde met haar ogen. "Jullie letten zo veel op stomme details dat het grote geheel jullie gewoon ontgaat."

"Verander niet steeds van onderwerp, Gail," snauwde tante Pearl.

"Het is allemaal niet zo makkelijk als het lijkt, hoor. Die arme Merlinda moest heel veel spullen bij elkaar toveren, omdat ze vooruit moest werken om aan de eisen van de cargocult te kunnen voldoen. Iedere vakantie moest ze naar huis en daar dan dag en nacht werken om steeds meer voorraad te maken, zodat er genoeg overbleef voor de tijd dat ze er niet was vanwege haar studie. En dat alles onder zware druk. Het was meer dan jij ooit aan zou kunnen."

Mam knikte. "Dat meisje moest al die vracht tevoorschijn toveren alsof ze een fabriek was. Toch begrijp ik er niets van. Vanwege haar talenten was ze levend toch veel meer waard dan dood."

"Precies. Voor iedereen, behalve voor één persoon." Ik wees naar Gail. "Jij bent degene die het meest profiteert van haar dood. Zelfs zonder het losgeld wilde je wraak nemen op Merlinda, omdat ze Dominic van jou had afgepakt. Jij hebt haar vermoord. Niet vanwege het geld, maar vanwege de liefde."

"Doe niet zo stom," zei Gail. "Het was Dominic. Hij heeft een vette verzekeringspolis afgesloten op Merlinda's leven. Hij heeft haar vermoord."

"Hoeveel keert die verzekering uit, Dominic?" vroeg Tyler.

"Zo zit het helemaal niet. Merlinda en ik hadden allebei een levensverzekering afgesloten, zo gaat dat als je trouwt. Je doet nu net of ik een prijs op haar hoofd heb gezet, of iets dergelijks. Ik krijg veel minder dan wat ik verloren heb. Ik ben wel de liefde van mijn leven kwijt!" Dominic barstte in tranen uit.

"Spaar me je krokodillentranen," zei tante Pearl. "Merlinda heeft mij alles verteld over jou en je manipulatieve gedrag. Ze wilde je voorgoed verlaten. Jij bent geen haar beter dan Gail."

Gail snoof weer. "Zie je wel? Dominic heeft haar vermoord, zodat ze hem niet kon verlaten."

Op de bank bewoon Brayden. Langzaam deed hij een oog open en toen de tweede.

"Het helpt je niet om de schuld af te schuiven, Gail." Ik hield de lege fles van de wijn die ze bij de benzinepomp had gekocht omhoog. "Je hebt iets in die wijn gedaan."

Gail schudde haar hoofd. "Iedereen heeft van die wijn gedronken, maar alleen Merlinda werd ziek."

"Dat klopt niet," zei ik. "Alleen jij, Brayden en Merlinda hebben de witte wijn gedronken die jij hebt meegenomen."

"Wat een onzin," zei Gail. "Ik heb die wijn gedronken en ik ben er nog. En Brayden ook."

Ik schudde van nee. "Niet waar. Je gooide Braydens glas om, voordat hij de kans kreeg om ook maar één slok te nemen. En je eigen glas heb je niet aangeraakt."

"Heus wel," aldus Gail. "Maar je was te dronken om dat gezien te hebben."

Brayden schoot overeind. "Oh mijn god! Je hebt geprobeerd me te vergiftigen!"

Tante Pearl wuifde hem weg. "Doe niet zo dramatisch, Brayden. Je hebt er niet eens van gedronken, dus wat maakt het uit? Het gaat niet altijd alleen maar over jou, hoor."

"Het maakt wèl uit!" riep Brayden uit. "Wat als ik het wel heb gedaan? Ik heb zoveel gedronken dat ik het me niet eens kan herinneren. En ik heb een barstende koppijn."

"Dat heet een kater," bitste tante Pearl. "En nu even je mond houden en slapen."

Brayden wilde iets zeggen, maar bedacht zich. Hij sloeg zijn armen om zijn knieën en maakte zich zo klein mogelijk.

"Nou, ik was anders niet te dronken om te zien wat jij gedaan hebt, Gail," zei Earl. "Het enige wat ik gedronken heb, is een beetje van Ambers eierpunch. Ik heb je de hele avond in het oog gehouden. Terwijl jij de rest in het oog hield. Ik heb gezien dat jij niets hebt gedronken van je wijn. Ik had wel door dat jij iets van plan was, ik wist alleen niet wat."

"Je liegt, ik heb wel veel gedronken." Gail probeerde op te staan, maar werd tegengehouden door de touwen.

"Je was van plan om Merlinda te vermoorden en het kon je niet schelen dat wij daarbij ook werden vergiftigd!" De stem van tante Pearl sloeg over van kwaadheid. "Je verdient het gewoon om net zo te sterven als Merlinda. Als het aan mij ligt, dan regel ik dat meteen!"

"Hier is mijn advies, Gail," raasde Earl. "Zorg er de volgende keer voor dat de flessendop er nieuw uitziet. Aardige gasten geven geen flessen cadeau die al open zijn."

"Goed, ik weet het nu zeker," zei tante Pearl. "Jij bent verleden tijd, juffie!"

"Ho! Pearl, stop," Earl trok tante Pearl naar zich toe en sloeg zijn armen om haar heen. Hij was twee keer zo groot als zij, maar het was niet zijn kracht die haar liet stoppen, maar wat hij tegen haar zei: "Doe niets waar je later spijt van krijgt!"

"Je hebt gelijk," gromde tante Pearl terwijl ze zich omdraaide naar Tyler. "Laat iemand anders het vuile werk maar eens opknappen. Sheriff, waar wacht je nog op?"

HOOFDSTUK 34

*B*rayden, Mam en ik stonden op de veranda voor het huis en zagen de bus van de Shady Creek politie uit het zicht verdwijnen. Dominic en Gail waren veilig op weg naar de gevangenis in Shady Creek, allebei verdacht van de moord op Merlinda.

Een uur geleden waren de wegen weer vrijgegeven. Onze oprit stond vol met politieauto's. De lijkschouwer en de forensisch onderzoekers waren achtergebleven om de komende uren uitvoerig de plek van de misdaad te onderzoeken. Tyler voorzag hen van de nodige informatie.

Wat begonnen was als een list om er rijk van te worden, was geëindigd in een crime passionel. Nu was ik al nooit erg goed in wiskunde, maar achteraf gezien waren de driehoeksverhoudingen wel duidelijk. Ik wilde alleen dat we het eerder door hadden gehad en zo Merlinda hadden kunnen behoeden voor dit tragische einde.

Eén ding zat me nog wel dwars. Merlinda was allesbehalve dom. Ze was een machtige heks en toch had ze niet doorgehad wat Dominics ware bedoelingen waren geweest. Ik denk toch dat liefde blind is, zelfs voor doorgewinterde heksen. Zelfs Merlinda werd het slachtoffer toen ze verblind werd door de liefde.

Tante Pearl had een afwezige blik in haar ogen. "Merlinda was zo'n enorm goede heks. Ze had zo veel talent. Zo iemand vinden we nooit meer. Tenzij..." Ze draaide zich om naar mij en keek me hoopvol aan.

"Vergeet het maar, tante Pearl." Ik deed een stap naar achteren en schudde mijn hoofd. "Je weet dat ik heel slecht functioneer onder druk. En van toveren kan ik niet leven. Ik wil ook niet de last van de hele heksenwereld op mijn schouders hebben, zoals Merlinda had."

Tante Amber zuchtte. "Zelfs Merlinda kon het uiteindelijk niet aan, toch? Ik ben het met Cen eens. Zo jammer dit. Ze had zo veel talent, maar geen mensenkennis. Om succesvol te zijn heb je allebei nodig."

Mam knikte instemmend. "Dat arme kind. Ik dacht echt dat Merlinda alles had. En nu blijkt dat het eigenlijk maar weinig was."

In de afgelopen paar uur waren we veel te weten gekomen over Merlinda's trieste leven. Iedereen had misbruik van haar gemaakt om er zelf beter van te worden.

Tante Amber schudde haar hoofd. "Ik kan niet geloven dat Merlinda's vader haar magische krachten gebruikte om te doen alsof hij John Frum en de cargocult weer nieuw leven had ingeblazen."

Voor haar vader was Merlinda slechts een soort werktuig geweest. Geen wonder dat ze was gevlucht naar de vredige omgeving van Westwick Corners en *Pearl's Charm School*. Misschien had ze haar vlucht naar huis wel expres uitgesteld in de hoop ingesneeuwd te raken.

Ook Dominic was met haar getrouwd om er zelf beter van te worden. Haar magische talenten zijn uiteindelijk haar ondergang geworden en hebben haar het leven gekost.

"Ze heeft ervoor gezorgd dat haar vader prima inkomsten had," zei tante Pearl. "Dankzij haar toverkunst werd hij een rijk en belangrijk man in Vanuatu. Ik ga hem opzoeken en opsluiten in een vrachtcontainer! Misschien is het de hoogste tijd voor een korte vakantie naar de Stille Oceaan."

Op dat moment kwam Tyler de woonkamer binnen en hief zijn handen omhoog. "Blijf erbuiten, Pearl. Ik heb al lang gesproken met de politie in Vanuatu. Op dit moment zijn ze Merlinda's vader aan het arresteren. Hij moet voor de rechter verschijnen."

"Maar hij is het hoofd van de politie!" protesteerde tante Pearl.

"Niet meer," antwoordde Tyler. "Hij is ontslagen en is vervangen door iemand die stiekem al zelf een onderzoek was gestart. Ons eigen onderzoek sluit helemaal aan op dat van hem. Het zal heel lang duren voordat Merlinda's vader weer vrij komt."

"Arresteren ze hem voor moord?" vroeg tante Amber.

"Nee," zei Tyler, "voor afpersing, fraude en nog een paar andere zaken."

"Hij zal er wel makkelijk van afkomen," schamperde tante Pearl.

"Reken daar maar niet op," zei Tyler. "Er is mij verteld dat hij heel veel vijanden heeft, die tot nu toe veel te bang waren om iets te zeggen. Nu hij is ontslagen als hoofd van de politie en ook is gearresteerd, komen er ineens een heleboel andere zaken aan het licht, dus dat betekent meer aanklachten tegen hem."

Het bleek zelfs zo te zijn dat de eilandbewoners het hele cargocult-verhaal niet eens geloofden. Sommigen gingen erin mee, omdat ze gratis spullen kregen. Anderen deden net alsof ze niks doorhadden en vierden ieder jaar het feest mee, ook al vonden ze eigenlijk dat Merlinda's vader hun geschiedenis en tradities belachelijk maakte.

Tante Pearls ogen glommen. "Toch zou ik geen bezwaar hebben tegen een vakantie in de tropen. Ik ruik ook een zakelijke kans!"

Ik zuchtte. "Je gaat niet verder met Merlinda's cargocult, tante Pearl. Het is beter om dat te laten rusten. Het zal ook niet goed vallen bij de lokale bevolking na alles wat er is gebeurd."

"Ga met me mee, Cen," tante Pearl knipoogde naar me. "Zie het als een schoolreisje. Zodra je ziet wat de mogelijkheden zijn, verander je misschien van gedachten en schrijf je je ook weer in bij *Pearl's Charm School*."

"Echt niet." De voornaamste reden dat Merlinda zo'n getalenteerde heks was, was omdat ze gewoon veel meer uren had besteed aan toverkunst dan wie dan ook. Ik had echt geen behoefte om in haar voetsporen te treden.

Tante Pearl klonk opeens bedroefd. "Die arme Merlinda wilde haar krachten alleen maar voor goede dingen gebruiken, niet om haar vader te verrijken. Het is toch ironisch dat hij juist gezien wilde worden als de grote weldoener in plaats van de crimineel die hij eigenlijk was. Hij heeft gewoon misbruik van haar gemaakt. De spullen die hij zelf niet nodig had of om mensen mee om te kopen, verkocht hij met winst. Zo werd hij vanzelf rijk."

"Ik denk dat hij Merlinda onder de duim moest houden, want anders waren zijn hele plan en al zijn macht in rook opgegaan," zei tante Amber. "Zonder Merlinda was hij niets. Zelfs John Frum kon geen spullen zomaar tevoorschijn toveren. Waarschijnlijk was ze wel blij dat haar vlucht werd geannuleerd; zo kon ze haar thuiskomst even uitstellen."

"Toch miste ze Vanuatu wel," zei tante Pearl. "Ik had haar gewaarschuwd om niet terug te gaan, maar daar wilde ze niets van horen. Ze miste Dominic en zei dat ze de feestdagen thuis zou doorbrengen. Dus ik had geen moment te verliezen."

"Oh mijn god, Pearl!" riep tante Amber. "Je hebt haar echt vergiftigd met je thee! Ik wist het wel."

"Doe niet zo raar, Amber! Hoe vaak moet ik dat nu nog zeggen! Met mijn thee was echt niets mis. Ik heb geen fout gemaakt, dus hou er nu maar eens over op, oké? Dat is niet wat ik heb gedaan om te voorkomen dat ze naar huis kon. Maar ik heb wel haar vlucht geannuleerd."

Ik fronste. "Je kan niet zomaar een vliegmaatschappij bellen en... wacht even. Bedoel je dat je voor slecht weer hebt gezorgd? Heb jij de sneeuwstorm veroorzaakt?" Ik had altijd gedacht dat het toveren van een sneeuwstorm buiten de mogelijkheden van een heks lag. "Je hebt ervoor gezorgd dat honderden mensen geen Kerstmis konden vieren, alleen maar om Merlinda hier te houden?"

"Probeer het ook eens, Cen. De macht die je over mensen hebt, is enorm verslavend. Als je een beetje je best zou doen, kan je zelfs beter worden dan Merlinda. Zorg eerst dat je de sneeuwbolspreuk onder de knie krijgt, dan..." tante Pearl staarde weemoedig voor zich uit.

"Maar ik wil geen... ach, laat ook maar." Het had toch geen zin. "Ik denk toch dat je Merlinda beter naar huis had kunnen laten gaan. Het was nogal obsessief om haar hier vast te houden, toch?"

"Dat deed ik niet uit egoïsme, Cen. Ik wilde Merlinda bij haar vader vandaan houden." Tante Pearls ogen werden vochtig. "Ik had alleen niet verwacht dat we hier problemen zouden krijgen. Haar vader belde constant op om te eisen dat Merlinda naar huis zou komen. Het arme kind vond dat ze geen keuze had. Dus ik maakte die keuze voor haar."

Was dit echt tante Pearl? Ze sprak haar gevoelens uit over iemand waar ze echt om gaf. Dat had ik haar nog nooit horen doen, nooit. "Had ze jou verteld over de geheime bruiloft?"

Tante Pearl schudde haar hoofd. "Nee. En als ik het had geweten, dan had ik wel gezorgd dat het niet doorging. Ze vertelde mij alles, dus of het hele bruiloftsverhaal van Dominic was een leugen, of Merlinda durfde niets te zeggen omdat ze bang was dat haar vader erachter zou komen."

"En uiteindelijk kwam de waarheid toch boven tafel," zei ik. "Arme Merlinda. Jammer dat het lot zijn eigen plan heeft getrokken."

HOOFDSTUK 35

*E*en vredige en rustige Eerste Kerstdag brak aan. Er was niets meer van te merken dat Westwick Corners op Kerstavond was lamgelegd door een vreselijke sneeuwstorm. Het was nu ook zelfs veel minder koud geworden.

De donkere wolken waren opgelost en de lucht was helderblauw. Niets wees erop dat er gisteravond iets afschuwelijks was gebeurd.

Maar ook niet of alles al achter de rug was.

Terwijl ik genoot van een kopje koffie staarde ik uit het raam van de woonkamer. De ochtendzon liet de sneeuwhopen smelten, waardoor er allemaal stroompjes water over de oprit liepen.

Ondanks het knapperende haardvuur ging er een rilling door me heen. We konden maar een klein stukje van de woonkamer gebruiken, omdat er nog een paar forensisch onderzoekers bezig waren om het laatste bewijsmateriaal te verzamelen. Ze hadden ieder hoekje van het hotel uitgeplozen, van de eetkamer en keuken tot en met de kamer van Merlinda.

Die arme Merlinda. Alles wat ze in het leven mee had gehad, werd tegen haar gebruikt. Ze had geld en macht, maar werd uiteindelijk verraden door liefde en vertrouwen.

"De politie is bijna klaar." Tyler had de Shady Creek politie geïnformeerd en we hadden allemaal een verklaring afgelegd. En aangezien Dominic en Gail allebei hadden bekend, was er niet veel meer te doen.

Op de bank kroop ik dichter tegen Tyler aan. Met zijn armen dicht om me heen geslagen voelde ik me veilig en geborgen. Ik was zo dankbaar voor alles wat ik had en nam me voor om niets meer zo maar voor lief te nemen. Door Merlinda's trieste lot bekeek ik alles met andere ogen.

Ik had een geweldige vriend, een liefdevolle familie, en een fantastisch talent om te kunnen toveren wanneer ik maar wilde. Zelfs mijn saaie, dagelijkse leventje had wel een zekere charme. Ik had alles wat een meisje zich maar kon wensen en zelfs meer dan dat. Het belangrijkste was dat ik iets deed met mijn talent. Niets doen was eigenlijk geen optie. Ik moest iets doen.

Mijn bovennatuurlijke krachten waren alleen van mij, en ik kon ze gebruiken zoals ik wilde. Ze zouden niet worden gebruikt voor allerlei rottigheid of voor materiële zaken. In plaats daarvan kon ik mijn talenten gebruiken voor liefdadigheid, om er anderen mee te kunnen helpen.

Ongetwijfeld zou tante Pearl er wel weer een mening over hebben. Maar uiteindelijk was dat ook maar gewoon een mening.

Het was aan mij of ik iets met mijn krachten deed of niet. Uiteindelijk moest ik ze leren te gebruiken en ik besliste zelf hoe. Maar voordat ik mijn lot in eigen handen zou kunnen nemen, zou ik omvergeblazen en overtroefd worden door veel machtigere heksen zoals tante Pearl. Of erger nog, slachtoffer worden van het kwaad, zoals Merlinda. Als ik sterk genoeg wilde worden, moest ik leren hoe ik met mijn toverkracht om kon gaan om een machtigere heks te worden.

Tante Pearl.

Ik keek de kamer rond en was opgelucht dat ik haar samen met Earl knus in de loveseat zag zitten. Allebei snurkten ze zachtjes. Earls hand rustte op de in groen fluweel gehulde dij van tante Pearl. Het zag er aandoenlijk uit. Normaal probeerde tante Pearl haar gevoelige kant te verbergen, maar dat was nu niet gelukt.

Heel even wilde ik een foto maken om haar in verlegenheid te brengen, maar deed het toch niet. Ik wilde niets doen wat haar prille romance met Earl in gevaar kon brengen. Hij was zo goed voor haar. Zijn opgeruimde karakter verzachtte haar ruwe kantjes. En hij maakte haar gelukkig, ook al zou ze dat niet snel toegeven.

Tante Amber verstoorde mijn overpeinzingen. Ze zwaaide met een leeg glas. "Wie heeft alle eierpunch opgedronken?"

"Dat meen je niet, Amber," zei Mam. "Het is nog niet eens acht uur in de ochtend."

"Ik meen het wel," antwoordde tante Amber. "Na alles wat er is gebeurd, kan ik wel een drankje gebruiken. Ik heb niet eens geslapen, dus technisch gezien is het nog geen ochtend. Tenminste niet als het aan mij ligt."

"De eierpunch is op," zei Mam. "Ik heb het laatste beetje aan Dominic en Gail gegeven. Ik dacht dat ze nog wel wat kerstvrolijkheid konden gebruiken, want voorlopig zullen ze daar niet veel meer van zien."

Oma Vi lachte terwijl ze naast Mam zweefde. "Hopelijk zullen we hen ook niet meer zien."

"Balen." Tante Amber draaide zich om en ging de keuken weer in. "Dan wordt het wijn."

"Hé, kijk!" Brayden wees naar de schoorsteenmantel waar Merlinda's schudbol op stond. Het flikkerende licht van de bol nam toe tot een sterke gele gloed.

De glinsterende lampjes in de kerstboom en het haardvuur zorgden voor een warme sfeer in de kamer. Maar naast het knusse vuur en het gezelschap van de mensen waar ik van hield, voelde ik dat er nog iets aanwezig was, iets onbekends, maar troostends. Ik kon mijn vinger er niet precies op leggen, maar toch was het er.

Er ontbrak nog iets. Mijn kerstwens was nog niet vervuld.

Ik stond op en pakte Tylers hand. "Kom, ik wil je iets laten zien."

"Weet je het zeker? Je ziet eruit alsof je wel wat meer rust kunt gebruiken." Tylers vriendelijke bruine ogen glinsterden toen hij zijn hand op de mijne legde. "Volgens mij was dit de spannendste Kerstavond die ik ooit heb meegemaakt. Jouw familie trekt de meest vreemde mensen aan."

Ik leunde naar hem toe en kuste hem. "Vooral tante Pearl."

"Juist tante Pearl," fluisterde hij.

"Weet je zeker dat je wel met mijn familie te maken wil hebben? Je kunt nog terug, hoor. Je hebt geen idee wat je te wachten staat."

"Ik weet precies wat me te wachten staat, Cendrine West." Tyler knikte naar tante Pearl, die nog steeds samen met Earl luid lag te snurken.

Het was ons eerste rustige moment samen sinds Tyler gisteravond voor het diner thuis was gekomen en van de tijd die we nog over hadden, wilde ik er het beste van maken. Ik wilde mijn kerstwens vervuld hebben. Voor een intiem kerstdiner was het te laat, maar het was nooit te laat voor wat romantiek.

Ik trok Tyler mee achter de kerstboom, zodat we bijna niet meer te zien waren. Staand op mijn tenen viel ik in zijn armen voor een lange, ontspannen kus.

Toen zag ik het.

Eerst dacht ik dat het een kerstbal was die ik nog niet eerder had gezien.

Maar dat was het niet.

Het was een schudbol, kleiner en zachter gloeiend dan die van Merlinda. Hij lag op de bovenste takken van de kerstboom, ongeveer dertig centimeter hoger dan waar ik Merlinda's bol voor het eerst had gezien.

Maar dit was niet zomaar een bol. Dit was die van mij. Niet degene waarin ik eerder Brayden en Gail had opgesloten, maar een andere. Eentje die ik moet hebben gemaakt bij eerdere pogingen.

In de sneeuwbol zat mijn kerstwens tot in de kleinste details. Zat in Merlinda's bol een tropisch Vanuatu, in die van mij een besneeuwd Westwick Corners.

Ik trok Tyler dichter tegen me aan en gluurde in de kleine bol. Door de met sneeuw omzoomde ramen was binnen een knus tafereel zichtbaar, met een voor twee personen gedekte tafel. Het was precies wat ik al die tijd voor ogen had gehad. Het was dan wel niet op ware grootte, maar het was wel mijn kerstwens. Het was toch gelukt! Ik sloeg mijn armen om Tyler heen en kuste hem.

Mijn bol was er gewoon de hele tijd al geweest, maar ik had gewoon niet goed genoeg gekeken.

Ik maakte me los uit Tylers omhelzing en liet hem enthousiast de bol zien. Mijn sneeuwbol was prachtig en sterk. En ik had hem helemaal zelf, zonder hulp van anderen, gemaakt. Nu wilde ik tante Pearl pas echt graag laten zien dat mijn toverkunsten veel beter waren dan zij dacht. Maar ik bedacht me en trok Tyler weer naar me toe.

Tyler lachte. "Sommige geheimen moet je niet prijsgeven, Cen. Ze komen misschien nog wel eens van pas."

"Je hebt gelijk." Hij begreep me. Hij accepteerde me zoals ik was en zelfs ook mijn gekke familie. Ik genoot nog even van dit moment, voordat we ons weer bij de anderen voegden.

Tante Pearl werd wakker. Voorzichtig maakte ze zich los van Earl, om hem niet te storen. "Volgens Ruby moet ik er even tussenuit. Maar ik zou niet weten wat ik dan moest doen. Dat arme kind, ik wilde maar dat ik haar had kunnen redden."

"Ik vind het echt heel erg, tante Pearl," zei ik. "Ik weet hoe dol je op Merlinda was." Ik had nooit eerder gezien dat mijn tante zo aan iemand gehecht was, en al helemaal niet dat ze het openlijk liet zien. Het was een kant van haar die ik nog niet kende.

"Het geeft niet." Tante Pearl schudde haar hoofd, maar er rolde een traan over haar wang. "Maar ze was de allerbeste leerling die ik had en ik had hoge verwachtingen van haar. En hop, opeens is ze er niet meer." Ze knipte met haar vingers.

Ik boog me naar haar toe. "Er komen wel meer studenten."

"Dat is gewoon niet hetzelfde, Cen. Merlinda was heel anders dan de meeste studenten. De enige studente die..."

Ondanks mijn geluksgevoel raakte ik geïrriteerd. "Er zijn vast wel andere studenten te vinden. Misschien moet je wat meer adverteren. Je weet wel, wat meer reclame maken voor *Pearl's Charm School*."

Ze snifte. "Ik wil niet zomaar iedereen aannemen als leerling. We hebben een strikte selectie en ik ga dat niet aanpassen."

"Misschien moet je wat minder streng zijn. De voorwaarden wat versoepelen."

Ze leek me niet te horen. "Ik zal je dit zeggen. Je mag van mij terugkomen, maar dan moet je deze keer wel je lessen blijven volgen."

"Maar ik ben nog niet klaar om..."

Tante Pearl tikte op haar horloge. "Je moet wel opschieten. Over een uur begint de les." Ze sprong van de bank af, rende naar de voordeur, maakte die open en ging naar buiten. Toen kwam ze weer terug. "Ik ga mijn leerplan klaarmaken. Ik krijg er vast spijt van, maar de enige leerling die beter was dan Merlinda was jij, Cendrine. Ik doe dit voor je eigen bestwil. Eens zul je me dankbaar zijn."

"Maar ik wil helemaal geen heks..." Ik realiseerde me nu dat ze me expres voor het blok had gezet waar Tyler bij was, zodat ik niet kon tegenstribbelen. Ondanks dat Tyler mijn geheim al lang kende, wist tante Pearl nog niet dat hij het al wist. Ik wilde dat graag zo houden, want ze had al genoeg macht over me.

Tyler glimlachte en knipoogde. "Misschien moet je Pearl haar zin maar geven. Als Pearl blij is, is het hele dorp blij."

Ik hield mijn handen omhoog uit protest. Ik begreep niet waarom ik mezelf weer moest opofferen. "Ik wil gewoon dat ze stopt om me voor te schrijven hoe ik mijn leven moet leiden."

"Pearl geeft gewoon heel veel om je, Cen," zei Oma Vi. "Ze heeft het beste met je voor. Wees daar blij om."

Ik wilde net antwoord geven toen ik iets in mijn ooghoek zag.

Het was Merlinda's tropische schudbol die nu ergens halverwege de kerstboom hing. Het licht van de bol pulseerde en verlichtte de kamer net zo als een felle gloeilamp. Er kwam zo veel licht van af dat ik bijna verwachtte dat hij de lucht in zou gaan.

"Ik denk dat Merlinda ons iets probeert te vertellen," zei Oma Vi. "Ze wil dat jij haar plaats inneemt."

Ik schudde vastberaden mijn hoofd.

Tante Pearl volgde mijn blik. "Zie je wel, Cen? Ik ben niet de enige die dat denkt. Het is zelfs mijn kerstwens."

"Dat is een goede, Pearl," beaamde Mam. "Ik weet zeker dat Cen het nog wel met je eens wordt. Gun haar wat tijd."

"Wat is jouw wens, Cen?" Tante Pearl maakte een afwerend gebaar. "Oh, laat ook maar. Als het iets te maken heeft met Sheriff Gates, dan hoef ik het niet te horen."

Tyler grinnikte.

"Dat is geheim." Ik glimlachte en dacht aan mijn eigen schudbol, die verborgen zat tussen de takken van de kerstboom.

Tante Pearl knipoogde naar me. "Wees voorzichtig met wat je wenst, Cen. Voor je het weet komt het nog uit ook."

Daar had ze helemaal gelijk in.

OVER DE AUTEUR

Colleen Cross schrijft spannende, doordachte thrillers en boeiende mysteries die je vanaf de eerste bladzijde in hun greep houden. Uit eigen beweging heeft ze een paar jaar geleden de zakenwereld ingeruild voor de boekenwereld, zodat ze als boekenwurm en wannabeschrijfster helemaal haar hart kon ophalen.

Ze woont met haar gezin in Canada. Wanneer ze niet schrijft, gaat ze graag hardlopen en op pad met haar hond Jaeger, die haar er iedere dag aan herinnert dat het leven te kort is om niet je dromen te verwezenlijken en niet op katten te jagen.

Haar boeken zijn in meerdere talen vertaald en er volgen er nog meer.

Bezoek haar website www.colleencross.com en abonneer je op de halfjaarlijkse nieuwsbrief, zodat je als eerste op de hoogte bent over nieuwe publicaties en kunt profiteren van exclusieve aanbiedingen voor abonnees.

NOOT VAN DE SCHRIJVER

De Westwick-heksen heb ik zelf verzonnen, maar John Frum en zijn cargocult hebben wel echt bestaan. Ten dele is het verhaal waar, ook al heb ik er zelf een en ander bijverzonnen wat niet ver van de waarheid af ligt. Er is veel over te vinden, in zowel historische verslagen als in beschrijvingen uit onze eigen tijd.

John Frum is een van de zogenaamde 'cargocults' die voorkwamen in afgelegen gebieden zoals de Zuid-Pacific. Frum is de naam die geassocieerd wordt met verschillende zeelieden die aankwamen op Tannu, een van de eilanden van het kleine landje Vanuatu in de Stille Oceaan.

Destijds kende men Vanuatu als de Nieuwe Hebriden. Ondanks dat de eilanden erg afgelegen lagen, kregen ze aan het begin van de 20^e eeuw af en toe wat bezoekers en de eilandbewoners waren erg onder de indruk van hun moderne gebruiksartikelen en hun rijkdom.

Maar dankzij de Tweede Wereldoorlog kwam de cult pas echt tot bloei. Er waren ruim 300.000 mannen op de eilanden gestationeerd, en ze arriveerden per schip of per vliegtuig. Ze namen allerlei soorten goederen met zich mee, allerlei 'cargo', zoals de soldaten hun vracht noemden. Ze bouwden loodsen en opeens was er op de rustige eilandjes een goedlopende industrie tot bloei gekomen.

Deze cargo omvatte tenten, voedsel, medische middelen en wapens. Maar ook kwamen zo de eerste vrachtwagens op de eilanden, net als koelboxen, vlees in blik, snoep en Coca-Cola. Voor de eilandbewoners ging de kwaliteit van leven enorm vooruit dankzij deze nieuwe moderne snufjes. Het was in één woord: magisch.

Voordat dit allemaal gebeurde, geloofden de eilandbewoners in allerlei mythen en legendes die van de ene op de andere generatie waren overgegaan. Het was daarom logisch dat een aantal van deze fabels zich vermengden met verhalen over de mannen die met hun cargo plotseling op de eilanden waren opgedoken. Hierdoor leefde de John Frum cargocult helemaal op. Veel van de legendes over John Frum zijn een mix van oude verhalen die doorspekt zijn met nieuwe verwachtingen dankzij de rijkelijk voorziene nieuwe bezoekers van Vanuatu.

De naam John Frum zou een verbastering kunnen zijn van 'John from America' of 'John from', wat de afkomst van John zou aanduiden. Ongeacht de naam bestond een deel van deze cult of pseudoreligie al lang vóór de Tweede Wereldoorlog. Maar door de komst van de soldaten werd duidelijk dat de oudere legendes toen al bestonden. Niet iedereen geloofde hetzelfde. Sommigen beschouwden John Frum als een religieuze godheid, anders zagen in hem een mythisch figuur, en weer anderen beschouwden hem als een verzinsel, die in betere tijden bedacht was door vroegere eilandbezoekers.

De oorlog kwam ten einde, en daarmee ook het verblijf van de soldaten in Vanuatu. Het eindigde allemaal nogal abrupt, zoals ook te verwachten was van een militaire operatie aan het einde van de oorlog. Met het plotselinge vertrek eindigden ook de moderne gemakken, want niemand anders exporteerde exotisch voedsel of tijdbesparende huishoudhulpjes naar de eilanden.

Terwijl de eilanders hun nieuwe, zware omstandigheden onder ogen zagen, waren er zelfs mensen die ceremoniële landingsbanen aanlegden, om zo bezoekers aan te moedigen om desnoods per vliegtuig terug te komen. Als je zelf op een afgelegen eiland zou wonen dat niet van alle gemakken is voorzien, dan zou je waarschijnlijk ook wel een fantasiefiguur bedenken. Als er ooit eerder vanuit het niets allerlei vreemde mensen waren opgedoken met allerlei schatten, dan zou het vast nog wel eens kunnen gebeuren. Het kan geen kwaad om je goed voor te bereiden, nietwaar?

Of het nu gaat om wat de mensen wilden hebben, wat ze geloofden, of dat het gewoon een excuus was om wat lol te hebben; veel inwoners van Vanuatu vieren nog altijd de moderne gemakken die de gevechtsvliegtuigen, marineschepen en mariniers met zich mee hadden gebracht en doen nog steeds voorspellingen over wanneer ze zullen terugkomen. De ware gelovigen kijken ieder jaar uit naar 15 februari als de beloofde datum voor hun terugkeer. Zelfs de sceptici vieren de jaarlijkse festiviteiten en de parade mee. In Vanuatu is 15 februari officieel uitgeroepen als 'John Frum-dag'

Het doet wel een beetje denken aan de Kerstman of Sinterklaas, toch?

Ik hoop dat je net zo veel hebt genoten van het lezen van *Kerstmis, heksen en een moord* als ik van het schrijven ervan. Je helpt me enorm met het schrijven van de rest van de serie door in een eerlijke recensie te schrijven wat je ervan vond. Ik lees ze allemaal, omdat ze me helpen om de serie verder te ontwikkelen en welke karakters belangrijk zijn, of ik door moet gaan met deze serie, of juist een nieuwe moet bedenken.

Veel dank voor het lezen!

Colleen

www.ingramcontent.com/pod-product-compliance
Lightning Source LLC
Chambersburg PA
CBHW030822210726

48290CB00002B/715